跨度小说文库

*Kuadu Fiction Series*

跨度小说文库
Kuadu Fiction Series

# 荒原狼

张君艳 ◎著

中国文史出版社

# 一篇小说是一个国度（代序）

## ——读张君艳小说集《荒原狼》

王立宪

张君艳的小说集《荒原狼》编好了，这是一件可喜的事情。作为她小说的第一个读者，这里的不少小说好多年前我就看过。这次不管是旧作还是新作，我都认真阅读，有的还不止一次。

张君艳的文学创作是从小说起步的，说明了她对故事的重视。张君艳的小说创作持续了十多年，也有一些作品发表，后来她重点转入散文创作，并取得了骄人的成绩。对于一个多年不写小说的人来说，突然写起小说来，似乎是很难想象的事情。其实这并不足怪，因为多年前的小说创作和多年以来小说的持续性阅读为她再次创作打下了坚实的基础。张君艳的小说阅读量是很大的，其阅读的质量也是非同一般的。清代的笔记小说她看过不少，这种在不少人看来感到费力的阅读，在她看来有着无穷的趣味。

从理想的意义上说，一个作家的成就应该是多方面的。我们可能更多地看到张君艳的散文，其实她的小说也是不可忽视的部分。无论是散文，还是小说，她都不是以数量取胜，她强调的是写作的质量，是文学的韵味。

这本集子里的小说特别强调追寻的意义。《恶狗沟》《武四》《西荒匪事》《荒原狼》，这是张君艳小说中的重要作品。小说讲的是遥远年代的故事，如此珍贵的故事，相信无论谁看到都会受到深深的吸引。当然从最初的故事到小说，这里有张君艳的创造，但那最初的故事的奠基作用是不可小视的。我和张君艳多次谈到生活中独特故事的珍贵性，甚至谈到多少珍贵的故事随着那些老人的离世而埋入了黄土。从某种意义上说，创作就是一种抢救性挖掘，就是要设法深入遥远的年代，力争发现，力争独特的表达。张君艳小说的追寻感不仅体现在她写作的态度上，而且体现在小说人物的命运中。《恶狗沟》中的李有财因为爱情而走了太远的路，也经受了人生的苦难；《武四》中的武四在人生的追寻（包括对爱的追寻）中经受了意想不到的磨难，磨难之后依然在寻找；《西荒匪事》中的庞老三在命运的悖谬中当了土匪，他追寻自己的人生，而他的归宿也被他的家人和沉浸在故事中的人追寻；《荒原狼》中的那些狼在为活着追寻，而人与狼的遭遇是人的追寻与狼的追寻的遭遇，就是在小说的结尾狼依然向远方追寻……这样的小说是独特的，小说的魅力首先在于故事的独特性。张君艳注重小说的传奇性，但这样的传奇性植根于生活的沃土，它不是那种为了猎奇的胡编乱造，不是让读者无法接受的东西。

张君艳的小说是有韵味的小说。她很注重小说的整体建构，注重结尾的蕴含。《恶狗沟》《武四》《西荒匪事》《荒原狼》都留下了一定的空间，无论是人还是狼的命运走向，都留下了种种可能性。这是对生活本身的尊重，也是艺术的创造。此外，张君艳特别注重细节。《西荒匪事》中为比武而在门上摆的五个酒盅，《拉哈山旧事》的后一篇《围剿“占中原”》中的随哼哼唧唧的猪群从高墙下的水洞子逃出去的土匪，《遇熊记》中用裤带给熊小子的关键部位打上的猪蹄扣，《王破帽子》中被打落在地上的破帽子，《青春时代的歌舞》中夜里被靠在门上的旧炕席筒……独特的细节有着独特的况味。如果说一篇小说是一个国度的话，小说的蕴含就是从有限的地域溢出的风。

文学从来都是讲情怀的。一个善良的讲述者，无论讲的是什么样的故事，都有她的善性情怀。《劫数》《再嫁》《生命之约》《富人生活》《暂寓旅店的女人》《出走》，从这些篇什中我们看到了张君艳对人物命运的关注，那种悲悯之心令人感动。需要说明的是，《富人生活》《暂寓旅店的女人》《出走》写当下生活，这种缺少距离感的生活是不好把握的，但张君艳写得很冷静，由此看出思想的力量。

从学生到老师，几十年的时光就在倏忽之间。有关校园题材的小说这里有几篇。从《青春时代的歌舞》中我们看到张君艳对一段人生过程的艺术观照，从她对人物性格、心理和命运的把握中，可见一颗善感而纯净的心灵，可见成长过程中对人生和世界的理解。有关校园题材的小说，张君艳写得很少，这和她的写作观念有关。这倒不是说校园里没有小说，而是她更想把目光投向广阔的土地。实践证明她这样做的正确性。作家的视野必须开阔，在这种开阔中作家有自己的视角，并且在这种视角中表达出对生活和世界的解读，表达出真挚的情感。

张君艳小说的语言是干净利落的，像《恶狗沟》这样近两万字的小说，你看不出凑数的文字。“天边隐隐涌来一道红色的潮水，渐行渐近，啊，马群！几个年轻人不由齐声大喊，他们何曾见到过这种阵势。马群以排山倒海之势向他们所在的地方逼来，此时的大地像极了一面巨鼓，纷沓的铁蹄就是无数的鼓槌，敲击着，踏响着，他们感到脚下在震颤，草原在晃动。群骏的鬃尾在它们自身带起的罡风中飞扬，奔驰的四蹄跨越着力度的美。”这是《武四》中的一段，这是精准而带着诗意的表达。《拉哈山旧事》中的第一篇《赌酒》也就两千多字，但人物形象跃然纸上，得力于叙事的老到和语言的功力。与她的散文相比，小说取材的变化，使得她有了尽展才华的空间，当然这不仅是语言的问题，也就是说，语言负载的是作家的综合素质，是作家的生活深度。

在文学创作中张君艳是一个默默的创造者，她不喜欢高谈阔论，她相信作品本身的力量。张君艳向来都是谦虚的，我甚至有些担心这样的谦虚会不会被人误解为自卑，但她似乎不在意这些，她全部的努力都在她创作的行动中，都在她的凝思之中，她的自信力都在她的文字中。

张君艳的小说让人感动，让人沉思。这不仅在于张君艳注重人物命运的展现，也在于生活表现的质感。张君艳是注重小说品质的作家。

写作的意义在于不断地追寻并且创造，在这样的过程中方显出一位作家的穿透力和影响力，张君艳的小说创作在不断证明着这样的意义。

作家创造了小说的国度，而在真正的读者面前，好的小说的边界在扩大，或者说，好的小说是没有边界的。

2018 年 3 月 19 日于兰西家中

# 目　　录

# 恶狗沟

## 一

沂蒙山的女子，大多大脸盘，大嘴岔儿，厚嘴唇，人高马大的，清清秀秀的妮子可不多，李何庄的何花应该算一个。何花十六七岁的时候，长成了一朵细粉莲。她老爹何老根四十几岁才得了这么个独养女儿，自然视为掌上明珠，老早就放出话来，要招上门女婿。其实何老根早就看上了一户人家，同村的李家。李何两家也真是门当户对，要论家道，李家比何家还要殷实。可有一件事情让何老根犯了难，李家女儿一大堆，儿子就一个，李财主说啥也不会让儿子给人家当上门女婿的，何老根想张口都张不开。事情就这么耽搁下来了。这一耽搁，情窦初开的何花心有所属了，这个年轻人也姓李，叫李有财，论起来和李财主家是出了五服的本家。李有财的爹叫李善祥，出了名的老实巴交，李有财是他的长子，和李财主的儿子李江般儿大般儿，快二十了。这两家虽然是亲戚，贫富差距可大了。李江在外面念书，李有财在家帮他爹种地。有财农闲时去庄里的武馆耍三节棍，一条三节棍让他舞得虎虎生风。何花和开武馆的武连胜的女儿打小要好，她就是在那里认识李有财的。李有财也早闻何花的芳名，一见之下觉得确实名不虚传，谁要是娶了此女为妻，是三生的造化。何花第一次看见有财就芳心乱跳，颀长的身材，结实的肌肉，灵活的招式……此生若嫁此人，还求什么。一个一见倾心，一个芳心暗许，不用搭什么话，这个古书里叫“目成”。

“什么？李有财？他癞蛤蟆想吃天鹅肉！”当何花娘把女儿的心事说给当家的时候，何老根意外得差点蹦起来，“也不搬块铜镜照照，都穷掉底了，敢惦记俺闺女！”何老根想了一晚上，觉得事情不能再拖，为了闺女厚着脸皮也得去。第二天一早他背着手去了刘媒婆家。李财主也倒客气，耐心地听刘媒婆吞吞吐吐把意思说明白，他哈哈大笑：“亏你们想得出，俺就一个儿子，能去倒插门？正好他昨天刚刚回家，你问问他乐不乐意。”“俺愿意！”李江一掀门帘子从外面走了进来，刘媒婆一看，几年不见这小子倒也出息得英挺不凡。这回答可有点出乎李财主的意料：“你小子疯了吧？放着城里的小姐不娶，还要给人家倒插门？”李江虽然没有见过何花，但他听说她是十里八村少见的俊妮子。其实他也就是那么半真半假地一说。这边刘媒婆正担心自个儿下不来台，这下好了。她一拍大腿：“有少爷您这句话，俺这就去回复何老根。”她也不管身后李财主父子吵成一团，拍拍屁股走人了。

何花从小被爹娘宠着，自来说一不二，现在自个儿的婚姻大事爹却要说了算。那个李江从小在外头念书，啥样人根本不知道，不就是看上人家是财主吗？她犯了倔劲，也不用娘传话，直接和爹爹摊牌：“实话跟您说了吧，俺和有财私订终身了，俺这辈子非李有财不嫁！”“嘿，你个不知臊的妮子，俺说你咋天天往武馆跑呢，说是去找武连胜家的闺女，敢情你……嫁李有财也行，聘礼五十两银子！”“你老这不是讹人吗？”“俺讹谁了？就凭俺何老根的闺女，总不能白送人家吧？”何花哭着跑开了。何花娘见闺女两天没吃饭，差点急出霍乱症来，她太知道他们父女了，一个比一个倔，她谁都劝不了。她和有财娘娘家是一个庄的，她只能去找她了。有财娘一听之下，眼珠子快要从眼眶子里瞪出来了：“这个不知道天高地厚的种儿，还想娶何老根的闺女！”李善祥听到这个消息更是一脸的惊慌，他叫来儿子说：“你去老何家一趟，把事情和人家说清楚，咱家娶不起人家的闺女，别把妮子饿坏喽。”李有财虽然没念过什么书，脑袋瓜也不空，自从相中何花的那天起，他就知道会有今天的局面，他早就想好了该怎么做。听到爹的吩咐，他也不辩驳，答应一声就去了何家。进了何家的门，他直接给何老根跪下了：“叔，俺此生非何花不娶，您老给俺两年工夫，俺去闯关东，挣回银子，您老把何花嫁俺，挣不回来，俺认何花干妹子。”何老根瞅着眼前这个后生，心道：你咋就生在李善祥家里了呢？闯关东挣银子，银子那么好挣都去闯关东了。想到此他一句话都懒得讲，只用鼻子哼了哼。有财给何老根磕了一个头，转身走了。

李善祥面对儿子的决定也是莫可奈何，都怪自家穷啊！闯关东，谈何容易啊，这一路山高水远的。庄里倒是有出去的，传回信儿说老白山有参，运气好给挖到了，那银子也是白花花的。有财娘流着泪摊了半宿煎饼，捞了几个老咸菜疙瘩，又给两个儿子准备了几件换洗衣服，打了两个包袱。有财把自己心爱的三节棍折起来塞进了包袱，对娘说：“娘您放心，这玩意儿既防身又是俺的饭碗，儿子的武艺您知道，抡起它来十个八个到不了俺跟前，有它儿子也饿不着。”第二天早上有财有禄兄弟俩上路了。本来有财想一个人去，有禄担心哥哥一路无人陪伴，哥俩是个照应。有禄刚刚十八岁，还是个半大孩子，对未知的关外充满了好奇。乍一开始还脚步轻松，几天后到了德州地界，有禄的脚磨烂了，疼得他整宿睡不着觉。有财用打把式卖艺的钱给弟弟买了伤药，哥俩暂住在一个下等小店里。一天有禄趁哥哥出去卖艺的当儿，偷偷问一个从吉林通化那边过来的人，说到老白山还有多远，那人告诉他还有两三千里地。有禄看着自己红肿流脓的脚板，觉得一时半会儿也走不了路，哥哥的工夫可耽误不得。有财把身上所有的散碎铜子儿都留给了有禄，说："你在这小店养好脚就原路返回吧。哥身上有功夫，豺狼虎豹都不怕，回去跟爹娘说别记挂俺，俺挣到银子就回去给你娶何花嫂子。"有财一步三回头地踏上了通往关外的路。

## 二

有财一路风餐露宿，走了两个多月，草鞋不知道踏烂了多少双，终于到了通化。通化于光绪三年（一八七七年）设治，位于长白山系。长白山最出名的特产就是位列东北三宝之首的野山参。野山参多生长在长白山的针叶阔叶混交林里。这通化就成了长白山人参的集散地。李有财到达通化这天正逢大集，收参的商人、卖参的采参人云集，人声鼎沸，好不热闹。衣衫褴褛的有财挤进人缝终于看清了自己夜思日想的人参的模样。有财在老家的时候听到过一个传说。古时候有两兄弟进山去打猎，兄弟俩打了不少野物。正当他们继续追捕猎物时，天开始下雪，很快就大雪封山了。没办法，两人只好躲进一个山洞，他们除了在山洞里烧吃野物，还到洞旁边挖些草根扒些树皮来充饥。一天，他们发现一种很像人形的植物的根味道很甜，便挖了一些烤着吃。不久，他们发觉这种东西虽然吃了浑身长劲儿，但是多吃会出鼻血。为此，他们每天只吃一点点。转眼间冬去春来，冰雪消融，下山的路露出来了，兄弟俩扛着猎物高高兴兴地回家了。村里的人见他们还活着，而且长得又白又胖，感到很奇怪，就问他们在山里吃了些什么，他们简单地介绍了自己的经历，并把带回来的一种植物根块给大家看。村民们一看，这东西人形，却不知道它叫什么名字，有个长者笑着说："它长得像人，你们两兄弟又亏它相助才得以生还，就叫它'人生'吧！"后来，人们又把"人生"改叫"人参"了。

对人参的药性有财知道的不多，临离家的时候，他请教过李何庄的由郎中，那郎中讲起来一套一套的，说什么"补五脏、安精神、定魂魄、止惊悸、除邪气、明目开心益智"之类的，有财只记了个囫囵半片。寻思这东西这么难求，必然物有所值。有财这里正大开眼界，穷肚子不干了，咕噜噜叫得厉害，没法子，还得故技重演，打场子开练。有财找了个人稀拉的地方，向四周一抱拳，一口浓重的乡音："俺叫李有财，打沂蒙山来，到贵地落脚谋生，没饭吃，老少爷们儿有钱的帮个钱场，没钱的帮个人场，俺开练了。"只见有财"哗啦啦"从包袱中掣出三节棍，一亮招式，一个蛟龙出海抖出三节棍，劈、扫、抡、击、戳、绞、格各种舞花全部使将出来，比他这一路上哪次练得都好。一是他历尽千辛万苦终于到了关外，二是见到了梦寐以求的长白野山参，那股兴奋劲儿就甭提了。一开始看客还不多，但随着大家伙儿的叫好声，人群逐渐围拢过来。"这后生有两下子啊！""是练家子，看这身手，太利索了！"有财得了鼓励，一个鹞子翻身，三节棍指南打北，指东打西，左右盘旋，只见棍影，少见人形，舞得天衣无缝。一套棍术下来，他做了个收势，三节棍折收于手。有财腹内空空，但气定神闲，他作了个罗圈儿揖，掌声响起，那铜子儿随之“哗”地抛了过来。有财俯身拾起，正欲分开人群去打尖。“小伙子等等！”一个五六十岁年纪的老者走过来，只见他着一身玄色衣褂，大布扎腰，目光炯炯。“您老有何吩咐?”“老朽姓沈，老白山上挖参人。人群外看了半天，见你棍术高强，想与你结个忘年交，不知意下如何?”有财疑惑间，旁边好几个买卖人参的纷纷过来说：“这是沈把头，好人一个，和他交朋友差不了！”

沈把头领着几个伙计在“南来顺”酒庄要了一桌子酒菜，有财第一次面对这么好的酒席，嗓子眼儿都要伸出巴掌来了，却红着脸迟迟不好意思下筷子。“这萍水相逢的，让您老破这么大的费……”沈把头有他自己的心思，这后生武艺超群，看样子人品敦厚，自己行走老林子，能有他在身边可是十个头儿的了。想到这儿，他斟酒布菜：“有财，饿坏了吧，来来来，边吃边聊。”不唠不知道，这一唠有财感觉老天太眷顾自己了，自己正愁找不到门路，老天爷就把一个参把头送到了自己面前。酒席结束，有财顺理成章地成了沈把头手下的一个伙计。接下来大家轮流给有财讲挖参的经验，沈把头笑着说：“你那三节棍挖参不好使，我送你根索拨棍。”有财接过一看，这是一根五尺多长的木棍，没有去皮，粗的那一端用红绳系着两个青铜钱。沈把头说：“别小看这木棍棍，放山人离不开它。它的主要用处是拨草寻参，兼用作拐杖、防身——当然你是不会拿它当兵器了。看到这两枚铜钱了吧，这乾隆通宝能镇住参宝，再有老白山树高草密，有时候几步之外就找不见人，伙计们听到动静不至于走散。”一个叫小徐子的伙计送给有财一个快当签子——一个用鹿角削磨熏制成的六寸长的签子。小徐子说这是抬参用的，不吸水不发霉，不伤人参根须。有财又把伙伴们的家伙什儿看了个遍。棒槌锁，一根三尺长红线绳，两端各拴住一枚铜钱；快当斧子、快当锯、快当剪子、快当铲子；用桦树皮和柳条编成的背筐，皮或布制的背篼。大家伙儿不厌其烦地告诉有财这些工具的用途。

## 三

一转眼一年的时间过去了，有财跟着沈把头拉帮翻山越岭钻林子，无论吃多少苦挨多少累，他心中始终有一朵荷花盛开。有财是一个肯钻挤的后生，这一年他熟悉了老白山，差不多摸透了它的脾气。从一开始的“雏把”到后来的“边棍”，没有一次喊炸山。入冬辍棍分成，有财分到了三十两银子。那一刻有财喜出望外，照这个速度，再有一年他就可以回老家娶何花了。下山前大家伙儿聚在“仓子”（临时的窝棚）里拿饭，有财一高兴多喝了几盅，聊着聊着就把他闯关东的初衷给说出来了，沈把头听到走了过来。长白山野兽多，一年来有财凭着身上的功夫多次帮大伙化险为夷。沈把头也是个厚道人，他说：“有财呀，按采参的规矩，我不可能多分你银子。再说这也是个运气活儿，时间不等人，你攒不够银子回不了家可不成。现如今你采参的门道也悟得差不多了，你‘单棍撮’吧。”有财道：“把头，那可不成，俺跟您老学到了本事就拆帮单棍撮，也太不仗义了吧？再说俺有功夫，拉帮也需要俺不是？”“你不是收小徐子做徒弟了吗？我看他也算是有武把绰儿了，咱们有他就行了，去吧。我沈把头可是说一不二啊。”有财了解把头，自个儿跟着他的这一年，他忠实地执行着挖参的那些个老规矩，吃苦耐劳，不惧艰难，带着伙计们寻山、挖参、出货，对待每个人都很公平，估计自个儿再说也没用了。他跪下给沈把头叩头，说您老就是俺李有财的恩人，后会有期。大家伙儿暂时拆了帮开始猫冬，有财在通化近郊找了间破屋住下，逢集就去打把式卖艺，那三十两银子一点也不敢花，每天都是棒子面糊糊就咸菜疙瘩。有财想好了，老白山这么大，得去前人不敢去的地界找参。转过年房东家的母狗生了一窝狗崽，邻居纷纷来要，有财也要了一只黄色牙狗准备和自己做伴儿。进山前，有财去集上采买一些锅碗瓢勺居家过日子的东西，回家自个儿钉了一个爬犁，准备趁雪化之前上山。他一次买了几袋子棒子面，又蒸了几锅窝窝头准备带上。一天从集上回来，他在一个大垃圾堆旁发现了一条长了癞皮的小母狗，看起来是被主人遗弃了。“正好给俺的大黄做个伴儿。”为此有财又多耽搁了几天，让房东家的母狗给取名四眼儿的小狗喂了几天奶，看样子能将就活了，他才上路。有财拉着爬犁慢慢悠悠地出通化往北进山，他要在谷雨前找好地方安营扎寨。

这一天有财行到了一处山谷，春阳已然散出了一丝丝暖意，山林寂然。有财住脚一望，发现这条山谷长满了山梨树。这不由让他想起了沂蒙山的金梨，又圆又大又甜的金梨，有财忍不住咽了口口水。那一刻他想起故乡，想起爹娘，想起何花，泪湿双眸。就这儿了。有财从爬犁上抽出快当斧子、快当锯开始伐木。一个月后有财在一处较高的平地上建起了一个小木屋，这就是他临时的家了。有财在屋前开了块小园子，他临进山前房东大娘给了他很多样菜种，别的可以不种，说啥也得种上几垄大葱。有财不忘给大黄和四眼儿盖了间舒适的狗窝。他还给这条山谷起了名字——山梨沟。这山梨沟到了四月是要多美有多美，一条山沟梨花似雪，引得野蜂嗡嗡嘤嘤，大黄和四眼儿钻树空儿撒欢儿，有财虽然一个人，却感觉无比的热闹，仿佛老白山的无限生机都向山梨沟汇聚而来，拥抱他这个年轻的关东客。有财知道放芽草市（春季放山谓之放芽草市，这时人参叶未长开）的参客们快进山了，自个儿一切准备停当，也该去找参了。参客们放青草市的时候，有财有了收获，但他不满意，只盼山参放红朵子。去年他跟着沈把头的时候见过。大家伙儿跋涉在老林子里就爱听棒槌鸟的叫声，它们呼朋引伴，一早一晚互相呼唤着“汪刚哥、丽姑”，是参客最好的向导。有首民谣：要想挖参宝，得找棒槌鸟。那次大家循声果然找到了“红榔头”，那一刻所有人欣喜若狂，只见参籽鲜红，果实饱满，夺人二目。喊山之后，沈把头立即用棒槌锁锁住人参，这才开始抬棒槌……

面对这棵“片儿”（五品叶山参），有财的心怦怦乱跳，抬？不抬？他听沈把头讲过，“五”就是“无”，不到万不得已，还是留给后人。可有财的时间不多了，自个儿在老白山最多能待到老秋，过年前必须赶回老家去，而现在手头的银子还远远不够。抬！有财顾不了那么多了。以前抬大棒槌的时候差不多都是沈把头亲自动手，这实在是一个精细活儿，有财心灵，抬参的每一个环节他早就烂熟于心了。有财开出盘子，用快当签子小心拨开周围的泥土……当老参露出全貌的那一刻，有财仿佛听见了花轿进门的唢呐声。有财抑制住心跳，仔细把参坑填平，铺好草皮，跪下给山神爷磕了三个头，感谢他的恩赐。五品叶出货后，有财着实休整了几天，他在通化洗了澡理了发，给何花买了成亲盘头用的银簪子，这才回到山梨沟。此时的山梨沟处处飘着果香，大黄和四眼儿已经长成了半大子狗，见到主人回来是前后撒欢儿。山梨都熟了，果实落了一地。木屋的附近就有两种：一种果形不大，有点像香水梨的，甘甜异常，入口即化；一种果形硕大，木性十足，放个十天半月的也不见软，但果味芳香。有财爱吃小的，两条狗喜欢啃大的，可能后者更有咬头。一家三口常常在树荫下摆香梨宴，一吃一大堆，没办法，老天爷给的。在以后的一段时间里有财去了江源、临江一代，先后采到了一棵“三花”和一棵“巴掌”，有财知足了。此时老白山霜意已现，叶落纷纷，关东客乡思顿起，也不知家里人都怎样了，俺的何花怎样了。有财回到山梨沟开始准备返乡。像往常一样，他把剩余的粮食干粮集中起来放到狗窝附近，叫过大黄和四眼儿，说：“俺就要回沂蒙山老家了，山高水长，不能带着你两个，你们就在这儿好好过日子。俺把东西锁屋里，你两个好好看家，东西吃没了，有这一地的梨子，素的吃腻了就去学着打猎，山上有的是野兔子、灰鼠子、狍子，能不能吃着大荤腥就看你俩的本事了，赶明儿个俺也许还能回来。以前俺放山的时候，你两个不是净捉耗子吃了吗？现在你们长大了，可以去山上踅摸踅摸了，不过见到大兽可千万别招惹。”两条狗像听懂了似的，伏在有财脚边呜呜地叫。有财离开山梨沟取道通化出货，兑换银票，打算再买头代步的小毛驴。临行那日两条狗把主人送出二三里山路，才在有财的呵斥下依依不舍地返回了山梨沟。暂且不表有财的归心似箭，日夜兼程，沂蒙山的李何庄可是出大事了。

## 四

那何老根为了闺女能嫁个好人家可是使了牛劲了，当他听说李江在集上偶然见到何花扬言非何花不娶之后，就更认定了这门亲事。可那死脑瓜骨的李财主硬是不松口，你不松口俺松口，他又去找了刘媒婆，说不入赘就不入赘吧，俺就不信俺公母俩老了女婿能不管俺。这回李财主为了儿子也爽快地答应了，可他们答应都不好使，何花不答应啊。不等闺女故技重演，何老根先请来了唯一的妹妹——和何花最贴心的姑姑——来劝侄女。何花姑姑也觉得李江和侄女般配，郎才女貌。等姑侄两个在一个卧房里唠扯一宿后，姑姑站在了侄女一边。原来何花姑姑嫁了个跑单帮的商人，因为爹娘死得早，就是何花爹给妹妹做的主。头几年还算恩爱，哪承想何花姑夫在外面搭上了一个青楼女子，花大价钱给青楼女赎了身，以何花姑姑过门数年未生养为由，要领回家做小。何花姑姑是个烈女子，“有她没俺，有俺没她!”何花姑夫也不是吃素的，“那有她没你!”“没俺就没俺，俺就不信缺你不能活?”何花姑夫把宅院土地扔给了何花姑姑，自个儿领着青楼女子进了沂州城。何花姑姑人前一个眼泪疙瘩都没掉，从一个叫花子手里买了个饿得奄奄一息的小丫头陪伴自个儿，也过到了今天。现在听说侄女有了意中人，管他穷富，投心对意就成。何老根万万没想到一夜之间妹妹站到侄女一边，反而来劝自己。“什么李有财，李无财差不多，说是去老白山挖参发财，等你发了财，俺闺女成家姑老了。这个时候说不定早在山上喂老虎了……”他不说这还好，一说这戳到了何花的痛处。这一年多来何花无时无刻不惦念她的有财哥，做梦常常梦见他被老虎追，被狗熊撵，有时候还梦见他失足掉到山涧里……现在听到她爹诅咒的话，禁不住号啕大哭起来。她放出狠话：“您老要是逼俺嫁，俺就跳沂水河!”“哟嘿，你个死妮子，婚姻大事自古父母之命，媒妁之言，由得了你个不懂事的黄毛丫头？就这么定了，你就等着李财主家下聘礼吧!”

李江也耳蒙听说何花不乐意的话。“俺就不信了，俺堂堂李少爷还赶不上一个穷小子!”他便催着他爹下聘。李财主就这么一个儿子，又是个看中门面的，他也是下了血本——金镯子一副，绢十四。此事把李何庄的妮子们眼馋得不行不行的，还是脸盘子靓好哇，值钱呢！出乎何老根意料，何花没哭也没闹，还仔细看了看那副镯子。何老根心道：傻闺女，你是不知道李财主的家底啊，爹能把你往火坑推啊！何老根让何花娘收好聘礼，自个儿一高兴，喝了二两高粱烧，躺到热炕上闷觉去了。天未亮的时候，他被何花娘的喊叫惊醒了，“老头子不好了，何花妮子不见了！”酒意未消的何老根哆哆嗦嗦地点上油灯，见西屋炕上空空如也，“不是让你看着她吗？人哪儿去了？”老两口奔出门，茅房、粮仓、厢房一通好找，人影子不见。何老根一身冷汗，想起闺女先前放出的狠话，“完了完了，八成真的跳沂水河了……”这时候天也蒙蒙亮了，被惊动起的左邻右舍都跑向三里地之外的沂水河，寻了半上午，一个后生在一段水流湍急的河边发现了一双绣花鞋。何老根抢过一看：“俺的闺女呀，你可坑死爹了……”他昏死过去了。何李两家派人沿着沂水河往下游寻了好几十里，无奈正赶上汛期，活不见人死不见尸。先不说何老根两口子双双病倒，何家的亲朋好友都上来支应，单说李善祥一家也跟着愁眉不展，有财娘更是哭得泪人似的。“俺可怜的儿媳妇，俺可怜的儿啊！”这一年多来何花常常瞒着爹娘来看望未来的公婆，知道有财家日子紧巴巴，每次来都不空手，有财一家早把她当成没过门的媳妇了，可如今活生生被她亲爹给逼死了。“你个嫌贫爱富的何老根哪！”老实巴交的李善祥气得浑身直哆嗦。从外面回来的有禄说：“听说何花姐她姑姑来了，把何老根一通数落，何老根拍着大腿后悔不迭。”李善祥说：“先别说那个了，你哥回来可怎么办啊？”一家人大眼瞪小眼，都耷拉脑袋了。

有财骑着头小毛驴，比徒步轻快多了。这一日行到沂州，有财找了间小店，吩咐店家帮忙喂驴，自个儿去街上给家里人都买了东西，又洗了澡理了发，从头到脚换了身新衣服，回去好见心上人。

那兴冲冲的劲儿，比挖到五品叶的老山参都喜庆。在小店喝了碗热乎乎的棒子面糊糊，又嚼了两张韧劲十足的煎饼卷大葱，有财拍了拍肚皮，酒足饭饱了，告别店家，把褡裢往驴背上一搭，他又上路了。古人有句诗叫“近乡情更怯”，有财没念过书，自然不知道，但此时他的心情的确忐忐忑忑，自个儿一去两载，家里不知道怎么样了。他在心里暗暗祷告：山神爷啊，保佑俺一家，保佑俺的何花啥事也没有……唉，山神爷管不到这疙瘩啊！

李何庄还是那么安静，偶尔碰上几个孩子也都像不认识似的，用好奇的眼神愣愣地看他。有财牵着驴走进院子的时候，有财娘正站在那里喂鸡，看见有财怔了半天，直到有财摘下帽子喊了声“娘，是俺回来了”，有财娘这才扔了葫芦瓢跑过来，“俺的儿啊，你可回来了，让俺看看！”“娘，俺没缺胳膊没少腿，壮实着哪！”有财娘这才“嗷”的一声哭出来。听到动静全家都跑出来了，把有财迎到屋里。大家伙儿七嘴八舌嘘寒问暖，也就一袋烟的工夫，忽然都住了嘴，谁也不往有财的脸上看。有财正聊得高兴，见全家人一时间都哑了口，心就突突开了，他知道有不好的事情发生了，可这一家大小都在啊。“你们这是？是何花怎么了吗？说话啊！难道何花没等俺嫁了人？”有财最小的妹妹嘴快：“何花姐跳河了！”“你瞎嘞嘞什么？”有财一把拽过妹子，眼珠子都要瞪出来了，小妮子吓得大哭起来。李善祥走过来拉起傻在那里的儿子走进里屋，“是真的，都是何老根逼的，半年前，他非让闺女嫁给李江，那妮子烈性，就跳沂水河了！”半晌，有财一句话不说就要往外冲，李善祥死命拉住儿子，“你要干什么？”“俺找老何头拼命，让他还俺何花！”“何老根现如今肠子都悔青了，叫人退了李财主家的聘礼，整天嚷嚷着要出家，人都半疯了，你还找他干啥！”有财听罢脖子往后一仰，喉咙里“哏儿喽”一声，人就背过气去了。“快去找由郎中！”李善祥一边掐人中一边喊，有禄早兔子一样蹿出去了。

“甭怕，他这是又累又饿加之急火攻心。”由郎中在有财的内关、中冲两个穴位各行了一针，李善祥按住人中始终没撒手，半天有财终于哼了一声。“活过来了！难受你就哭出来，哭出来就好了……”有财大放悲声。

何花的衣冠冢就埋在离李何庄二里地的一片荷塘边上。深冬将尽，春还未到，荷残水枯，好不凄凉。何花的坟上已经荒草一片，有财来祭奠她了。“可怜的何花啊，你死了连尸首都没找到，都是因为俺李有财呀。当初咱俩还不如不约定百年了呢，那样你顺顺当当嫁入富贵人家不就啥事没有了吗，都是俺害了你呀……”从此有财天天来何花的坟上转，流着泪和她说话，讲自个儿闯关东的种种艰难和对她的思念，累了就睡在坟边，家里人不来找他就不知道回去，沿着坟的一圈儿硬是让他踩出一条光溜溜的道儿。有财望着环形的道儿自言自语，说：“何花你看见了吗，这道儿就是俺的两条胳膊，长长久久地抱着你。”有财又后悔自个儿挖了五品叶的参，“五”就是“无”，现在俺没了何花就啥都没了……李何庄的乡亲议论纷纷，说这倔妮子可把人害得不浅，老爹魔魔怔怔的，李有财也快疯了，李财主一家弄得灰头土脸，李江发誓再不回李何庄……唉！转眼来到年关了，李何庄无论穷人还是富人都张罗着过年，只有三家没心情，非但没心情，还怕过年。腊月二十八这天，有财拿出几个铜子儿让有禄去烧锅打酒，说是过年给爹喝。有禄打回酒，有财拎走了一瓦罐。李善祥望着儿子的背影说：“这小子算是给毁喽！”一旁的有财娘又哭开了。

有财来到何花的坟上，坐在老地方，“咕嘟嘟”灌了半罐子高粱烧。“何花呀，你这一走倒是清静了，你让俺这后半辈子可怎么活啊?”除了跟沈把头拉帮这一年，把头逢年节请伙计们喝过几次酒外，有财无论怎么乏累都舍不得买酒喝，他根本不胜酒力，没到一袋烟的工夫就扑倒在坟上呼呼睡去。有财做了一个梦，梦见何花轻轻摇晃他的胳膊：“有财哥，有财哥!”有财迷迷糊糊抬起头：“何花，是你吗?快把俺带走，咱俩去阎王爷那儿，让他给咱俩证婚……”“不用上阎王爷那儿，咱这就回李何庄成亲。”“可人鬼殊途啊!”“有财哥，俺没死，你起来看看，俺是何花!”李有财想站起来，又怕梦醒了他的何花就不见了。“俺不睁眼睛，就不睁!”“小子，你快点给俺睁，要不俺可领何花走了啊!”一个陌生女人的声音似乎从遥远的地方传来，有财的酒醒了一半儿。他使劲睁开沉重的眼皮，一个老女人不认识，另一个不是何花是谁?有财惊得酒都变成汗出来了。“孩子别怕，俺是何花的亲姑……”三个人就坐在坟旁，听何花姑姑讲述事情的始末。

何花姑姑最知道她这个哥哥，知道他拿定的主意轻易改不了；侄女她也了解，认定的事情九头牛都拉不回。与其弄个两败俱伤，还不如让老的遭点罪，一切等李有财回来再说。何花姑姑就暗中和嫂子商量这事，何花娘开始不同意，何花姑姑说那你有啥好法子，你一辈子也做不了俺哥的主。何花娘才勉强同意了。那一晚何花姑姑派人接走了何花并制造了投河自尽的假象。其实何老根也有些纳闷儿，水流再急，也不应该找不到尸首啊，他就盼着某一天人家救了他的闺女，毫发无损地给送回来，可半年都过去了，他就绝了望，才开始魔魔怔怔的。“你回来的事，俺们在十里外的大王庄都听说了，这些日子俺也叫人来察看了，”何花姑姑指着那环形小道说，“你小子痴心，值得俺侄女托付终身，俺们不能再折磨你了，不管你挖没挖到棒槌，俺侄女都嫁定你了，没钱娶她俺给你出。可说好了，俺没儿没女，你可得养俺老。”说完她自顾自哈哈大笑起来。

家这边李善祥见快到吃黑饭的时辰了，有财还未回来，就让小儿子老闺女去何花的坟上找，这都是家常便饭了，两个孩子也是轻车熟路。去了不一会儿俩孩子张抓似的跑回来了：“不好了，俺哥八成让女鬼给捉去了……”“什么?”俩孩子如此这般地一说，说其中一个女鬼是死了的何花姐，另一个不认识，俺俩看得真真的。李善祥一时间也丈二和尚摸不着头脑，他一边让有禄去老何家喊人，一边骑着毛驴跑去了何花坟地。

## 五

李有财正月初六那天迎娶何花进了门。见闺女全头全尾地回来，何老根的魔怔病立马好了一大半儿，他早在菩萨面前许了愿，俺闺女要是能平安回来，俺何老根一份聘礼都不用，马上让她嫁李有财。而有财还是按承诺奉上纹银五十两做彩礼，何老根也不含糊，陪送了两匹好马，外加一个花轱辘大板车，说你们以后过日月用得上。何花娘笑指老头子道：“你这牵着不走打着倒退的倔驴……”春天动泥水的时候，有财拿出银子盖了两间厢房，他知道不久家里就会添人进口。

有财与何花在李何庄过了五六年太平日子，孩子也生了两个，若不是沂蒙山发大水，家乡颗粒无收，他们都没想过再去关东的事。这一年的五六月份，天像漏了似的，大雨小雨就没停过，沂水猛涨，淹没了李善祥家的几亩河滩地。有财本来在武连胜的武馆教习三节棍，这一闹灾那些习武的孩子也都不来了，他也就失了业。其实这几年有财也时时想起沈把头，想起山梨沟，想起大黄和四眼儿，苦于路途遥远，也只能想想而已。眼下天灾又把他在老家谋生的路给堵死了，再闯一次关东就有了理由。不同的是这次多了个他走到哪里就要跟到哪里的媳妇何花。他把两个孩子交给爹娘，拜别了丈人丈母娘，说等挖到山参有了闲钱就接他们去通化。有财赶着花轱辘大车载着何花在亲人们的泪眼里又一次上了路。

且不表有财何花一路的艰辛，这一日二人来到通化，安顿住下。有财得在上山前准备好两个人的吃喝用度。有财先去几个山货庄转了一圈儿，行情还不错，可惜没有遇到熟人，他总惦记打听打听沈把头的近况。拉着采购的东西回到大车店，吩咐店伙计把车卸了，两匹马喂上，这才和何花去伙房吃饭。掌柜的是个喜欢聊天的主儿，见他们夫妇两个用饭，也拽条板凳坐在旁边和有财拉呱儿。“这位山东老客拖家带口来咱这疙瘩是……”有财一笑：“实不相瞒，俺是个参客，几年前在这疙瘩干过两年，老家那边发大水，才又来了。”“哦，不知道老客这是要奔哪儿啊？”“山梨沟。”“山梨沟？没听说这个名啊。”有财也笑了，心道：名字是俺起的，别人哪知道？掌柜说：“山梨沟不知道，咱就知道恶狗沟。”“恶狗沟？在什么地场儿？”掌柜说：“你倒别说，听说恶狗沟也有许多山梨树。”有财让掌柜的把大致方位介绍一下，不由得心中暗惊：这不是山梨沟又是哪儿？可怎么变成恶狗沟了呢？那大车店掌柜来了谈兴，说：“咱们通化挖参最有名的沈把头不知道老客听说没有，他听人说那一带有棵百年老参王，就拉帮去了，没想到一条山沟不知道什么时候让一群恶狗霸占了，那狗凶的，谁人都近不了前，据说像狼还是狗，那家伙把这伙挖参的给追的，若不是他手下的一个伙计会使三节棍，恐怕得让那群恶狗给嚼喽。沈把头吓出一场病，听说后来去别的地方挖参摔伤了腿，现如今都不能放山了。以后还有好多不信邪的参客前去，都被恶狗给撵了出来，自此恶狗沟声名远播。”

掌柜一席话说得有财心里七上八下的，最高兴的是他得到了沈把头的消息，疑惑的是怎么会出了个恶狗沟，难道是大黄和四眼儿繁生的？不行，明天一早得赶紧回山梨沟看看。第二天有财早早起来套好车，和何花一道奔了山梨沟。正是初秋天气，山道两边满眼是树木，所有的山谷、山坡、山脊都站满了这些蓬勃的生命，让初次到关东的何花兴奋不已。有财说：“赶明儿俺领你上山好好逛逛。这疙瘩山上有四季，十里不同天，有些树咱老家可没有。听说老白山山顶上有个大池子，一般人上不去，上去了也难见真容，有神龙把守着呢。”说得何花心里痒痒的。夫妻两个就这样走了两天，这天晌午歪的时候已远远地望见了山梨沟。有财让何花坐在车上别动，自己先把三节棍操在手里，果不其然，人未进沟，狺狺的犬吠声已传来。有财跳下车，把马拴在一棵老梨树上，窝子狗已然蹿了出来。好家伙，黄的、黑的、白的、花的，大大小小、男男女女一齐冲将出来。领头的一只，立耳长尾，大嘴岔儿，凶猛异常，直扑有财。有财抖开三节棍，一根短棒霎时长出三倍，直取狗鼻子，那狗骇然，刹住前冲之势，一跳闪开。有财展目一望，在这些狗儿身上找到了大黄和四眼儿的影子，他把左手的拇指和食指塞入双唇间，一声呼哨，不一会儿，见两条老狗从沟里颠了出来，不是大黄和四眼儿是谁？可它们再也不是从前那两条半大子狗了，明显看出老态了。一时间有财热泪奔出，二狗认出主人，围着有财亲近个没完，狗子狗孙都安静下来，好奇地看着他们。

有财两口子被群狗前呼后拥着走进山梨沟，木屋还在，门锁锈蚀但完好，小院荒芜，蒿草中间还长着一些细细的大葱，六年前的痕迹宛然。有财抚摸着大黄和四眼儿，感慨它们的忠于职守。再细细打量它俩的儿孙，显然有野狼的血液掺杂其中了，恶狗沟的得名也算名副其实。有财砸开门锁，灰尘满目，床榻依然，锅碗瓢勺刷一刷还能将就用。二狗跟在他们身后摇尾巴，得意扬扬，仿佛在说：主人，俺公母俩咋样？家看得不错吧？何花早听当家的说过山梨沟给他守家的大黄和四眼儿，没想到这么多年，它俩开枝散叶，繁生出一大家子，还把个山梨沟看得铁桶一般，不由得心里热乎乎的。急忙从车上往下搬东西，要做顿熟饭好好犒劳一下这两条比人还忠实的狗和它们的子孙。忙活的当儿，太阳即将落山。又听门外群狗乱吠，有财出门一看，见几条健壮的成年狗一同拖回了一只狍子，好嘛，这回有荤有素。山梨树下，大青石上，火把明亮，人狗一家，宴席摆开。有财摸着大黄的头，望着果实累累的山梨树和枝丫间的点点星光，感慨万千。“大黄啊，可惜山梨还没熟，要不咱们又可大嚼一顿了，这些年想山梨子的味道都快把俺想疯了……”

有财在山梨沟待了几天，和何花一起把木屋的门窗和小园子都修整了一番，又盖了间马棚，搭建了一溜儿狗窝。有财知道自个儿还能赶上“红榔头市”（此时人参果完全成熟）、“刷帚头市”（此时参果掉落）、“黄罗伞市”（此时深秋，人参叶子泛黄季节）、“铁寮子市”（秋末初冬，人参只剩下一根枯秸子）。至于“铁寮子市”，有财知道把握不大，两年的挖参经验还远远不够。安置妥当，有财就要上山，何花留在家中继续收拾已荒了几年的家园。如若没有这些狗，有财说啥都不放心把媳妇一个人扔在山沟子里。何花和一般的女人家不同，她主意正，胆子大，虽出生在中产之家，一点都不娇气，在沂蒙山老家的时候她也偷偷和有财学了几招三节棍功夫，对付个把男人啥事不算。放山谚语云：要想有，进山三六九。初六这天有财背着干粮和水，还有他那些奉若珍宝的采参家伙什儿上了山。大黄和四眼儿领着狗子狗孙送出好远，有财说："回去吧，好好看家，护着俺媳妇。"

有财这一出去就是两三个月，中间果子熟了的时候回来过一次，赶车去通化采购了一些粮食物品。何花把个小家打理得井井有条，小园子的秋菜都能吃了，腌好的狍子肉要多香有多香。有财和众狗摆了几天的山梨宴，嘱咐媳妇等上了冻，多摘些好吃的山梨冻上等俺回来。白露前有财卖出了一枝"灯台子"，就这已经足够夫妇俩吃上一冬带拐弯儿的了。入冬前有财终于回到了山梨沟，他风尘仆仆，还在通化给何花买了过年的新衣裳。这个冬天是有财何花最惬意的一段时光，在沂蒙山老家这几年照顾老的养育小的，都没闲工夫好好拉呱儿。现在他们有的是时间恩爱，虽然何花因为想孩子惦记爹娘也哭过鼻子，有财劝她："家里有有禄两口子呢，再说你家的家底你知道，饿不着二老的，咱挖到哪怕是五品叶的参就能回去。俺还惦记着去找找沈把头，他的恩情还没有报答呢。"大雪很快就下来了，长白山银装素裹。有财没事的时候就领着狗群上山，下套逮山兔，弹弓打野鸡，捡橡树子……"立耳"（有财给起的名）作为"头狗"领着几个兄弟有时候还能捕获半大狍子。何花时不时缠着有财学棍术，一套棍法练下来，也有了女侠的模样。有财说："你家陪送的那挂板车，总走山道也快零碎了，你得学骑马，以后用得着。"何花说："这两匹马是俺看着它们长大的，骑就骑，看它敢摔了俺?"总之有财夫妇的猫冬生活有滋有味。何花忙完家务，坐在热乎乎的火炕上啃着冻山梨对有财说："俺真心喜欢山梨沟，夏天有溪水，冬天有白雪，吃的烧的取之不尽用之不竭，一点不比老家差，赶明儿俺俩就在这里养老吧。"有财道："好好好，俺何花说咋就咋。"

且把闲话休提，山中日月再长也架不住甜蜜消磨，转眼又是冰消雪化春雷响。有财感觉自己一个冬天长了好几斤肉，浑身充满了力量，就等放山大干一场了。只可惜芽草市、开屏市（人参叶子长开的时节）、韭菜花市（人参开花时）除了两棵“小捻子”外有财一无所获，眼瞅着青榔头市（人参果实绿的时候）也快过去了，有财就有些着急，也越发地牵挂老家的亲人。这一天他回到山梨沟，躺在炕上长吁短叹。何花说：“去年一冬咱俩闲着没事，你把棒槌的样子、生长的地场儿都给俺讲明白了，由郎中送你的那本药材图册俺也快翻烂了。俺不要在家闲着，俺要跟你去放山!”“没听说有女人放山的，你可得了吧，想都别想!”何花立目一瞪有财：“俺说去就去，为嫁你，俺爹都败给俺了，何况你?”有财一时无语。都怪自个儿运气不好，媳妇也急了，这可怎么好？何花说：“当家的你别急，你还记得不，去年咱来时住的那家大车店的掌柜说啥来着？说这恶狗沟有山参王。”“市井传言，能当真吗?”“真不真的，你找过吗？这里虽然是条山沟子，可俺来时感觉一直向上走啊!”有财一时间也犯了寻思：自个儿住在这儿两年，净往远处走了，附近还真没转悠过，沈把头曾经来过，没进得了恶狗沟，难道……

放花公鸡市（果实渐成熟有绿有红色时放山）前，有财决定带何花一起出去。半个月之前他们开始分房而居。出发前有财用三块石头搭成老把头庙，领着媳妇烧上香纸，摆上贡品，二人磕头。有财许愿：“山神爷老把头在上，俺们要进山了，请您老人家给指指路，让俺们开开眼，拿大货。保佑俺两口子平平安安进山，顺顺当当回来，俺们发了财，杀鸡宰猪来报答您……”从此有财两口子就以山梨沟为圆点，向四外几十里范围的山上找参。何花从没吃过这翻山越岭露宿野外的苦，在寻了三个方向后，她累病了。有财把随身带着的一棵“小捻子”炖汤给何花喝了，你还别说，那药效啥都比不上。何花说：“怪不得棒槌这东西这么难找，值那么多的银子，真是好使啊！”夫妻俩住山洞，喝野菜汤，吃野果，行走山间，衣服让树枝剐得褴褛不堪。只剩最后一个方向了，那些参好像是和他们捉迷藏一样，就是不肯露脸。有财绝了望，只有何花还提着一口气。这天夫妻俩寻了一上午，秋阳毒辣，一条山溪挡住去路，有财掬了一捧水喝，清冽甘甜，五内俱爽。“何花，附近差不多踅摸遍了，从这下山离家不远了，俺送你回山梨沟，俺再往远处转转。”一旁歇着的何花没作声，她正四处撒摸。“俺去解个手。”有财溪旁草地上坐下，细一打量四周，真是个好地方，有松，有桦，有椴，有榆，藤葛缠绕其间……“有长虫！”一丈开外的何花一声惊呼，有财一个高蹦起来蹿过去，只听草丛哗啦啦一阵乱响，那长虫钻进树空儿了。“别怕，这可是钱串子啊，快找！”有财说着拿索拨棍慢慢拨动乱草树枝，就在长虫起身处，几点耀目的鲜红、一株夺目的碧绿出现在他的眼前。“棒槌，俺可撮住了米口袋！”有财立刻把索拨棍插在了人参旁。“哎哟娘哎，六品叶呀！”有财激动得差点晕过去。“何花，在上风头点火熏蚊子，要闷出烟来，俺要抬参了！”“嗯嗯，当家的！”欣喜若狂的何花忙不迭地过去了。有财两口子用了两天的工夫把一棵百年老参给抬了出来，精心打好参包子。有财说，这面山坡肯定还有“小捻子”，咱不能太贪，把它们留给后人吧。临下山，有财不忘把参籽撒入泥土。

## 六

有财何花回到山梨沟，两条老狗率狗群前来迎接，两匹撒开的马也养得膘肥体壮的。有财夫妇牵挂杳无音讯的亲人，想快点出货，好趁冬天到来之前回沂蒙山老家。没承想他们把这个世界看简单了。其实有财这个年纪也算经历得不少，他也有防人之心，他和媳妇决定骑马带“立耳”一道返回通化。事实证明是立耳帮他俩逃过第一劫。这天有财夫妇来到通化，仍然住在进山前住过的那家大车店里。掌柜的一看到他们的参包子就知道他俩抬着大货了。有财也没想到出货这么不顺，那些个山货庄的掌柜一看那参都惊讶不已。“你小子造化忒大了，多少年没见到六品叶了，这棒槌芦头大须子长，可谓五形俱美啊，是难得的大货，一二百年不止呀！可这正是收货的节骨眼儿，小店本小利薄，一时半会儿找不到合适的买家，这大笔的银子咱也付不起呀！”有财来到通化最大的山货庄——白山山货庄，那白面黄须的掌柜才给四百两银子，他摸准了其他规模小的山货庄都收购不起。有财悻悻而返。那大车店掌柜的说要招待回头客有财夫妇，庆贺他们公母俩挖到大货。有财说这哪好意思。掌柜说等你们出了货，再好好请我不迟。这天晚上掌柜的吩咐厨房做了猪肉炖粉条子，焖了黄米饭，备了高粱烧，二人喝上了。掌柜的说：“我的信息灵吧，恶狗沟果然有大货啊！”有财未置可否，掌柜的一双眼睛不断地在有财的脸上转。有财道：“没想到好东西出手还这么难。”掌柜道：“兄弟别着急，有货不愁买家，多喝两杯，今晚我给你们找个僻静点的客房，你两口子好好歇歇。”有财回到客房的时候，何花已经躺下了，立耳卧在炕下。这些日子何花跟着有财翻山越岭，一个女人家体力毕竟有限，她太累了。有财不胜酒力，加之心情烦闷，很快就睡着了。有财做了个梦，梦里的有财一会儿躺在银子堆上，一会儿和媳妇走在回老家的路上，步伐无比轻快……何花也做了个梦，梦里的她快乐地和孩子们在一起，她亲他们，拥抱他们……蒙胧中何花忽然听见地下的立耳喉咙里发出的一长串的低哼，那是向主人示警的声音，她迷迷糊糊地坐起身，见立耳直起身子望向木格子窗。一声轻响，什么东西把窗纸戳了一个洞。说时迟那时快，立耳一耸身跃上炕。这间客房的窗扇是那种四周是小木格，中间糊窗纸的那种。跃上炕的立耳跳过熟睡的有财，“嗖”的一声直接从窗纸中间穿了出去，一时间，狗吠声，一个男人惊恐的喊叫声，乱成一团。等有财两口子握着三节棍冲出房门，只见立耳正冲着屋顶狂吠，瓦片碎裂的声音渐远。有财擎着豆油灯往窗下一照，见一个放麻烟儿的吹管丢在地上：“倒卷帘飞贼，这是冲六品叶来的啊！”何花说：“要不是立耳，俺俩早给麻倒了！”

天亮后，大车店掌柜的颠颠儿地来了，仿佛对昨晚发生的事情一无所知。他是来传话的，说衙门来人了，来通化公干的长白县知县大老爷要见挖到六品叶山参的参客。掌柜的脸上一副讨好的表情：“老弟八成要发大财了。”早饭后，有财被请到了掌柜的客厅，没等多少时候，两个公差陪同知县大老爷走了进来，有财打了个千儿。落座之后，掌柜的奉上香茶，有财这才敢抬眼望向对方，见对方也正打量自己，半晌，两人的目光都粘在对方的脸上撕不下了。你道怎么回事？本家兄弟。原来李江自何花投河后自觉颜面无光，发誓再不回李何庄。他家财丰厚，本人又肯吃苦，很快考取了功名，被朝廷派来关东，现如今坐上了知县的位子。后来他听说他心仪的何花没死，还嫁了穷小子李有财，心里就更不是滋味了。没想到在这里碰上了冤家。俺和何花可是有父母之命媒妁之言下过聘礼的，从这点看，俺同李有财也算有夺妻之恨。想到这儿，他首先打破尴尬：“想不到是有财兄弟啊，这可真是他乡遇亲人啊，咱虽则是出了五服，但一笔写不出两个李字不是？”他也不给有财搭话的机会，自顾自地往下说："听说兄弟得了六品叶的百年老参，哥哥想留下。"李江朝后一挥手，那两个差人和大车店掌柜知趣地退出去了。"说到这东西的用场嘛，俺也不瞒你，给上面送礼，俺不能老在这关外当个小小的知县。至于这银子嘛，你可能也知道，这些年老家不是发大水就是闹蝗灾，家道也不行了，俺又是个清官，拿不出太多，先付你二百两，以后等俺升了官，也给兄弟谋份差事干干，你看如何?"有财万万没想到会有这样的相遇，二百两银子，这是巧取豪夺啊!心中的怒气不由得暗暗升腾。有财面上却平静得出奇，有昨黑儿的经历，他大意不得了。"啥银子不银子的，都是一家人，不过实不相瞒，棒槌是你弟妹找到的，俺咋也得知会她一声。""啥，何花也来了？你居然让她和你一同放山?"有财心道：这是俺家的事，和你有一个铜子儿的关系？"唉，俺也不想啊，日子难过啊。这样吧，哥哥明天这个工夫听俺的信儿。""好的，俺信你，告辞!"

有财何花带着参包子逃回山梨沟的时候已经是第二天傍黑儿了。回想这几天的经历，两口子都后怕。抬到大货本是好事，谁想到因福得祸，这要是继续在通化待下去，说不定发生什么事情呢。那天和李江见面回到客房后，有财如此这般地同何花一学，何花说来者不善，连夜挑杠子吧。"去哪儿?""当然是山梨沟，货没出，回不了家，咱回去想想下一步咋办。"吃饱喝得躺在用山梨树枯枝烧得滚烫的土炕上，解乏极了，可两口子还是一筹莫展。第二天何花煮了一些腌野兔肉腌狍子肉犒劳立耳和大黄与四眼儿它们。这次要不是立耳，六品叶就被盗了，真是条警觉的好犬啊！有财说："李江说老家闹蝗灾也不知道真假，真急人啊!"这晚两口子熄了豆油灯合计了好久也没想出什么好法子，有财更是长吁短叹。何花道："睡吧，总有招子的。"二人还没等合眼，卧在窗下的立耳那熟悉的低哼声突然传来。有财知道立耳不像别的狗没事瞎汪汪，它一叫必有情况。“快穿衣服，把参包子藏好！”等有财拎着三节棍出门的时候，十来个骑马蒙面的人业已包围了木屋。领头的一个拿刀一指有财：“识相的把六品叶快点拿出来，不识相过来餐刀！”回想起这几天的遭遇，有财山东人的火气翻了上来：“要棒槌没有，要命有一条！”

“嗨，还是个舍命不舍财的主儿！”众匪哈哈大笑起来，一边纷纷下马。伏在狗窝里的大黄和四眼儿在狗子狗孙的乱吠声中不动声色地观察着主人的一举一动。只见有财神色飞动，三节棍抬手抖出，折棍瞬间变成丈长直棍，直取发话的土匪的兵器。那家伙也不是吃素的，一个虎跳闪开身子，用刀一搪又顺势一削，那刀也真是锋利，硬生生把白蜡杆材质的三节棍的一端削去了一小节。有财本不想伤他，然而第一招就折损兵器，可是练家子的耻辱，手下再不留情，与那匪战在一处，其余的匪徒直奔木屋。此时大黄和四眼儿已经悄悄移到房门处，各守一边，严阵以待，见那些黑衣人奔过来，二犬直扑过去。此时何花也冲了出来，锁死房门，使出三节棍与丈夫一同对敌。一个土匪见出来个女人，直奔过去，挥刀就抡，那匪头儿瞥见大喝：“别伤那娘儿们。”立耳率群狗腾挪撕咬，和那些欲破门而入的土匪搅成一团。这一场人与人、狗与人的大战直打了一个多时辰未见胜负，人吼狗吠乱成一团。那个匪首大喊：“把那两条看门的老狗给我废喽，别耽误工夫，快点进去拿参包子！”有两个使棒子的家伙发了狠，甩开众狗纵身过去。大黄和四眼儿毕竟老了，它们几乎拼尽了力气，面对飞来的大棒再无躲闪的可能，它俩头部中棒，瘫软下去了。有财用余光看到这一切，一阵心痛，飞身过去，一棍捅在了一个举起刀背要砸门锁的匪徒手上，那人一声惨叫，大刀落在了地上……旁边的立耳一口咬住了打死大黄的土匪的腿肚子，那人惨叫连连，举棒打向立耳。立耳撒口跳出战圈外，头插地发出一阵长嗥。这声嗥叫让所有打斗的人狗都停了下来，这哪里是狗叫，分明是狼嚎啊，那些土匪感觉脖子后面直冒凉气，寒毛也跟着竖了起来。立耳嗥毕，转身跃到有财何花身前，衔住有财的衣襟往木屋的门前拉，有财不解其意，正僵持着，一个土匪大喊："有、有狼，狼下山了！"此时月光明亮了一些，所有人纵目一望，只见山梨沟尽头，四五个灰白的影子正飞跑过来。"哎哟，娘啊，我说挖参的，你他娘的是养狗还是养狼啊，今儿个算爷栽了，扯呼！"一伙人把几个受伤的搁上马，呼哨一声打马蹽杆子了。立耳奔过去和几条狼亲近了一会儿，那几个灰白的影子才又隐进了山林。有财这才感觉到左胳膊疼痛，脱下上衣一看，连皮带肉给削掉了一块，整条臂膀都被鲜血染红了，何花的腿也被棒子扫到，一瘸一拐的。二人也顾不了自个儿了，一步步挪过去，抱着大黄和四眼儿的尸首放声大哭："都是俺们害了你们公母俩呀，因为一棵棒槌，你们没得善终啊！啊——啊——"

## 七

第二天一早有财何花给受伤的狗包扎好，煮了狗食喂饱它们，就在一棵老梨树下开始给大黄和四眼儿掘墓，夫妻俩身上的伤疼，心更疼，一边挖坑一边流泪，与它们相处的点点滴滴浮上心头。有财一个人住在山梨沟的时候，有它们做伴儿，度过了多少难耐的思念亲人的寂寞时光；回沂蒙山老家那些年，它俩繁衍子孙，看守山梨沟，看守着冥冥之中和有财何花有缘的六品叶；现在为了主人牺牲了自个儿的老命……两人回忆着说着挖着，不断感慨唏嘘，这些个暗偷的明抢的都是从哪里来的呢？大车店掌柜？李江？山货庄掌柜？一时也理不出个头绪。突然，一阵狗叫声夹杂着马蹄声传来，“不好，又来了！”何花大惊失色。“这回无论谁来咱都拱手相赠，狗们死不起，俺俩上有老下有小更死不起。”经过了昨夜的殊死搏斗，有财淡定异常，“反正六品叶是老白山生的，人人可得，俺俩只是把它抬出来而已。来人图的是参，和咱们无冤无仇，不见得就要俺们的命。”说着有财何花慢慢爬出坑来，喝住扑咬得最厉害的立耳。只见一人远远飞马而来。有财笑道：“去了群盗又来独贼，这山梨沟可热闹了。”也不去屋内取三节棍，就拄着铁锹站在坑边。那人下马作了个揖：“对面可是李有财李大哥？”有财心道：这是个先礼后兵的。“正是在下。”来人笑着说：“师父，不认识小徐子了？”有财走近几步仔细辨认，真是小徐子。两人久别重逢，紧紧拥抱在一起。有财对何花说：“俺和你讲过的，俺拉帮时的徒弟。”“见过嫂子！”

何花做了一桌子菜，俩人喝上了，你一嘴我一嘴地讲着分别后各自的遭遇。小徐子说：“我和沈把头来过这儿。沈把头的一个前辈临终前告诉他，说他的父亲就是个参客，年轻的时候在这一带发现了一棵五品叶，因他忌讳五字就没抬，后来和人搭帮采参莫名其妙地掉下了山崖。沈把头的这个前辈也曾经到这疙瘩找过，始终没发现这棵老参，以为让人抬走了，也就放弃了。那回沈把头就是想领着我们来碰碰运气，没想到让你的狗给撵了出来，哈哈哈……”有财想到大黄和四眼儿不由得悲从中来。听小徐子说到沈把头，有财急忙问：“你一直和沈把头在一起吗？他老人家怎么样了？”小徐子说：“你听我慢慢说。你抬到大货的信儿在通化城都传遍了，没出货的事我们也都知道了。沈把头让我找你，打听到大车店，那掌柜的说你们不告而别了，他约莫可能回了恶狗沟，这不，我就奔这儿来了。”“沈把头身子骨还好吧，听说他摔伤了腿……”“可不是咋的，身子骨还行，就是不能再放山了。他采参多年，人脉广，这不，有一个大买家，这人在吉林的有钱人里能排上号，还是个孝子。半年前找到沈把头问他手里有没有大货，沈把头答应给他留意，他说一旦有了货，直接送到临江就行，说是找老参给他老爹治病。”有财道：“俺一直惦记沈把头，本想出了货再去找他，唉，哪承想发生了这么多事。”“这个不难，等出了货，咱们一同去见他老人家。眼下既然有这么多的人惦记六品叶，此地不宜久留，咱们得尽快出山。”有财道：“出来快两年了，沂蒙山老家老的老小的小，都指着俺拿银子回家呢，俺也急着快点出货好回去。”

有财临行前把群狗喂得饱饱的，他对始终冲着小徐子哼哼的立耳说：“山上还有一些‘小捻子’，你们愿意替老白山守着它们就守着，不愿意就回归山林，找你们的血脉去吧！”又给大黄和四眼儿的坟鞠了一躬，“你们公母俩就睡在这儿吧，有山梨树和你们做伴儿。”

有财两口子收拾利落，和小徐子一起骑马奔了临江。立耳一直跟出山梨沟，吓得小徐子打马跑到前面去了。人的事情狗不懂，它们的基因里却有人无法超越的本能。

# 武　　四

武四爷是祖母的外祖父，他的传奇故事在家族中代代流传。

——题记

## 一

武四和他哥武三是由他老爹从山东老家一路挑到关东的，那时武四刚有一些模糊的记忆。只记得起初挑子的后面还跟着衣衫褴褛的娘，后来娘就没了，任他和哥如何哭喊找娘，娘再也没跟上来，他不知道娘已成了异地的一抔土。从老家到关东的漫漫长路上不知埋葬了多少贫病交加的逃荒者。陌生的土地从篮子下缓慢地飘过，仰头望去，父亲的脊背一天驼似一天。有时父亲换换肩，武四乘坐的篮子移到前面时，他小小的心里就有一种快意的舒畅，仿佛他引领着父亲，还有后面的哥哥，朝向那梦中的天堂。每当这个时候，他就希望父亲快点走，因为他总有一种欲飞的感觉。以上是武四幼年时唯一的记忆了。

武四二十岁的时候，武家窝堡已是呼兰河以西一个较大的屯子了，十来户人家，并且大部分人家住的还是马架子和地窨子。在这十几年的光阴里，武四的父亲目睹了跑马占荒、拉线钉桩树碑等各式各样的土地割据。北大荒肥沃的黑土地生活着满人、蒙古人、汉人等民族，其中的喇嘛、土匪、关东客等瓜分开垦了大片的土地。呼兰河以东的河套地都有了主人，人们就向河西发展。河西的土地就远不如河东了，越往西盐碱地越多。这里聚集的拓荒者大部分是穷困的关东客，他们操着浓重的乡音，挥动着精瘦的臂膀在这片亘古沉寂的荒原上建立家园。古老的木犁深深地刺进处女地，绳索勒进肩上的肌肉，土地一寸寸被翻开，土里的虫儿们第一次见了天日，受不了阳光的刺激般很快蜷起肉乎乎的身子。鸟儿飞过来了，刚刚犁开的黑土成了它们丰盛的餐桌。武家唯一的牛丢了，老爹出去找了有好几天了，离家最近的庄子也要走上二三十里，也不知什么时候能回来，现在武家兄弟只能牛一样赤膊上阵了。年头太乱，有人连最穷的人家也不放过，那头牛可是为武家立下过汗马功劳，十几亩地都是它帮着春种秋收，没了它靠谁去垦荒地呢？

兄弟俩的午饭很简单，窝头就咸菜。干了一头午活儿了，哥俩全饿了，粗茶淡饭照样香。正吃着，同村的豆腐匠大于子急火火地跑了进来："还吃呢，你老爹让人打伤了。"灶下的兄弟一齐跳起来："在哪儿，让谁？""在喇嘛房子，包喇嘛的家丁。""喇嘛房子离家三十多里呢，他怎么会在那儿被人打伤呢？"大于子一拍大腿："我去喇嘛房子送干豆腐，见村口围了一群人，进去一看，家丁包五和你老爹扭在一起。说是你老爹看见包五家山墙上钉着一张新鲜牛皮，他认出是你家的那头牛被人宰了，就和包五理论，可包五愣说是他买的杀肉了，三句不来包五就打人。这不我就回来报信了……"

武老爹被儿子从喇嘛房子拉回来时已不能动弹了，身上不但有许多外伤，还吐了两口血。那个包喇嘛还算仁义，听说自己的家丁打伤了人，就派小喇嘛送来了疗伤钱。包五说穿了就是庙里打杂的，包喇嘛一气之下也不用他了。武家兄弟本来咽不下这口气，要和包五较个高下。包喇嘛出面做了说和人："四海之内皆兄弟，你们汉族不是有句话叫万事和为贵嘛。看我薄面，冤家宜解不宜结，还是算了吧。"僧道永远都是息事宁人。可那个包五一蹦二尺高："算了？他老爹坏了我的名声，我成了偷牛贼，还丢了差使，这事咱没完！""没完你能咋的？"要不是武三拉着，武四早就重拳出击了。这个山东人的后代本来就火气旺，要不是急着救治老爹，早和包五拼个你死我活了。

望着躺在炕上的老爹，兄弟俩一筹莫展。邻居大于子端着一海碗豆腐脑儿来看武老爹，他对武三说："这样硬挺不行啊。包喇嘛不是给了几个钱吗，赶紧去艾家店艾家药铺抓点红伤药给老人治伤啊。"武四对武三说："哥，你在家照看爹，先用盐水给他洗洗伤，做点好吃的，外边的活儿就先别干了，这片荒原也不是一天两天能开完的。"

武四骑着大于子那匹拉磨的老马走在荒原上的时候，太阳已经偏西了。很少出门的武四第一次领略了博大两个字的内涵。一眼望去荒原似乎是没有尽头的，除了零星被开垦出的熟地外，大部分是白花花的碱疤瘌地，碱疤瘌地上是这一撮那一撮的碱草，很像斑秃的头发。村庄相隔较远，王家窝堡、宫家窝堡、左家窝堡、关家窝堡，地名惊人地相似。每个村庄都是一部历史，开拓者的姓氏加上原始而简陋的住所构成村庄的名字，后代子孙将世世代代延续下去。也许他们永远不会去考证那第一个在此落脚的人，他所经历的艰辛、苦难，他的美梦、他的理想都将埋没在岁月深处。那边还有韩家粉坊、李家烧锅、孙家油坊，这一类名称是姓氏加职业，一些村落的创始人实际上是最原始的手工业作坊的小业主，为满足乡邻的需要而把祖宗的手艺传承下去。还有那些开大车店、小旅店的，为商旅行人流浪者提供一个暂时吃喝休息洗漱喂马的地方。夕阳西下的时候，天空最是绚丽多彩，如同一个巨大的彩色玻璃罩倒扣在荒野上，荒原因而充满了怡人的暖色。

## 二

艾山既是艾家药铺的掌柜，又是坐堂先生，方圆几十里的范围仅此一家，乡民患了病，无论贫富，骑马来的，坐轿来的，乘车来的，步行来的，一律热情接待，有钱的给钱，有物的给物，没钱没物的也从不拒之门外，且医道高明，是远近闻名的大善人。艾山老先生的仪表打扮绝不同于山民，他冬日棉袍，夏天绸褂。前额饱满，梳背头，由于保养得好，发丝柔韧发亮。在武四的思想里，先生就应该是这样的形象。武四一脚踏进艾家药铺，便觉得精神一爽，这不仅因为满堂的药香，主要是屋舍的清爽和洁净让武四觉得自己那三个跑腿子的家简直就是猪圈。艾山迎上来问明了原委。他说："那个包五我认识，去年在我这儿赊药，还没给钱呢，他有固定收入，又不穷，这样的推来支去颇有无赖之嫌。你老爹的伤似无大碍，等我开些外敷内服的药，明早你提回去，十天半月也就好了。"说罢便唤艾香倒洗脸水喂马。武四说："别麻烦了，艾先生，我还得连夜赶回去呢。"艾山指了指外面说："你看都什么时辰了，世道不太平，荒原多狼，你还是住一夜，明儿起早赶路不迟。"话音未落，从后面走出来一个十六七岁的姑娘，中等身材，一根独辫，大红绒绳扎头，一件碎花小褂略显瘦小，手里拎着一把水壶。武四是不怕走夜路的，何况他还惦记着父亲，但不知为什么，在见到艾香的那一刻，他决定住下了。

艾山给武老爹开了两服内服药，说喝了见好还得来。武四临上马前，艾香忽然跑了出来："喂，我说抓药的，你们那边有没有艾蒿啊？要是有，下次抓药给我捎来一捆。"武四顶着晨星走在荒原上的时候，不知怎的，脑海里总也驱不散晨光熹微中那张仰起的少女的脸。在以后这一个多月的时间里，武三对弟弟颇为不满，他往艾家药铺跑得太勤了，老爹明明可以扶杖行走了，可他愣说没好利落，隔几天便去弄回一些药，还说不用花钱，只用艾蒿换。为了借大于子的马，还要天天跑去帮人做豆腐，荒也没的开。武三既要忙地里，又要伺候老爹兼做饭。这天武四又一大早赶到艾家药铺，又是帮艾先生扫院子，又是帮人家淘厕所，说艾先生年龄大了，不适合干这些粗活儿，这是离得远，要是近的话我天天来帮您干。早已和武四熟了的艾先生乐呵呵地说，我要是有你这么个儿子就好了。武四的马背上照例驮着一大捆艾蒿，院子里也早晾了一片。太阳升上来的时候，艾香出来坐在树荫下的小木凳上开始编火绳。说起来这火绳的作用可大了，它是荒原人的火种，一年四季阴燃着，用的时候拿过来一吹便可以取火了。艾蒿燃烧时冒出的烟还可以熏蚊虫，一个医药之家那就更离不开艾蒿了。艾蒿叶子入药，内服可止血。武老爹的第一服药里就有这一味。艾叶晒干捣碎就是艾绒，用燃烧的艾绒熏烤穴位，是中医常用的医疗手段。艾香编火绳的样子很专注，武四喜欢神情专注的艾香，那条油亮的独辫静静地伏在她纤弱的背上，她灵巧的动作使武四着迷，但他又不好意思长久地看她，就凑到艾香面前要帮她编。艾香说："你那笨手笨脚的样子割艾蒿还行。天不早了，赶紧拿药回家吧，你哥不是还等你开荒吗?"说着话，艾香早已编好了一盘。这艾香早早死了娘，特殊的家庭早已把她锻炼成里里外外一把手，除了家务，她一闲下来就出去割艾蒿，编火绳，一盘盘地存在那里，远近的乡亲常常到她这里取火种。一想到那一顿顿菜饭，一面面热炕，一堆堆篝火，艾香就有一种幸福感，仿佛她就是那些火的母亲。

"哎，我说你咋还不走呢?""你送送我我就走。""真是烦死了。"艾香似乎要尽快打发掉眼前的武四，她站起身拍了拍身上的碎屑，走到檐下拿了把镰刀说，我割艾蒿去。武四便也磨磨蹭蹭地牵了马跟在后面。村庄的前后已没有大片的艾蒿了，都被艾香割净了，要想割到，必须远走，而平时艾山是不允许女儿往远走的。出村一里多，道路分出了一个岔儿，一条通往呼兰河，一条通往武家窝堡。艾香也没和武四打招呼就奔河边去了。武四抬头看了看日头，犹豫了一会儿，也拐向了通往河边的那条小路。艾香听到渐近的马蹄声，车转身问："你跟来干什么?"武四搔搔头："我没看见过河，我想看看。"艾香也不理他，自管自地走了。初秋中午的太阳还是很毒的，但愈到河边就愈觉清凉，河风已缓缓地吹过来了。各种植物成熟的香气也一波一波地漾过来，武四有一种欲醉的感觉，不知不觉间呼兰河已在眼前了。武家窝堡连一条小河沟都没有，当武四走到河边的时候，他的心胸不觉一畅。一条大河从远方蜿蜒而来，开阔的河面波平如镜，两岸是茂盛的野草，草间藏着许许多多不知名的小花。往东一望是无边的塔头甸子，一个一个的塔头像极了长满了乱发的人的头颅，那身子似乎就浸在水中，正往什么方向游着，仔细一瞅，又一动不动，只有风儿偶尔撩动那些乱发。武四见过用塔头垒起来的猪圈，那些根好像是经过了千百年才长成，它们受了沼泽水的滋养而异常发达，根系紧紧地纠缠在一起，密不可分。当武四从塔头甸子上收回目光的时候，见艾香正蹲在一小片河滩上，临了河洗手，待波平的时候，水面便成了一面巨大的镜子，那里面不仅有蓝天白云，还有一张汗湿的小脸，那张小脸纯朴俊美惹人怜爱。在那一瞬间，艾香忘情了，武四也忘情了，他从脚下的蒿草间摘下了一朵打碗花递到艾香面前，“送给你!”艾香一笑，那是一种羞涩的笑，充满着爱意娇嗔，她接过花轻轻地插在辫根上。那条上下一边粗的油亮的大辫子真是稀罕死人，武四真想用他的粗手摸一摸，可他又不敢。那一天河边的一幕让武四终生难忘，那美好而又纯情的一瞬深深定格在他的记忆中。一年之后武四再次见到艾香时，他回忆起这个场景，他恨自己为什么要送打碗花给艾香，那种花是多么美丽而易碎呀!

那匹拉磨老马看到清凉的河水，挣脱了武四的牵拉，把头一低喝了起来，武四也就势蹲在了艾香身边撩水玩。就在那一刻，他闻到一种熟悉的味道，那是荒原的味道，是绿色的味道，是泥土的味道，是他割下一把艾蒿后从断茬处流溢出的味道，那味道若浓若淡，似有似无……他看了一眼周围，还是那一小片沙滩，当他把头转向艾香时，他明白了。你说她为什么姓艾呢？她爹又为啥给她起名叫香呢？她为什么是先生的女儿？她为什么又喜欢编火绳呢？那种清新的馨香来自他面前的这位少女，似乎她的每一寸肌肤都浸透了这种讨人喜欢的自然之气。艾香啊艾香，你让年轻的武四第一次乱了方寸。

# 三

武老爹能下地干活儿的那一天，他把武四叫过来说：“你去李家烧锅装五斤白酒给艾先生送去，我可是多亏了人家的药。”武四正乐不得呢，也就不顾武三的白眼，颠颠儿地又去了艾家药铺。谁知武四这次前去不但意外地碰见了包五，而且也是他最后一次见到艾先生。艾先生说包五是来还钱的，顺便给什么人看病。包五见到武四仍是恨恨的，武四也就来了气，说：“既是来还钱的，顺便把我爹的药钱也还了吧。”包五一听就炸了：“你老爹没死算便宜他，我丢了差使连饭都混不上了，哪有钱？”武四一看他那无赖样，拳头就发痒。艾山和艾香忙把他拉到一边，艾山说：“他车上有病人，万万打不得。”武四每次从艾家药铺回来都是欢天喜地的，唯有这一次，他脸长长着回来了。武三说：“咋的了？像谁欠你二百吊似的。赶紧下地干活儿吧，你看这些日子把我累的，肩膀都磨破了。眼见来到老秋了，这没牛没马的，庄稼可怎么收哇？”武四说：“我听大于子说村里有几个人要去老蒙古那边买马，我也想去。买马是好事，可哪来的钱呢？”一旁的武老爹说：“庄稼人哪能离开牛马，我还有点积蓄，你和村里人结伴去吧。”

这是武四第一次出远门，几个年轻人一路给人家打短工，混个吃住，目的是去遥远的科尔沁草原，那个陌生的地方盛产蒙古马，而车马是农民永远也离不开的帮手。“这中国咋这么大呀，老蒙古那边是不是天边呀？”武四一边挑着脚上的血泡，一边问同伴。“我也不知道，到那场你就知道了。”这一路的跋山涉水，晓行夜宿，鸡声茅店，人迹板桥，可让这些年轻人吃尽了苦头。可前边有车，后面有辙，人家从老蒙古那边买的马，价钱便宜不说，驯好可经使了，有的是力气，拉犁驾车你就来吧。再说了，一辈子总得闯荡一回天下，整天在巴掌大的一块地方日出而作日落而息，一辈子见不上个世面也真是枉活。这帮年轻人就是怀着这样一种心情踏上了梦了无数次的科尔沁。

武四只一眼就看出了草原和北荒的区别，那是纯然一色的坦荡，其间绝无一条田垄和一棵庄稼，也绝没有一片裸露的没有草皮覆盖的土地，草的茂盛和高度远非家乡可比。河流是清秀的，曲折的，像草原的一道温柔的眼波。那是什么？天边隐隐涌来一道红色的潮水，渐行渐近，啊，马群！几个年轻人不由齐声大喊，他们何曾见到过这种阵势。马群以排山倒海之势向他们所在的地方逼来，此时的大地像极了一面巨鼓，纷沓的铁蹄就是无数的鼓槌，敲击着，踏响着，他们感到脚下在震颤，草原在晃动。群骏的鬃尾在它们自身带起的罡风中飞扬，奔驰的四蹄跨越着力度的美。如果他们见过《临韦偃放牧图》，他们一定会认为画家没有表现出群马的雄性和野性，那画中的马太“文”了。武四感到他们几个渺小的人马上会被踏成肉泥了，他们没命地逃开去，在一个高处立足之后，才见几个骑在马上挥动着套马杆的牧人风驰电掣而过。几个人望着转瞬消失在天边的马群，松了一口气，以手抚着狂跳的心，好家伙，这马谁敢买呀，能驾驭得了吗？

武四遇见乌力吉王爷的儿子巴特尔的时候，他正和一群摔跤手在一起。那些膀大腰圆的摔跤手个个不是他的对手，但看起来他又远没有败在他手下的那些人强壮。武四很爱看他们交手前舞蹈一样的动作，像是挑衅，又像是示威，那全然不像扭秧歌，他们黑红色的肌肤在秋阳下闪闪发亮，一种力量美的展示，让武四折服。巴特尔见几个汉人远远地站在那里，就好奇地走过来问他们从哪里来，这蒙古人居然会讲汉话。原来巴特尔经常和那些贩运砖茶和绸缎的汉商打交道，学了些汉语，并且他也非常喜欢汉文化，对此乌力吉王爷却不以为然。蒙古民族是个蔑视商人的民族，王爷赞同汉人的一个观点：无商不奸。每当他用牲口、皮张同汉商交换茶叶、布匹、烧酒等草原必需的生活物品的时候，他都格外谨慎，唯恐被欺骗。巴特尔听说武四是来买马的，就指了一下草原说："我家有大小上千匹马，你们随便挑，价格肯定公道。"互相通了名姓之后，巴特尔问武四："你喜欢马吗?"武四搔了搔头皮："说不上稀罕不稀罕，可种地出门都要用啊。我们那边的马太稀拉。""所以才不远千里来我们草原?"巴特尔笑道。不知为什么，武四一下子喜欢上了这个豪爽的蒙古汉子。巴特尔上下打量了一下身材细长并不瘦弱的武四，问："会摔跤吗?""没摔过。""他会打拳。"武四的一个同伴说。武四白了他一眼："多嘴，显摆啥呀。"巴特尔眼睛一亮："我仰慕汉族拳术已久。"武四说："我老家山东是武术之乡，大人孩子都能耍两下子，我和屯子里的老人学了点皮毛。"武四在巴特尔的请求下，把夹袄一脱，就在摔跤场上打了一套拳，把个巴特尔看得入了迷。"汉家拳术灵活，一招一式干净利落，又暗藏玄机；蒙古摔跤术沉稳凝重，拔山之力聚于较量之中。这也许就是吃粮食的和吃肉的不同吧。"巴特尔哈哈大笑道。当晚几个年轻人就宿在近处的一个蒙古包里，巴特尔招待他们喝烧刀子，吃手扒肉，那滋味对劳顿多日的几个年轻人来说甭提有多香了。席间主人的女儿唱起了祝酒歌，那悠扬婉转充满异族情调的歌曲让几个汉族小伙忘记了旅途的疲劳。武四喝酒不藏奸，此时早已醉眼蒙眬了。那个身穿蒙古袍的少女幻化成了艾香——那个独辫碎花小褂的艾香，一种叫想念的东西悄悄爬上武四的心头。巴特尔见武四那痴迷的样子，悄悄问道："有姑娘了吗?"武四一愣：是啊，我有姑娘了吗？艾香会属于我吗？我们之间可没有任何男女情感的交流啊，可我稀罕她呀！想到艾香有一天会下嫁他人，武四不由落下了一串泪水。巴特尔以为他喝多了，勾起了思乡之情，就说："你们几个先好好睡一觉，明天一早，咱们上草场选马。"

武四没想到这位王爷的儿子如此爱马，讲起马经来一套一套的。他说："我能驯服草原上最烈的马，也能从成百上千的马中一眼看出神骏。无论是哪个民族，只要生存就离不开牲口，你们汉人的祖先不是留下来一部《诗经》吗？听说那里面关于马的名称就不下几十种，可见汉民族对马的研究是很有渊源的。而我们蒙古民族是被称为马背民族的，我们拉着马头琴，喝着马奶子酒，挥动着套马杆，骑在蒙古马上驰骋草原，放牧着牛羊，我们逐水草而居，是世界上最自由最放达的民族。"武四一边听巴特尔侃侃而谈，一边心中暗生钦佩之情，人家可比咱有学问多了。武四一想到昨天刚到草原时见到的那些生荒子马心里就发怵，他把自己的想法对巴特尔一说，巴特尔说："这事好办，我给你选几匹驯好的马，这些马大部分是坐骑，性情驯良，好驾驭，保你们满意。""那敢情好。"武四嘴拙，一时不知怎么感谢巴特尔才好。临别武四把身上唯一值钱的东西——一枚祖传的玉石烟嘴儿送给了巴特尔，并邀请他来年春天去荒原做客。武四说："如果你能赶去一群马或一群羊，到那边肯定能卖出去，开发荒原最缺的就是牲口。"巴特尔拍了拍武四的肩膀："好吧，一言为定，让我也做一回蒙商。说实话，我早想走出草原看看，看看你们开垦出的黑土，看看黑土上生长的秧苗，尝尝汉家的粗粮大饭。草原很大，但大不过我的心啊，哈哈哈……"武四一行在蒙古族朋友巴特尔的爽朗大笑中离开了科尔沁。

## 四

武四一行回到武家窝堡后，初冬的第一场雪就下来了，荒原被彻底地掩盖了，无论是经年的荒草、新开垦出的土地，还是庄稼的短茬，一切都仿佛盖着白雪沉睡了。武三比以前更瘦了，秋收至少累掉了他五斤肉。当他一眼看见武四牵回的两匹蒙古马时，便立刻眉开眼笑了："行啊，兄弟这一趟没白走，辛苦你了。"武四说："哥，你比我辛苦多了，我一路去是挺远的，但可以看风景，伙伴们打打闹闹倒也不寂寞。你和老爹忙秋可累得不轻。"武老爹说："马买回来了，价格也便宜，明年再多开点地，粮打多了就能卖钱给你俩说媳妇了。"武四说："我这次去交了个蒙古族朋友，他叫巴特尔。他人真仗义，这两匹马，几乎就是收了咱一匹马的钱，干农活儿也不用咋驯，省老事了。"武老爹道："天下就是好人多，这可不分种族。"冬闲的时候，武老爹成了地道的马倌，他亲自铡谷草，拌料，久久地站在槽前，看那两匹健壮的马吃草。有时他牵着它们去雪薄的地方找野草吃，那两匹马倒也不想家，很快和武老爹混熟了。鉴于上次丢牛的教训，武老爹给马棚加了锁，又抱了一个狗崽子看家护院，晚上一有动静就要点上油灯，披衣出去察看，这两匹马成了武老爹全部的希望。由于养马武老爹不用武家兄弟插手，武四就整天泡在大于子的豆腐房里，望着通红的灶火出神。老爹已经完全康复了，再也没理由去艾家药铺了，他一天就像丢了魂似的，眼前总是少女艾香的影子。他帮大于子烧火，凑进一把蒿秆，灶火噼里啪啦地燃起来，有时候混进一根艾蒿，那香味更是让武四魂不守舍。

临近年关的时候，武四天天打听大于子上哪村去送冻豆腐，终于要轮到去艾家店了，武四自告奋勇地要陪大于子去，他说：“以前净借你的马了，这次让你也骑骑我的蒙古马。”大于子满口答应。当晚，武四找出老爹为过年求人给他做的新棉袄棉裤，试了一回又一回，心想何时能穿上艾香亲手做的棉衣服呢，听艾先生说，艾香从小没娘，练得一手好针线。那天的晚饭是大馇子粥、炒土豆丝，老爹的拿手饭菜，武家爷仨坐在热热的土炕上，喝得满脑门是汗。武四就着他最爱吃的蒜茄子，两大海碗已经快吃完了，正要盛第三碗时，大于子带着一身寒气冲了进来：“不好了，艾家药铺遭胡子了。”就这一句，武四手中的粗瓷海碗“啪”地摔在了炕上。他一步跳下炕，劈胸揪住大于子的衣服，仿佛大于子是那个抢了艾家的胡子。“快说，怎么回事?”大于子喘着粗气说：“今天我去喇嘛房子送冻豆腐，听人说，包五自从打了老爹被包喇嘛解雇后，一直没有正事干，后来连吃饭也成了问题。包喇嘛看他可怜也接济了几次，可一顿解不了百饱哇。到了老秋，他就从屯子里消失了。据说投了匪首王瞎打的绺子，由于砸响窑时杀了个人，因此坐上了山寨的第二把交椅。这次抢艾家药铺，不但掠走了艾先生多年行医卖药的积蓄，更可气的是……”“是什么?”武四眼都红了。“他们，他们掳走了艾老先生的独生女艾香!”

屋里的三个人只觉得眼前人影一晃，定睛看时屋里早没了武四，侧耳听时，只听见一阵马蹄声，三个人一时呆在了那里。这一夜武老爹和武三连眼都没眨，他们不断走出室外，望着寒星闪烁的天边，望着那片苍茫的雪野等待着他们的亲人。天亮时，那匹健壮的蒙古马四蹄疲惫地缓缓走进武家窝堡，马背上驮着仿佛老了许多的武四。从此那个充满活力的山东人后代武四消失了，他总是喃喃地说：“秋天那次见到包五，他就没安好心，肯定是去踩点了，那双贼溜溜的眼睛总在艾香的脸上扫来扫去。我真傻，为啥不提醒艾先生防着点呢?”这时老爹就会接过话：“防啥呀，他能把家搬了不成，那些深宅大院不是照抢不误吗?”武四就不言语了。接下来他就会趁爹和哥不备到马棚解下马缰绳，骑上就跑。到春上，附近的几十个屯子就没有不认识武四的人了。春耕的时候，武四也和爹爹哥哥去田里蹚地、下种，闲下来就去垦荒，他干这一切的时候总是默默的，有时是机械的。武三就劝他：“你和那个艾香又没换帖，艾先生虽说治过咱爹的病，你也犯不上这样啊！你去打听他爷俩的下落倒也没啥，我听大于子说你逢人就问王瞎打的山头在哪儿，你想怎样？就是打听到了，你单枪匹马还能去打山寨不成？这帮胡子游走不定，连官军都奈何不了。弄不好遇到通风报信的，咱一家三口人的命还能在吗？我倒没什么，可咱爹那么大岁数了。你若想媳妇，到秋收卖了粮，哥想法给你说一个，啊?”武四仍是不作声，但从那日起不再往外跑了，只是嘱咐大于子出去卖豆腐的时候多留意一下。

虽然对武四来说每个日子都那么漫长，但有繁重农活填充着，时间很快也就溜过去了。转眼到了麦秋，蝈蝈叫得最响的时候，艰苦的割麦劳动便开始了。武家兄弟赤膊抡刀，脊梁被晒得黝黑，十来亩的麦子正经得割上几天。近午的时候太阳更热辣了，天上没有一丝云，地下没有一阵风，麦地边的玉米林笔直地站着，听不到叶片的哗响。武四早已汗如雨下，他抬头望天，盼望有朵云游过来，那起码能凉快一会儿，可没有，夏天也会万里无云。正烦躁间，远远的地头传来老爹的喊声：“老三老四，过来喝水吧！”武四第一个扔了镰刀，武三也慢腾腾地过来了。武家地头的老榆撑开了一面巨伞，老爹正站在伞下揩汗哩。老爹的脚下放着两个瓦罐，一个盛水，一个盛稀饭，旁边的篮子里还有一包玉米面贴饼子。武四在老爹慢点喝慢点喝的告诫里一口气牛饮了半瓦罐水，这才给了哥哥。老榆下阴凉极了，武四的汗也消了一半儿，一家人便在对收成的赞叹里吃起了他们这辈子的最后一顿团圆饭。

那两个黑衣人在武家爷仨的注意之外走来，当他们在香甜的吃喝中抬起头来的时候，命运正残酷地望着他们。武家老爹一看那两人的打扮，不由喊出来："捕快!""你是武四吗?"其中的一个道。"是啊。"武四愣愣地望定陌生人。"跟我们走一趟!""凭啥?""莫多问，到了地方就知道了。"武四忽然笑了，他爬起身拿下挂在树杈上的汗衫边穿边问那两个捕快："是不是抢艾香的人抓着了，让我去做个旁证?""什么爱香爱臭的，我们不知道，我们只管请人。"武老爹颤颤巍巍地站起身，把盛水的瓦罐端起来送到皂衣捕快面前："官家人，喝口水吧。"两个凶巴巴的人互相看了一眼，接过水罐喝得点滴不剩，他们确实渴坏了。把水罐还给老爹后，其中一个道："看你老汉心眼儿不坏，我们就给你透个底，你儿子摊官司了，赶紧准备钱去卜奎救他吧。看在你老这罐水的分儿上，这大热天，我就不给他上枷了。"武三一看弟弟被带走了，拔腿就要去地里取镰刀和两个捕快拼命，老爹死死地拽住了他。"我弟到底犯了啥案子啊?"再看武四，已一个心眼儿地跟人家走了。武老爹包好那些吃剩的饼子追上去递给武四："到了卜奎捎个信儿回来。""我去接艾香，您老放心吧。"

## 五

算起来，这是武四第二次出远门，这可不是去老蒙古那边的蛮荒之地，这是去一座城，去接他心爱的姑娘。一路上武四早已做了思想准备，哪怕艾香已做了胡子的压寨夫人，我仍然要娶她。想到此，他的脚步更快了，看情形不像是那两个人押着他，倒像是他领着那两个人。两个捕快暗道："傻狍子，走那么快，你当去赴宴啊，到了卜奎有你好瞧的。"这些个想法可不在武四的思维里。啊，嫩江好宽，比呼兰河宽多了，想到呼兰河，他就想到了那个河边的少女，满身艾香的少女，他心上的姑娘，他们就要相见了。多少年之后，武四把自己当年的执着称为"一根筋""香迷心窍"，也多亏了这执着一念，要是中途逃跑就有可能和他的心上人失之交臂。可到卜奎最初的几个月，真的不好过，非但不好过，武四还明白了什么是地狱。他付出的代价太惨重了。

武四被带进衙门，跪在青天大老爷堂上的时候，他满以为老爷会开口问认识艾香吗，至少会问认识包五吗。可老爷在问了他籍里名姓之后，却意外地问道："认识巴特尔吗?"这一问可远远在武四的意料之外。他不由愣了一下："老爷怎么知道我认识巴特尔?"武四想：不管如何，先如实回答吧。"草民认识。""如何认识的?"武四便如此这般，把自己去科尔沁买马，和巴特尔成了朋友详细地讲了一遍。末了他说："他本来答应我春天到北荒来，可不知为何没来，许是有病或被别的什么事耽搁了吧。""是病了，而且病得不轻，八成已经死了。""什么？死了?"武四一想到豪爽义气的巴特尔和那两匹为武家拉车犁地的蒙古马，不由流下泪来。"小子，挺会演戏呀！我问你，你伙同什么人杀了巴特尔，抢了他的宝马宝刀?"此时的武四是彻底地掉进了五里雾里，什么生病、死亡、杀人的，这到底是怎么回事呀？老爷见堂下的人一脸的迷惑，知道自己遇到难对付的了，这小子戏演得有九成功夫了。"看起来你是不见棺材不落泪呀，先推出去打二十大板再说。”“你就是打三十大板我也不明白呀!”“那就打三十大板。”老爷倒也会顺水推舟。可怜无辜的武四被拖出堂外打了三十大板。头几板子下手尚轻，他听一个衙役小声说：“喂，小子，有钱没，有钱可打轻点。”“我一个庄稼人，哪有钱哪!”话音未落，那尾音就被板子击肉的声音吞没了。武四自小就没挨过打，一是因为他乖，二是因为老爹可怜他没娘。现在苦头可吃大了，打得他爹一声妈一声的。三十板子打完了，老爷接着审：“明白咋回事了吗?”“不、不明白呀，请老爷明察。”武四一急，弄出一句文词儿来。“早已察过了，你因和匪首分赃不均，就到处打听他的下落。”“这都是哪儿跟哪儿呀?”堂上的老爷白了一眼堂下的武四，心道：你这样的主儿我见多了，跪在那场儿装傻充愣，没有上堂立马招的；打得轻不行，这连续打嘛，又怕出人命，还是抻悠着吧。想到此，他一拍惊堂木：“大胆刁民，不怕你不招，先押下去反省反省。”武四趴在阴暗潮湿的大牢里的一堆柴草上，一边忍着臀部的剧痛，一边理着这团乱麻。听老爷的口气，巴特尔似被人害了，这怎么可能呢?他什么时候到北荒来的呢?怎么没和我照面呢?看起来他们怀疑我是凶手了，因为这个才把我抓到卜奎来，根本和艾香被劫的事无关。一想到满怀的希望落了空，自己又被屈打诬陷，武四不由大哭起来。

第二天上堂的时候，武四抬头仔细看了看那位审他的老爷。五十多岁，稀疏的黄须，细长的眼，面相并不凶恶。武四心想，不凶就好，好说话，反正我没杀人。老爷又一拍惊堂木：“堂下武四，想好了没有?”“想好了，老爷，是不是巴特尔来北荒的路上，被人谋财害命了?”老爷的细眼一亮：“对路头，说下去。”“老爷，你不知道，我们那边胡子多如牛毛，我老丈人家就被抢了。”武四倒是一厢情愿。“你总不至于与别人合伙抢你老丈人吧。”老爷揶揄地说。武四想：这又是哪跟哪呀。“老爷您别打岔，您听我说，这帮胡子才可恨呢，不光劫财而且劫色……”“哎哎哎，我说你别在这贼喊捉贼了，你到底属于哪个绺子的，头儿是谁?”“我属于武家窝堡，头儿是我爹。”老爷被气乐了，心想：这小子太滑头了。武四第二次听到惊堂木响的时候，被大大吓了一跳，这一响不但惊堂，而且惊天。再一看那老爷早已变了，黄面隐隐浮上一层杀气。他吩咐左右：“把乌力吉王爷送我的那条宝鞭请上来。”那边早已有人恭恭敬敬地捧着一个紫檀木匣上来。老爷打开木匣，从里拿出一条鞭子，这条鞭子乌黑的短柄，鞭鞘也不长，是用兽皮精心编制的。武四伸长了脖子看，心道：真是一柄好鞭，这要是用来赶车驱犁，肯定威风。正想着，上面的老爷发话了：“武四，老爷我今天就让你死个明白。实话告诉你，乌力吉王爷把你告了。今年春上下种的时候，巴特尔就骑着宝马带着祖传的宝刀，领了两个随从，据说还有几匹好马，几张好皮子，应你之邀到北荒。可现在都是盛夏了，也不见回去，更没有一点音讯。你说这件事能和你没关系吗？我听说你本来就和蒙古人有仇，就因为喇嘛房子的包喇嘛的家丁打过你老爹，你敢说没有这件事?”“有是有哇，可那个事和包喇嘛没关系，他是好人哪!”“武四，狡猾的犯人我见多了，任他是铁嘴钢牙，老爷我也能撬开。”他挥了挥手中那柄精致的蒙古鞭：“小子，知道它喜欢什么吗?”武四一愣：“鞭子会喜欢什么?”“它喜欢吃肉!”

接下来的情节真的是不忍叙述了。青天老爷选择了人身上最薄而神经最丰富的一块肉——武四的右肋，那柄来自草原的礼物摇身变成刑具，舔尽了武四肋上的血肉。武四心中只有一个念头：我没有杀人。他想即使被屈打成招，其结果也是个死，冤死没什么大不了的，可一想到这辈子再也见不着艾香了，他的心也像被那柄鞭子猛抽了一下。最难受的还是受刑时的入髓之痛，被推进牢房的武四望着那堆烂草发呆，他既不能仰卧也不能侧卧，更不能俯卧，他只能站着睡觉，腿站肿了，就跪着。在武四被关押的一个多月里，武三揣着卖地的钱到卜奎打探，两次都被告知不能见，可怜武三呼天不应呼地不灵，有钱也花不出去。一个衙役看他可怜，向他透了底：老爷没问出口供，眼下既不能放他，也不能杀他，就是遭点罪，都是些皮肉伤，也没什么大不了的。武三一听就哭了，他给了衙役一些钱，又到药铺买了红伤药，托衙役捎进去，这才一步一回头地回去了。

这天青天大老爷回到内宅，唤过小妾："给老爷我松松筋骨！"女人一见老爷不悦，马上过来与他捏肩捶背。"是他妈一块硬骨头，好难啃，我寻思打他几下招了，杀头完事，也好向乌力吉老王爷交差，可他的肋巴骨都烂了，就是不说。"女人捶肩的手不由抖起来。老爷一把抓住捏了几下道："好软乎！"女人大着胆子问："他像是杀人犯吗？""杀人？杀鸡谅他都不敢。开始我还有些怀疑，可老爷我为官多年，谁是好人谁是恶人，那还用看第二眼吗？"女人很想说老爷你照照镜子，但她不敢。"香儿，你说老爷我还用不用把他另一边的肋巴骨打烂？"他细长的眼睛眯成一条缝望着女人。女人赶紧说："老爷，他要是没杀人，您千万别打他了。如果他有力气就让他给咱拾掇拾掇后园子吧。""好主意，还省了雇劳力的钱。香儿，你不是总嫌屋子里憋屈吗？我要在后花园修亭台水榭，到时你就可以出去散心了。你出的主意不错，让那些罪轻的犯人临时充当一下劳工，倒是很划算。"

武四就这样走进了青天大老爷的后花园，走进了后花园就走近了艾香，这是武四做梦也没想到的。工程接近尾声的时候，已是初秋了。园中的花花草草长得正盛，树木更是浓荫匝地。那天武四正骑在一棵大树上修剪枯枝，忽听见底下的看守说："老爷、夫人请!"武四好奇地低头一看，见那个老爷携了一位素装的女子走进了园门，仔细一瞅那女子，武四差点惊叫出来，那不是艾香是谁？他把自己隐藏在枝叶的后面，一边用锯哧哧地锯着枯枝，一边死死地盯住艾香，娘啊，她梳了盘头，她已变成小媳妇了，她怎么会和老爷在一起，难道老爷是胡子不成？在此之前武四从没想到过逃跑，他能跑哪儿去呢？回家也会被抓回来。就在那一刻，武四决定逃跑了，而且他不想一个人逃，他要弄清事情的原委，他要带走艾香。他骑在那棵老榆树上察看了一下地形，花园的墙不矮，但靠墙有几棵枝丫横斜的老树，再看一眼全园，估计剩下的零活还得干几天。机会来了，一天晚上开饭的时候，武四恍惚听到牢头说老爷要上京，武四琢磨这上一趟京怎么也得个把月，正是逃跑的好时机。说起来武四的出逃异常顺利，虽然青天大老爷临走时嘱咐师爷对犯人要严加看管，但此间无罪犯越狱的记录，干活儿的几个家伙又老实得要命，只要不打，叫干什么干什么，这样就放松了警惕。那是个秋老虎高悬的中午，两个看守中午喝了点小酒，依在树下迷糊着。在水榭边干活儿的武四瞅准时机，几步蹿上了靠墙的一棵柞树，眨眼之间，人已到了墙外。等那两个看守一盹醒来，清点人数时发现少了武四，这才慌了神，找遍了园子才悟出是从树上跑的。他们把干活儿的犯人拢到牢里，这才撒下人马开找，而武四早已出了卜奎城。

师爷和牢头们寻了两天未见消息，他们也明知武四是个冤蛋，把人家关了那么长时间也够意思了，眼下还是寻思怎么蒙老爷吧。他们怎么也没想到，武四会在一个月黑风高之夜潜回来带走了艾香。

其实老爷小妾失踪这件事他们都没往武四身上联系，她平时受大夫人的气，不趁老爷上京逃跑才怪呢，反正没叫我们看着，不过老爷回来这一关也不好过呀。

## 六

那晚艾香睁眼模模糊糊看见站在床头的武四时，她以为自己在梦中：“是你吗，武四哥？你终于来入我的梦了。”“不是梦，艾香，真的是我呀!”艾香迷迷糊糊地坐起来点亮油灯，她傻在那里，继而张开嘴就哭，武四上前一把捂住：“哭不得，赶紧起来穿衣，先给我找点吃的，饿死我了。”在接下来的时间里武四边吃边说了一年前他们别后的遭遇，当讲到艾先生为了找女儿封了药铺不知所终时，艾香的眼泪哗地就下来了。当夜艾香收拾了两个包裹，把该带着的都带着了。她知道，摆在她面前的是一条长长的流亡的路。

我祖母的外祖父和外祖母后来就落脚在距离北荒远远的汉蒙交界的一处山里。武四的初衷是寻找巴特尔和艾先生，但他打听了许多人，走了许多路，一直到晚年都没找到这两个人，他们一个是艾香唯一的亲人，一个是武四唯一的朋友。在武四和艾香漫长人生的许许多多个夜晚，为妻的常抚摸着丈夫的胸膛，那胸膛很奇特，一面是平滑的，一面全是疤痕。她平静地讲述着自己如何被包五重金卖给姓刘的老爷，如何怕丢先人的脸，隐姓埋名说自己叫武小妹，老爷又如何说她身上有艾蒿的香味，给她取名香儿，却恰巧是自己的名字。还有许多难以启齿的那个老爷对自己的虐待。末了，她摸着丈夫的另一面胸膛说，要是没有我，这里也全是大疤瘌。

# 西荒匪事

上个世纪六十年代初，呼兰河以西的一片草原上有三个牧人——放羊的老曲头、放牛的老尹头和一个放马的年轻人。老尹头牧牛兼打围，有一肚子故事。他们坐在草原的马莲墩子上讲古，那故事便流传到了今天。

## 西　荒

出县城往西沿着那条土道行走二十多里地，便是西荒了。要问西荒的地界，那可大了，一直往西蔓延下去，都是一样的地形地貌。西荒西荒，甚是荒凉。土地贫瘠，盐碱地居多。老百姓拣那盐碱含量小的地块开垦，这一疙瘩那一片的，其他的地方便蒿草萋萋。碱沟、碱草甸子、洼地到处都是，洼地的芦苇异常茂盛，有一人多高，是狐狸、狼、野鸡、野兔等各种野兽的天下。

自然屯稀稀拉拉的，富人少穷人多。碱疤瘌地不爱长庄稼，打不了多少粮食，便应了那句“民贫则奸邪生”。自清末至民国，此地匪患不断，民不聊生。那些个绺子骑马挎枪，常常出没在荒烟蔓草之间。老百姓是谈匪色变，连吓唬小孩子的话都是“红胡子来了”。

这红胡子真是说来就来，有枪的砸窑、绑票，无枪的棒子手剪径，无所不为。而且大小绺子多如牛毛，黑吃黑，互相兼并，挖墙脚，甚至火并，都是家常便饭。遭殃的是那些大户，逼得他们不得不修起大院套，再在院落的四角建起炮台，雇用一些不要命的炮手，以保卫家财。这些财产是他们祖祖辈辈胼手胝足一点点地积累起来的，弄不好一夜之间就可能成为那些强盗的囊中物。粮食、牛马、金银细软，胡子样样垂涎。西荒的几个大屯子——牤牛屯、安采屯、郑家油坊、刘明屯，都有富户，家家都是院墙高深，壁垒森严。月黑风高夜，关门闭户，连只苍蝇飞进去都难。越是如此就越易成为胡子的目标。但这帮狡猾而凶狠的家伙也不是莽夫，也量力而行，轻易也不拿性命开玩笑，他们知道老地主们都是舍命不舍财的主儿，有时不拼到最后一分钟是不会轻易打开大门的。没活计的时候，胡子们的日子也难过，所以就有时分散有时集中，反正荒甸子、芦苇荡、深碱沟，藏身极易，因少有官兵追捕，他们活动起来更加肆无忌惮。又到了年终岁尾，刚刚拉起杆子的小绺子，已经干过几单买卖的大绺子，都招兵买马忙着壮大队伍，准备啃几块硬骨头，好给弟兄们过个好年。他们都集体盯上了牤牛屯的庞老三，没一个不想拉他入伙的，他们知道如果哪个绺子赢得了庞老三，哪个绺子就会无往而不胜。

## 庞老三

牤牛屯在西荒属于大屯子，庞家到了老三父亲这一辈家道开始中落，兵荒马乱的年头经营什么都难。但瘦死的骆驼比马大，老庞家还是西荒响当当的富裕人家。

庞老三念过几天书，当过兵，习过武，人帅气英武。老三打小甸子边长大，和牧人、猎人都混得熟，十多岁就敢使洋炮打飞禽、打野兔，骑光背的生荒子马更不在话下。老三还有一绝活——善跑，喜欢和人比试，两条大长腿谁都跑不过，人送外号“草上飞”。

老三长大成人不顾父亲的反对去当兵，一方面想历练一下自己，一方面他曾单纯地认为当兵就是保家卫国。到了军队他才知道，大帅们今天我打你，明天你打他，都是想抢地盘，扩大自己的势力范围，以各种名目摊派军饷，抓壮丁，变着法坑害老百姓。当兵的小卒子除了当炮灰就没别的了，聪明的庞老三看明白一切后就想方设法开了小差。

老三父亲见儿子毫发无损地回来了，乐得差点晕过去。他对儿子说：“咱家虽比不上豪门巨贾，但土地多，家业大，我还不老，你只要消停在家待着，什么也不用你干。”老三再没兴趣像少年时代那样到甸子上野了，待得无趣，除了躲在家里读几本闲书，再就是托人在黑市上买来各种武器摆弄。德国造二十响镜面匣子、六轮子手枪、勃朗宁……只要能淘弄到的。其中他最喜欢的是镜面匣子，拿着沉实，可单击也可连发，得心应手。他喜欢一个人骑马到甸子深处一个叫五棵杨的地方练习射击。说实在的，老三父亲看到儿子整天舞刀弄枪的心里也不太乐意，都是杀人的玩意儿，摆弄它干啥？又怕管急眼了，老三再溜了，可就糟了，也就睁一只眼闭一只眼。老三独得其乐，俨然一个武器收藏家。他的小书房变成了武器库，长的短的大的小的枪支无所不有，还有各种各样的刀具，亮闪闪夺人二目。他还把书房门上方的“博雅斋”的匾额改成了“紫电青霜”，用他老爹的话说把一个好好的家弄得杀气腾腾的。

没有不透风的墙，附近的匪首们都慢慢知道了庞老三，开始有人捎话要交朋友，见老三不理就直接要拉老三入伙，把老三父亲给气得不轻。“我让你没事瞎捅咕，这不，惹出麻烦来了吧？苍蝇不叮无缝的蛋！”老三只用鼻子哼了一声，照样擦他的枪管。“对付这几个毛贼，我都不用第二个人！”“吹吧，你！这些年若不是我暗中打点，这帮胡子早把牤牛屯给灭了。”“什么？您老给土匪打进步？”“打进步咋的，不打进步能保一家老小平安吗？”一向自信的老三感觉自己受到了侮辱。更可气的是呼兰河两岸的大小胡子头儿三天两头派人送信邀请老三上山，那些信不定哪个狗屁师爷胡诌的，什么沧海横流方显英雄本色了，什么大丈夫当于乱世横刀立马了，把自己当成替天行道的梁山好汉了，把个老三烦得不得了。俗话说贫则下道，我庞老三有吃有喝，有家有业，干吗冒天下之大不韪去当土匪？我吃饱撑的？他年轻气盛，觉得必须尽快结束这场无休止的纠缠。

## 比　武

老三想了好几天终于想出了个法子。他写了几个帖子，撒给几个大绺子的头儿，说诸位盛情之下，老三再不回应有违江湖义气。再有几天就是小年了，我杀口猪，备好酒款待各位，顺便也与诸位兄台切磋切磋。匪首们一看有门儿，就四下派出眼线打探虚实，在确定了老三的诚意后，于腊月二十三的早上先后来到牤牛屯。牤牛屯的村民们躲在窗户后面，把窗户纸捅出一个小洞，单眼吊线看骑着高头大马的匪首们陆续进入庞家大院。有穿狼皮大氅的，有戴狐狸皮帽子着锦袄的，个个腰里别着匣子枪，那是耀武扬威啊。之后大门紧闭，村庄四周都布了岗，听说几里十几里外都有岗哨。牤牛屯的老少爷们儿吓得有屎尿都得憋着，怕一开门就会有枪子飞过来。

再说老三与匪首们一一相见落座，老熟人一样谈局势，谈哪个大帅得了新地盘，谈黑市上又新来了什么火器。近午宴席摆开，大碗喝酒，大块吃肉，豪气干云，其中有会唱几句蹦子的，也开嗓助兴。酒意阑珊后，老三进入正题。“诸位兄台，我庞老三承蒙大家看得起，连连相邀，无奈家有祖训，父命难违。就此拂逆盛意，又于心不忍，无奈只好和兄台几个赌一把。我赢，送你们回山；我输，跟你们上山，各自永不回头。诸位意下如何?”几个胡子头儿你看看我我看看你，不知如何回答。其中一个绰号“东山王”的匪首暗忖：你庞老三再能耐，好虎还架不住群狼呢，不信我们几个就非输给你；再说这儿也不是示弱的地方。想到此，他冲老三一抱拳：“行，就听老弟的。”接着大家呛咕好了比赛的科目。第一项：比匣子枪的组装速度。第二项：比枪法。第三项：雪原飞马。三局两胜。老三说：“既然来到寒舍就都是客人，客随主便。科目我们已经确定，规则我来定。组装大肚匣子，兄台几个都参加，只要诸位当中有一个赢我的，第二项比赛就不用进行了，大家呼哨一声立马走人。假如老三侥幸赢了第一局，再由各位兄台选出一位枪管直溜的和我比枪法。如何?”胡子头儿们也看出了这规则里的轻视之意，但为了拉这样的人物入伙，也就管不了面子不面子了，一切等上了山再说。东山王爽快地说：“好，我等占老弟的便宜了。”

庞家的管家给每个人找来一件长衫套上，大家聚在一起先把匣子枪的枪管、握把、击锤、撞针、退壳钩一一拆好，打乱兜在长衫下襟里，几个人在正房前站成一个横排。一个小土匪上来给每个人系上蒙眼布。所有人左手提着兜着匣子枪零件的衣襟，右手探进衣襟边走边组装，谁用时最短谁就是胜出者。一声号令，比赛开始。比赛者的手，粗糙的、细腻的，杀过人的、没沾过血的，都于暗中急速动作起来，那五根手指都如同长了眼睛。对于强盗们来说，枪既是他们的杀人工具，也是他们的玩具，白日不离身，夜里枕着眠，像熟悉自己身体的每一个部件一样熟悉枪。老三呢，他还藏着一手，他的左右手都能快速组枪，不过不能锋芒太露罢了。且不说这边老三的稳操胜券，那边可把他老爹急坏了，寒冬腊月汗如水洗，一大家子吓得浑身筛糠。输了，全家立马成为土匪家属；赢了，胡子头儿恼羞成怒，保不准要开杀戒……哎呀妈呀！一个个越想越怕越怕越想，给折磨惨了。老三这里气定神闲，大步迈开，他仿佛听见自己右手的关节、骨骼、肌肉、指甲与冷硬的枪支机件摩擦的声音，部件之间咬合的声音。那声音急速而有规律，灵巧而不慌乱……他第一个站定，如一棵笔直的松插在大院中间。主持的小匪大喊一声：停！事先约好，最先站定者即组装完毕者。所有人停下。小匪拿下大家的蒙眼布，大家亮开衣襟。老三的匣子枪非但组装完毕，还顺便用衣襟给擦了个崭崭新。东山王差一个机件，其他人脸红得大萝卜似的，也不知道冻的还是臊的。东山王厚着脸皮朝老三一拱手：“第一局老弟赢了，我等技不如人。来第二局。”庞家大院的院脖儿长，从上房到大门大约四五十米的距离。比赛规则是自选酒盅的数目，当然是数量越多难度越大。酒盅置于门楼之上，三十米之内准确击碎者为胜。除去老三和东山王参赛，其他人也演练了一番，有选一个的，有选俩的，有的走空，有的击中。大院不时响起匪徒们的叹惋声和喝彩声。牤牛屯的人们支棱着耳朵听，时断时续的枪声吓得他们魂飞魄散，以为老庞家给灭了门……轮到东山王了，他自诩有百步穿杨的硬功夫，毫不犹豫地选了四个酒盅。东山王这次是势在必得，他有意想表现一下，以雪第一轮失败之耻。这老匪也不刻意瞄准，先是反身背对大门，凝神屏气，突然一个急转身，左手一撩狼皮大氅，右臂一抬，大肚匣子已然击发，啪啪啪啪四响，把远远观看的庞家小孩子惊得是狼哭鬼嚎。但见大门之上四个酒盅都不见了，管家、下人以及众匪纷纷跑去门外，雪地上四个酒盅都残缺不全了。众匪欢呼雀跃，齐竖大指，庞家的人低头耷脑。

老三也未免心惊，这东山王是有两把刷子，还真不能轻敌。老三冲东山王作了一个揖："大当家的神勇！我要是不冒点险，势必辞父别母和你一起走了。""嘿嘿！"东山王阴阴地笑了。老三吩咐下人在大门上摆了五个酒盅，他人一只脚踏在规定的界线上开始瞄准，仿佛犹豫不决先打哪个，瞄完这个瞄那个，把五个盅子瞄了个遍，好像打哪一个都没有把握。匪首们大笑起来："老三，你没有实战经验，还是服了吧！东山大哥身经百战，弹无虚发，指哪打哪，你弃权吧！"老三嘘了一口气，右胳膊垂了下来。老庞头这时候汗也流干了，见儿子要服软，他一个高蹦出来："你他娘的给我打，打歪了也得打，自个儿下套自个儿钻的玩意儿。老庞家可不能出胡子啊，哇哇……"他大哭起来。老三一会儿瞅瞅大门上那五个酒盅子，一会儿又看看他爹，一会儿又瞧瞧东山王。东山王不耐烦了："我说老弟，你倒是打不打啊，太阳西斜了，咱们还得赶路呢！"不知道啥时候他把我们换成咱们了。庞老三牙一咬脚一跺，咋的也得打，爱咋咋的吧！他一副豁出去的样子："大不了跟你们走，去山上也能吃香的喝辣的。""这么想就对了嘛，哈哈哈！"老三的视线里，褐色的大门上，五个酒盅洁白如玉，在钢蓝色的天空衬托下，无比清晰地凸显出来。老三略微眯一眯眼睛，那五个目标就更加清晰，仿佛扩大了好几倍。他的嘴角露出了微微笑意。枪声在家人的忐忑里响起，子弹在强盗的鄙夷中射出，大门之上五朵莲花瞬间开放又瞬间凋落……

牤牛屯的父老乡亲在暮色里小心翼翼地打开房门，跷脚看那些大小土匪消失在雪野尽头。

## 砸　窑

话说东山王请神不到自己倒被送了瘟神，回到山寨着实被二当家的嘲笑了一通，恨得他牙根儿痒痒的。好你个庞老三，把老子戏弄得不轻，都他妈的信以为真了，此仇不报非土匪。转过来一寻思，这样的人才在西荒真是太难得了，就这么放弃掉白瞎了。东山王当晚就和与他同回的几个胡子头儿商议对策。一个说他庞老三敬酒不吃吃罚酒，咱们把他的牤牛屯给灭了。一个说不可不可，那庞老三非但武艺高强，还足智多谋，他能没有准备吗？东山王的二当家说：“这也不行，那也不行，总得有个办法呀！”东山王一跺脚：“舍不了孩子套不住狼，咱们去打安采屯，给他来个敲山震虎，看他庞老三尿不尿裤子。”二当家说：“大哥说得轻巧，那安采屯咱们惦念多少年了，也没敢动手，那么好攻啊！”东山王说：“我听说老安家的炮头被别家挖走了，老安头正四处找人呢，这是个机会。再者说了，这眼瞅着来到年了，最近咱们像样的买卖一单也没干上，弟兄们喝西北风去？大家各自回去，联合几个山头，拼他一家伙。”

安采屯距离牤牛屯仅五华里，村庄也不小，有六七十户人家。老安家的庄院位于村庄的最西头，论实力安家应该是这一代的首富，有地上百垧，还开着酒坊油坊。户主老安头是个勤劳的庄稼人，也是个精明的商人。年轻的时候他家雇用长工自己当打头的，那些长工想偷懒都不成。后来家业逐渐大了，他也凡事亲力亲为，与乡邻买卖既不坑人，也从不吃亏。再来说说他的大院套，比牤牛屯老庞家坚固了好多。院中前后两进房子，还有仆人长工住的东西厢房。四面墙一丈多高，墙基宽近一米，拉和辫子结构，墙顶建有墙枕头。墙枕头是用高粱秫秸打好帘子，内加掺了麦余子的黄泥固定，之后横于墙头，摞二尺多高，上面再抹上碱泥。外面的人即使爬上高墙，墙枕头也很难逾越。四角炮台常年炮手瞭望，安家老大负责防卫。转眼小年已过，平安无事，老安头就寻思等过了年去河东找炮头。谁也没有想到，腊月二十五晚上，东山王等匪徒开始攻打安家大院。这次攻打几乎集合了西荒的全部匪力，原来不太对付的几个绺子为了年货都加入进来了，他们把安家大院围了一个水泄不通。土匪全部集中在外墙的墙根，子弹打不到的死角处，抽冷子攻击炮台上的炮手。东山王下达命令，午夜时分发起总攻，届时抛挠钩上墙，正面攻打大门，用重火力点射炮手。东山王不得不佩服安家大院的防护，总攻进行了两个多时辰，死了好几个人，没啥效果。安家居然在墙枕头上浇了冰，挠钩根本搭不住，安家炮台坚固，掩体好，要想伤到里面的人也很难。东山王虽在各个路口都布了哨，此地距离县城又远，但时间一长也怕走漏消息，惊动官兵也不是闹着玩的。一筹莫展之际，二当家凑了过来：“大哥，这久攻不下也不是个曲子，天亮之前最好拿下安家大院。”“我还不知道？你有辙吗？”二当家说：“要不把咱的法宝用上吧！”东山王思忖片刻，觉得也没什么好办法了。“可也行，可是东西在寨子里呢。”二当家一拍胸脯：“老弟我想着呢。”二当家所说的法宝是东山王山寨所存的百十来斤炸药，兵荒马乱的年头，炸药很紧俏，不到万不得已，东山王是舍不得用的。不过这次居然碰上了硬骨头，都是自己轻敌的缘故。东山王内心不免自责起来，全是庞老三这小子闹的，等我砸了安家大院再收拾你。

“枪声掩护!”东山王一声令下，大小土匪拿着从附近老百姓家抢来的家伙什儿，一齐开挖安家大院西侧的一处墙脚。寒冬腊月，气温已降至零下三十多度，拉和辫子墙又坚又厚，好容易掏出了一个安放炸药的洞。

里面的安家此时在爆豆一般的枪声中似乎稳如泰山。除了炮手的还击之外，没有任何声响。老奸巨猾的老安头虽然没有判断出东山王的狠招，也知道安家大院总有弹药耗尽的时候，这帮红胡子不得手是不会善罢甘休的。丑时一过，他把全家老小聚拢在了一起。

“轰”的一声巨响，南北二屯鼠入洞狗噤声，世界仿佛到了恐怖的极限。铜墙铁壁般的安家大院的西大墙倒了一面子，牺牲了宝贵的炸药，损失了几个兄弟的匪徒们个个红了眼睛，弹上膛刀出鞘，准备大开杀戒，鸡犬不留。没有想象中横扫过来的拼死抵御的子弹，有的只是黑咕隆咚的静，这座神秘的院落好像隐藏着千军万马，又好像是空无一人，土匪们一时间瑟缩不前。东山王大喊：“弟兄们给我冲，好东西谁抢到归谁，女人相中谁带走谁，还他妈愣着干啥?”“嗷”，土匪们伙着冲了进去……

事情的结局没有在任何一个土匪的意料中。安家大院喘气的一堆，鸡鸭鹅狗猪兔马牛羊，就是一个人芽儿都没有。库房粮满仓，猪肉栟子埋成一个小冰山。东山王用枪管敲着自己的太阳穴：“妈拉个巴子的，人都钻沙了？给我搜，巴掌大个地儿，几十口子能藏哪儿?”搜到天快亮的时候，方显端倪。安家的大柴垛下有个巨大的菜窖，里面贮存了大量的萝卜白菜土豆，以供全家冬春两季之用。菜窖的里面有机关，那是一条直通院外的地道，地道里面平整开阔，隔几米有一个灯窝，里面的灯显然被灭掉不久，还有淡淡的灯烟味儿。土匪们行了二百多米到了地道的尽头，得，一块方石把洞口堵了个严严实实，好几个人一起用力，纹丝不动。土匪们只好反身折回。估计了一下大致方位，发现地道是通往村北的一处茂密的芦苇荡的，等大家骑马踏雪跑到地方一看，不得不佩服老安头的聪明。苇荡深处居然有一个很大的马棚，显然还有停大车的地方。凌乱的马蹄印车轱辘印到处都是，估计女人乘车，男人骑马，方向是县城。东山王听说安家有一个儿子在县府就职……得，打道回府吧，咱图的是财货，把人家逼到了这个份儿上，也就穷寇莫追了。

安采屯的那些小户人家和前两天牤牛屯的老少爷们儿一样，窗户纸钻眼子看土匪们把老安家的全部家当人背马驮车拉，马牛羊赶着，给扫荡一空。和那几个战死的土匪关系不错的人临走还不解气，一把火把个百年大院给烧了。平时常恨自己贫穷的那些人都暗自庆幸，这乱世，还是穷人好，没人惦记呀！可怜安家除了带走了一些金银细软外，乡下这些个不动产就这样毁于一旦。等安家在县府就职的儿子搬来救兵，安家大院已经变成一片废墟。狡猾的土匪业已化整为零，消失在荒原的各个角落。

## 落　草

听到消息的那一刻，庞老三就知道东山王这是杀鸡给猴看，不过拿安家当垫脚的。他不顾父亲的阻拦就去马棚解他的雪青马。趁这个工夫，老庞头让管家把大门锁了。“你想去送死我不管，别连累一家老小！”“可是我已经连累你们了。吃掉了老安家，我若不上山，下一个就是牤牛屯了，这是秃头上的虱子——明摆着的嘛！”“谁让你臭显摆了？没镇唬住人家，反而惹祸上身，你呀你呀！”事到如今，一向自信的庞老三也黔驴技穷了。谁知道那东山王还有没有炸药，自己浑身是铁也捻不了几根钉。眼下只有两条路可走：入伙或挨打。庞老三哪个都不想。出头的椽子先烂，自己可能真的是太招摇了，老话说得太对了。庞老三闭门想了好几天，庞家年也没过好，一个个是战战兢兢，忐忑不安，随时准备大祸临头，这年头实在是没有安全感的年头。初二那天夜里下了场薄雪，天气异常阴晦，天亮了也像没亮。管家打开大门吩咐人扫雪。一个下人慌慌张张地跑回来："大、大门上有镖！"庞老三跑出去一看，斗大的"福"字中间赫然插着一把锃亮的飞镖，镖尖钉着一张纸条："庞老弟：东山王山上恭候！"

"这帮毫无信义的家伙！""跟胡子谈信义，扯淡！"老庞头狠狠地瞪了儿子一眼。不能待在家里引颈待戮，庞老三做了决断。

庞老三被"震松江"请上山的消息一过破五就传到了东山王及西荒的大小绺子耳朵里。"妈的，好你个庞老三，专挑粗腰抱，显然不把我们放在眼里呀！这是要和我东山王结梁子啊！不过牤牛屯眼下是动不得了，刚刚灭了安采屯，风声也是紧得很。"且不说这东山王恨起了庞老三。再说这"震松江"，松花江两岸没有不知道他的名号的。他和一般的土匪不一样，他人极为神秘。此人多大年龄，高矮胖瘦，真实姓名及来历是众说纷纭。有人说他是杀富济贫的绿林好汉，有人说他是无恶不作的惯匪。他的活动范围主要在江北，当地有歇后语云：江北的胡子——不开面。言江北的土匪之狠辣。半拉城子、新发屯一带江汊纵横，苇荡密布，柳条通无边无际，粗如儿臂的条子高达两三丈，极易藏身。多条通往各县府的官道经此伸向西北、北和东北方向，是交通之咽喉。"震松江"多年盘踞于此，神出鬼没，官府始终抓不住他的影子。

庞老三的想法是大丈夫威武不能屈，投东山王这等小匪的确折辱自己。落草为寇又不是自己的初衷，他现在成了被逼上梁山的林冲，索性就相信“震松江”的山寨是聚义厅吧，先上山保住牤牛屯再说。引荐庞老三的是“震松江”手下三当家的李一龙，李一龙和老庞家有点拐弯亲戚。引荐归引荐，关于大当家的情况，李一龙丝毫不肯透露，就是亲爹打探都不好使，这是山寨的规矩。别说是坐三把交椅的，绺子里的个个“瓢紧”，除非“核桃”不要了。据说庞老三入了绺子好几年也没见到过“震松江”，他一直在李一龙的手下做事，报号“草上飞”。去江北的头几年，年年过年时回家看望父母，仍然骑着那匹雪青马，带着来自省府的牤牛屯的乡亲们见都没见过的好东西。穿着打扮和以前没什么两样，也没有架子，绝口不提自己的职业，也没人敢问。照样和发小们在一起喝酒，只谈城里的新鲜事和牤牛屯的灾荒或丰年。大家都怀疑老三究竟干没干土匪，反正咋瞅咋不像。关于老三落草的事也都是庞家的下人陆陆续续说出来的，谁也没有亲见。之后四五年过去了，庞老三没再回过牤牛屯，非但如此，还和家里失去了联系。他爹老庞头惦念儿子病倒了，就派管家带人江北江南去找。寻找的人临走之前，老庞头把他们叫到病床前：“此次前去一定要查找到老三的下落，盘缠我给你们带足足的，谁查到了确切消息，重重有赏，啥也查不出来的也别回来见我，另谋高就吧！”十几个人出去了一个多月，带回几个版本的信息，这些个信息大部分结果都一样……老三可能凶多吉少，至于原因则说法纷纭。

说法一：被东山王的手下杀死了。东山王在灭了安采屯之后，虽然恨死了庞老三，但惮于“震松江”的威名，倒是没动弹牤牛屯。后来一次砸响窑的时候，他腿部受伤，成了瘸子。二当家护理他的时候说：“当年咱们要是得了庞老三，那可真是如虎添翼了，哪能像现在，干啥都不顺。”东山王听出了手下话中轻视的意思，他本来就是个小肚鸡肠的人，这些年来对庞老三始终耿耿于怀。我就不信弄不死你个庞老三。重赏之下必有勇夫，还真让他雇到了一个杀手。据说这个杀手本领了得，能飞檐走壁，不用火器，专门使用冷兵器，杀人于无声。他侦查到庞老三经常去道外桃花巷找一个绰号“江南一枝花”的风尘女子，杀手是在庞老三沉浸眠花宿柳的温柔乡里时用一柄匕首结果了他的。传说“江南一枝花”也给吓疯了。

说法二：庞老三因在李一龙手下干得极为出色，终于得到了“震松江”的垂青，把他调到自己身边当贴身侍卫。据说在一次官兵围剿“震松江”的时候，老三背着挂彩的大当家在雪野上跑了一夜，逃出了重围，从此“草上飞”改成了“雪上飞”。“震松江”由此更加器重庞老三，提他当了四当家。但庞老三不识抬举，竟然挂上了压寨三夫人“赛瑞雪”。“赛瑞雪”是当地人，喝松花江水长大，皮肤特别白皙，故此得名。“赛瑞雪”是“震松江”抢上山的，死了几次都没死成，特别讨厌这个土匪头子。后来结识了“雪上飞”，被他的英挺和正气打动，不可救药地爱上了老三。老三开始是敬而远之，天长日久也来了电。“震松江”最忌别人染指自己的女人，除此之外这个人还算豪气，只要投心对意的弟兄喜欢，宝马、金银均可奉送。可“赛瑞雪”是他的心尖尖儿，软硬兼施这么多年也没有赢得她的芳心。“震松江”心道：你“雪上飞”也太不地道太不讲究了，仗着救过我的命，大当家的如夫人都敢动手，不定哪一天，虎皮交椅你都会惦记，那就别怪我心狠手辣。传说“震松江”生日那天，别人一概不请，只请来“雪上飞”对饮，吩咐“赛瑞雪”下厨烧菜。庞老三赴宴归来便一命呜呼，酒是毒酒，菜非好菜。“震松江”叫来李一龙：“人是你引荐上山的，咋处置你说了算!”望着老三的尸首，李一龙也筛了糠。他叫人在松花江上凿了一个冰窟窿，把老三的尸体胡乱往里一塞，趁着天寒夜黑，自己也打马走人，不知所终了。

说法三：这个说法最离奇，庞家人最爱相信。老三根本没有落草为寇，一切不过是他的障眼法。老三离开家乡后，先去哈尔滨做了几年生意，“九一八”事变后，他投了马占山将军的队伍。据说老三非常佩服马将军，欣赏他的民族大义。人家也是胡子出身，却能在国家危亡的关头打响抗日第一枪。老三参加了著名的江桥抗战，全体将士英勇战斗，同敌血战三天两夜，击退了敌人多次进犯。老三身受重伤，养伤期间听闻马占山降日，老三痛哭一场，生平第二次开了小差。在齐齐哈尔躲藏了一段时间后，又闻马将军再举义旗，他又回到了部队，当了侦察员，一直追随将军转战南北。由于抗日的身份，已经不便再与家里联系，大敌当前，也是无可奈何之事。

为了验证这些有鼻子有眼的信息，老庞头花费了大量人力物力。他先是派大儿子去哈尔滨的花街柳巷打探发没发生过命案，有没有个叫“江南一枝花”的妓女。有人告诉他，即使发生了命案，窑子也会讳莫如深，生意还得照旧做不是？那些老鸨子更是一口否定，什么“江南一枝花”？还江北一根草呢，压根儿就没听说这号人物。

老庞头又让二儿子去找李一龙的老爹探听虚实，不问还好，一问那老头儿便大骂：“我是哪辈子做损养下这遭瘟的儿子，这些年一个子儿都不往家捎。当胡子，当胡子能有好下场？死了休想进坟茔地，我呸！”

不等老爹开口，庞家四儿子就去齐齐哈尔、海伦等地寻找马占山的队伍，倒是见着过几个当兵的，都说队伍太大了，不认识庞老三。

几个儿子无功而返，庞老三的结局一时间也就成了谜。

## 结　语

荒原上牧人之间的讲述也告一段落。年轻的放马人喜欢猎奇，就跟放羊的老曲头、放牛的老尹头说：“牤牛屯又不远，前去问问庞家的后人，不就知道庞老三的结局了？”老尹头一笑：“‘满洲国’倒台子前，老庞家就卖了土地庄院，搬到谁也不知道的地方了……”

# 荒 原 狼

俺叫张关东，今年八十多岁了。俺祖上是关东客，落脚在北大荒一个叫高家围子的屯子，这里关里人及他们的后代占了大半，俺爹张打围和俺这两辈都出生在这里。地处松嫩平原的四方山一带当年是有名的片荒儿，据来俺这里调研的农业专家说，碳酸盐草甸土、碳酸盐黑钙土和草甸碱土非常适合农作物生长和碱草生长。由于地势东高西低，北高南低，老辈的时候，这里经常发生水患，故而水泽纵横，苇荡成海，是野生动物的天堂。地上有狼、狐狸、狍子出没，天空有野鸭、大雁、大鹔飞翔。人和动物基本能和谐共处，但生存竞争又无处不在，于是狼便成了人们的头号对手。别的先不说，俺就讲讲狼的故事。到了今天，在俺家乡，狼早已绝迹，俺要是不把这些故事传下去，后代子孙都不知道这片土地上发生过的事情，俺可不想把这些耳闻目睹的连小说家都编不出来的传奇带到棺材里去。俺也念到高小毕业，闲书读过一堆，肚子里还有点墨水，估摸着大家伙儿能听明白。

## 高家围子

高家围子是离四方山较近的一个大村子，有上百户人家。村庄始建时，四周筑有围墙，故此得名，但随着人口的增加，年代的久远，泥墙失修，豁的豁，坍的坍，残缺不全了，基本失去了障碍的功能。自从村里闹了几次狼，高家围子的大户高员外决定出资修补围墙。王寡妇家穷，丈夫新亡，她家的土屋建在村东甸子边上。她每天下地前把没人照看的三岁孩子拴在窗框上。一天傍晚，一只狼闯进院子里，两个爪子扒在窗台上，用嘴哈气将马粪纸窗弄出个大窟窿，炕上的孩子被吓得哭叫不止。邻居孙大爷听见，忙隔着破墙头察看，见此情形，他一边用手中的拐杖使劲敲击猪食盆子，一边大声喊人，那只狼回头看了看老人，不急不怒迈着四平八稳的步子走出了院子。可怜的孩子连饿带吓晕在炕上，后来留下神经衰弱的毛病，而且影响身体发育，一直长不高。

村南的杨老汉养了几十只绵羊，一天深夜，几只狼跳进了羊圈，挨个咬，死一个放倒一个，直咬到种羊才住口。从前杨老汉到甸子上放羊，有一只羊落了单，杨老汉眼瞅着一头大灰狼从柳条通里蹿出来扑过去，一口咬住羊的脖子，“啪”的一声，甩到脊梁骨上背着就走。杨老汉手里只拿个细细的羊鞭，哪敢追过去啊。现在他的羊群几乎全军覆没，把他心疼得背了气。被乡亲们救醒后，一眼看见了俺爹张打围，他一把抱住俺爹的腿：“给我报仇哇!”俺们这里管猎人叫打围的，俺爹是高家围子唯一的猎人，祖传一杆老洋炮，能打散沙，也能打铅弹，很有准头。年轻的时候就成了“炮儿”（当地称优秀猎手），但他不像旁的猎人见啥打啥，他的猎物基本上就那几种：野鸡、野鸭、野兔。那时候这几种动物特别多，它们的繁殖力强，小野鸡崽子满甸子出溜，兔子和马牛羊争夺牧草。俺们这里忌讳打狐狸和黄鼠狼，说它们有灵性，能迷惑人。至于狼嘛，是这一带种群最庞大的野兽，不能轻易招惹。杨老汉抱着俺爹的腿不放：

“我说打围的，你可不能再专找那熊的打了，看这狼把咱村都欺负成啥样了？呜呜……”俺爹的脸也臊得通红，全村的老少爷们儿都瞅着他，好像他真不敢招惹猛兽似的。高员外拨开人群走了过来：“我出资，大家出力，把咱村的围子修补修补，狼不就进不来了吗?”他总算给俺爹解了围。

高家围子又名副其实了，俺爹也照旧打他的老三样。没想到树欲静而风不止，一天早上俺爹还没醒，“啪啪”，有人敲俺家的门。俺爹开门一看，是本村的于打鱼。于打鱼的名字和俺爹一样都不是本名，俺们这疙瘩用今天的话讲，喜欢用职业给人起外号。看见于打鱼慌慌张张的样子，俺爹问：“咋了，让狼撵了?”于打鱼上牙直磕下牙：“让你猜着了。”他薅住俺爹的一条膀子就往院外拉。俺爹说：“你好歹得让俺拿上枪啊。”俺爹和于打鱼跑到村南一里多远的柳条通，这柳条通中间有一条细路，通向距离高家围子最近的狼窝。别误会，狼窝是一个村庄的名字。于打鱼一早在村北的黑鱼泡子起了鱼，用挑子挑着给狼窝要办喜事的老郎家送鱼，还没走到柳条通深处，就和两只狼遭遇了。那两只狼，一只体形壮大，一只稍小，一个道左，一个道右，支着两条前腿坐在那里看着于打鱼。于打鱼放下担子，慢慢抽出扁担，两只狼一点离开的意思都没有，胆战心惊的于打鱼只能弃鱼而逃。俺爹打猎经验丰富，他带于打鱼从另一条路抄过去，在距离鱼挑子两丈多的地方潜伏下来。透过柳条子的缝隙一看，你瞧怎的?两只狼正各自把着一个鱼筐大快朵颐呢。于打鱼心疼得不得了：敢情这鱼是给你俩打的?俺爹于下风处找好方位，他要一弹二狼，否则另一只急了眼扑上来就不好对付了。要不说俺爹就是厉害，他老人家装好铅弹，瞄好了，一枪放出去，其中的一只一个高蹦起来，摔在地上挣扎几下就断了气。好嘛，子弹穿过了心脏，打在对面另一只狼的肚子上。“呜嗷”，那只狼负痛狂奔，俺爹边追边装子弹。追了二里多地，在一堆乱柴的下面发现了那只濒死的狼……

胜利归来的俺爹和于打鱼受到了英雄一般的欢迎。于打鱼的鱼挑子变成了狼挑子，两个鱼筐一边一只死狼，累得于打鱼呼哧带喘的。高家围子当天晚上举办了狼肉宴，两只狼头被杨老汉要去红烧了。失去了羊而一贫如洗的杨老汉把两个狼头骨挂在大门两边的木桩子上解恨，嘴里还一个劲地叨咕：“看是你们狼厉害，还是我们人厉害!”谁知福兮祸之所倚，就在村人肚里装着狼肉沉入梦乡不久，祸事来了。“呜嗷”，一声狼哭传来，高家围子的老老少少都给惊醒了。“呜嗷”“呜嗷”……瘆得人脊梁沟里冒凉气。高员外派人爬上围子察看，吓得那人差点掉到墙外去。“妈呀，咱村给狼包围了!”俺爹听到消息拎了老洋炮登上墙头。据他老人家说，就连他这样出色的猎手都给惊出一身冷汗。漆黑的夜色中，只见灰白脊背的野狼或坐或蹲或小跑或溜达，差不多得有几十只，大多集中在杨老汉家的方向。杨老汉也给吓瘫了，隔着庄门给群狼作揖：“你们得讲理不是，是你们家的人先进屯吓了李寡妇的孩子，咬死了我的羊，之后又去吃鱼，这才……”他连滚带爬地回到家取下那两个狼头骨，“我明天就把它们埋了，让它们入土为安，咱们讲和吧!”直到天亮狼群才逐渐散去。杨老汉言出行果，果然去条通边上把两个狼头骨埋了，坟丘子堆得比人的都高，还请村里的私塾先生在一块木板上写下“大狼二狼之墓”几个字，竖在了坟前。可是，高家围子还是和狼群结下了梁子。

# 鼓乐班子

自从闹了狼，高家围子的防范就更加严密了，天一擦黑就庄门紧闭，村人白天出门也是结伴而行，一段时间人狼相安无事。转眼到了初冬，高员外的小儿子准备迎娶新娘。高员外是四方山一带首富，有土地几百垧。他最疼这个老小子，这个婚礼是大操大办，流水席开了两天，南北二屯的老亲少友都来了。高员外还请来了一个鼓乐班子，沉寂多年的村庄响起了锣鼓唢呐声，全村扶老携幼都来观看，那阵势，比过年还热闹。话说荒原上的鼓乐班子本来就不多，这个班子又是功底极好的。入冬办喜事的扎堆，婚礼过后，酒足饭饱，天也晌午歪了，领班的就和高员外告辞，说天黑前得赶到西北天（一个村庄的名字），明天还有一场婚礼等着我们。高员外的管家派发了赏钱，一行五六个人就动身了。这边高员外家的客人也开始陆陆续续地告辞，高家送客的送客，打扫的打扫，忙得是不亦乐乎。大约未申交替的时辰，有仆人来报，说送客人出村的时候隐隐约约听到西北方向有唢呐声传来，吹得是悲悲切切。高员外一愣："不对呀，鼓乐班子应该到西北天了，七八里地的路程啊。"高员外亲自登上围子瞭望，一阵西北风吹来，不但有唢呐声，还有锣鼓声。"不好，怕是遭了狼了，快套车，叫上张打围！"

再说鼓乐班子的几个人趁着酒劲儿说说笑笑地赶路，离开高家围子也就三四里地的样子，正面遇到了五六只狼，双方在距离十几丈左右的地方开始对峙。鼓乐班子的人走南闯北，在荒原上也曾远远地见过狼，只是数量没有这么多罢了，现在基本上是一对一呀。一袋烟的工夫过去了，狼丝毫没有退却的意思。班主就有些着急，天一黑就麻烦了。他四外撒摸了一圈儿，发现身后七八丈开外有一个大碱草垛，几个人把家伙什儿拿到身体前面，排成一个横排慢慢集体后退。要说家伙什儿，无非就是他们各自的乐器，用这些对付狼，笑话！狼们在观望了一阵后，也缓缓跟了上来。好不容易到了碱草垛前，班主指挥打鼓的大壮蹲下身子，伙伴们一个个踩着他的肩膀上到垛顶。当剩下大壮一个人的时候，狼也快到跟前了，大家合力拉大壮，头狼作势欲扑。说时迟，那时快，吹唢呐的崔喇叭匠子，鼓起腮帮子用尽平生力气——事后他回忆说，就那一口气差点把自个儿的门牙吹掉。呜哇——唢呐声劈空而来，无调而声如裂帛。头狼一惊，扬起的两只前腿硬生生收了回去，其他的几只也后退了好几步，大壮一借力，“嗖”的一声上了垛顶。好险哪！大家背靠背坐在一丈多高的碱草垛上是一筹莫展，低头一看，狼们也围坐了一圈儿，虎视眈眈。“哎哟娘哎，这可怎么好，跟咱耗上了……”班主引颈四望，希望能有过路的人，可天高地迥，号呼靡及啊！约莫过了一个时辰，头狼晃晃悠悠地离开了，隐进了不远处的一片苇子地。两袋烟的工夫，头狼出现了，后面跟着一只瘸狼，走近一看，那瘸狼已经相当老了，一身皮毛疙里疙瘩，好像得了癞皮病。瘸狼围着草垛转了一圈儿，开始用嘴在草垛的基部叼草，其他的狼观望了一会儿也纷纷效仿。草垛虽粗，狼嘴也不小，那嘴角开到了耳根子。班主说：“照这样下去，草垛底部一空，势必坍塌，我等葬身狼腹矣！咱们这是遇到狼精了。”随着日头的西斜，狼们加快了衔草的速度，草垛底部已瘦了一圈儿。班主说：“咱几个半辈子净给人家迎喜送终了，现在咱们自个儿给自个儿吹个大出殡吧！”大壮呜呜地哭了出来：“可怜我还没娶媳妇呢……”一个道：“我还没给儿子娶上媳妇呢！”崔喇叭匠子流着泪吹出了第一个音符，哥几个的锣鼓镲相继跟上，一时间乐音腾空，流云不动，悲凉无限。下面紧着忙乎的狼也停了下来，直勾勾地看着它们的晚餐，心里说：这是弄啥呢？瞧了一会儿，没看出什么门道，饥肠辘辘的它们加紧工作。

这边高员外集合了高家围子所有的马车、所有的狗，后生们手里握着钩杆铁齿都上了车，俺爹骑着他的枣红马，飞速赶往西北天方向。要说也是鼓乐班子的哥几个命不该绝，那天正好刮小西北风，他们的亡命之音居然传到了高家围子。跑在最前面的俺爹远远地发现了那个碱草垛，还有垛顶上拼命演奏的鼓乐班子。眼瞅就差十几丈远了，碱草垛塌了，烟尘冲天而起，群狼纷纷后退，鼓乐班子陷在了乱草当中。俺爹手里装满铁砂的老洋炮“轰”的一声巨响，接着是纷纷跳下车的后生们的呐喊声，窝子狗的狂吠声……

## 霍货郎子

要说高家围子不怕狼的，除了俺爹，还有一个人——霍货郎子。霍货郎子三十多岁，贩货得有十多年的历史了，四方山一带没有不认识他的。只要他的货郎鼓一响，大闺女小媳妇都闻讯跑出来，围住他的货郎担子，用现在的话说就是一微型流动商店。他人幽默，爱说笑话，又童叟无欺，大家都得意他。霍货郎子到哪儿都一个人，按说在荒原行走危险性最大，遇到狼的机会也多，他防身的家伙什儿是他老爹霍屠户留下来的一把锓刀。这把锓刀很多人都见过，尺把长，亮闪闪夺人二目，霍屠户用它宰了一辈子猪，钢刃不卷。俺爹曾提醒过货郎子，说你爹那把刀不知道喂过多少猪血，狼对气味最敏感，小心招来狼。货郎子也只是一笑，并不在意。你还别说，霍货郎子行走江湖这么多年真就是平安无事。就有人附会说霍屠户的杀气传到了货郎子身上，狼都不敢近身。谁也没有想到，要吃掉鼓乐班子的那伙狼，让货郎子给灭了。

那一日货郎子的生意不太好，走了好几个屯子，大家好像是商量好了似的，参观归参观，货没卖出去多少。货郎子就想去狼窝看看，去狼窝得走上近十里路，都是荒甸子，货郎子也好久没去了，估摸狼窝人正盼着他的货呢。时近晌午，初秋的太阳还是蛮毒的，货郎子走了一身的汗，遥遥地看见了那座熟悉的草房子，草房子的旁边有一口井，可以喝点井拔凉水了。前面说过俺家乡盛产碱草，每到深秋，碱草长足，周围养牛羊的、割草卖钱的人就会扛着钐刀来大甸子割草，一割就是好多天。为方便计，大家伙儿出工出力合伙盖草房子，用来供割草时住宿起火用，其他时间也成了来往的行旅歇脚打尖的地儿。现在还没到草熟的时候，草房子的门开了半边，货郎子估摸着可能有过路的在此休息。周围屯子的人货郎子差不多都认识，他爱闹着玩儿的劲儿就上来了：不管是谁，我吓唬吓唬他再说。他远远地放下货郎担子，踏着初秋的衰草，蹑手蹑脚地走过去，扒门一看，浑身的热汗一瞬间就变凉了。你道怎的？草房子的炕上地下横躺竖卧着六七只狼，一个个舒展筋骨睡得正酣。货郎子以极快的速度掩上房门，刚巧窗下摞着几块盖房子没有用完的土坯。货郎子一手撑住门，一手拽坯……里面的狼早已惊醒，蜂拥到门边，企图挤出来。生死攸关之时货郎子岂能容这些食人兽得逞。土坯封门，而且是牢牢的，里面的一群成了困兽。接下来怎么办，回屯子喊人？太远了，货郎子连渴带饿加惊吓，浑身都没有多少力气了。货郎子倚在土坯摞子边喘粗气，里面的狼没好声嗥叫，叫得货郎子的脊梁沟嗖嗖地往出蹿冷气。不能这样耗下去了，就凭我霍货郎子走南闯北还制不了你们几个长毛兽？货郎子走到井边提了一柳罐水，痛饮了几口，剩下的往头上一浇，“哗啦啦”，智从心头起，勇向胆边生。他快步跑到货郎担子前，从里面拿出了一盘东西，这是他防身的第二法宝——十响一咕咚。这十响一咕咚说来简单，就是十个鞭炮一个麻雷子连起来的长串炮仗。因为乡间一年四季都有办喜事的，加之年节，货郎担子总少不了这玩意儿。现在十响一咕咚第一次要起到贺喜之外的作用了——对付长毛兽。草房子的窗户为防雨做得很小，上面竖插着几根粗柳条子。货郎子把炮仗链子从窗户送进草房子，门边的狼嗅到火药味都惊悚地跳到了土炕上。这边货郎子不慌不忙地拿出了火镰、火石和火绒……

屋里的狼一时放松警惕，于午睡中中了招子，它们做梦都想不到自己的死法竟是这样的。当炮仗炸响的那一刻，它们基因中对这种味道和这种声响的恐惧已经超出了它们生命的极限。别的不谈，麻雷子可是名副其实，这种炮仗个头大，填充的火药多，外面一层用麻线缠着，加之在斗室内燃放，爆炸的响声无异于枪声。几只野狼肝胆俱裂，它们只有一个念头——拼死冲出去。草房子很矮很小，它们有的撞墙，有的蹿起来死命撞到檩子上，就这样左冲右突上下翻腾互相碰撞，哀嚎连连。当最后一个麻雷子炸响之后，屋内彻底静了下来。货郎子知道炮仗是炸不死野狼的，它们是集体撞晕了。接下怎么办？这帮狼成了烫手的山芋。一走了之？放狼归山？枪漏子（中枪后侥幸逃脱的狼）见人就撵，这些个要是放走了，那还了得，关键是怎么放都是个难以解决的问题。想到鼓乐班子的遭遇，货郎子身体里他爹的屠户血忽然翻涌上来，他从担子上抽出了柞木扁担……

那一年的冬天，狼窝的许多爷们儿都吊了狼皮帽子，除了那只皮毛疙里疙瘩患了多年皮肤病的癞狼外，其他的狼皮都派上了用场。

狼皮帽子非但保暖，最大的好处是走到哪里，狗们都躲得远远的，那些怕狗的人做梦都想有一顶狼皮帽子。霍货郎子可是出了大名了，用当下的话说是一时风头无两，名头超过了俺的“炮儿”爹。俺爹虽有“炮儿”之称，可打狼的数量远远不及货郎子，而且武器又比人家先进。俺爹不知道是拈酸还是咋的，对货郎子的英雄行为颇不以为然，背后干脆叫他“祸祸狼”。后来人们把货郎子不怕狼的原因演绎为他出门卖货时衣服上撒了火药，狼闻到火药味就不敢近身了，问他本人又讳莫如深。有好事的就去他身上闻，可除了汗臭气，好像也没别的了。

## 猴　家

霍货郎子消灭了群狼之后，高家围子的人老长时间没有见到过野狼的影子。大家都说，狼虽然是高家围子的人打死的，但狼肉让狼窝的人吃了，狼皮帽子狼窝的人戴了，狼群早晚得找他们报仇。瞧瞧他们屯子的名儿——狼窝，可见那里原来是狼的家，给人家的家都占了，不找他们找谁？高家围子的防范意识淡了，无狼的日子少了很多谈资，俺爹“炮儿”也没人叫了，他老人家照旧打他的老三样。农闲无事，高员外愿意出资，唱蹦子的，说大鼓书的，耍猴的……所有的流浪艺人只要路过，高家围子一概敞开庄门迎接，为此还专门搭建了一个土戏台子。锣鼓一响，人头攒动，寂静的村庄活泛起来。其他暂且不论，别说小孩子，就是大人也最爱看耍猴的，因为很多人都是第一次见到猴子。耍猴的侯老头儿来自山东老家，操着一口乡音，关东客以及关东客的后代们对他格外亲近，也格外照顾。而且这侯老头儿身世也着实可怜，老伴儿早亡，无儿无女，孤身一个人。高员外招待他吃饭的时候，他坚持让他的猴子上桌，那猴子让他拾掇得很干净，吃相也文雅。侯老头儿喝了几杯酒之后，和高员外唠开了，他说他本不姓侯，自从开始靠猴子吃饭，才改姓侯的。他称那猴子为兄弟，不管猴子表演得如何，从不打骂。那猴子非常听老头儿的，给什么吃什么，从不主动伸手要东西。吃饱喝足，老头儿在戏台子前打开场子，锣锣子一响，猴子表演开始，认字、打立正、蹬跷跷板、空中接物，灵活乖巧，把观众逗得前仰后合，这猴子真是个活宝。到高家围子的任何一个艺人都没有侯老头儿停留的时间长，直到那猴子把它会的全都演完了，高员外又留兄弟俩（大家伙儿都这么叫）住了两天，这才放他们走。高员外问侯老头儿下一站去哪里，侯老头儿说去狼窝，周围的庄子走得差不多了。高员外不顾侯老头儿推辞，执意让管家打发人套车送他去。侯老头儿说，俺常年在外浪，胆大赛倭瓜。高员外说："可我们这疙瘩有狼!"高家的老板子一直把侯老头儿送到地方，才返回来。

几天后，有消息传到高家围子，说侯老头儿出事了。高员外找来知道情况的人问，那人说，侯老头儿现在狼窝，整天不吃不喝，好像要断气。高员外是个仗义人，立刻吩咐管家去狼窝接侯老头儿。侯老头儿被接到高家围子后还是不吃不喝，高家围子年长的人都去高员外的下人房里劝他，一问到他的猴兄弟哪儿去了，他就哭。大家才知道那个乖巧的猴子可能凶多吉少了。过了很多天，高员外答应侯老头儿可以留在高家大院喂马，老了他管，侯老头儿才略略好些。大家也终于从他口中知道了事情的原委。

侯老头儿到了狼窝耍了几天猴，领了赏钱就离开了。早晨出村，快到中午的时候他进入一片柞树林子，年纪大了，腿脚也不灵便了，又累又饿的。他找了个树荫坐下歇脚，从褡裢里掏出个窝头抛给猴子，自己拿出酒葫芦，拔出塞子抿了一口，就那么一抬头的当儿，一只灰狼从两丈开外的树后闪了出来。那狼想必也是饥渴难耐，一点都没有迟疑就奔老头儿来了。老头儿悚然一惊，本能地把手里的酒葫芦向灰狼抛去。侯老头儿长年累月在外面行走，常用土坷垃打兔子，准头不错。那只沉甸甸的酒葫芦直奔冲过来的狼头而去，那狼也够机敏，头一歪，“嗖”，酒葫芦飞过去砸在一棵树上。那狼顿了顿，见没有东西再飞过来，腰一弓，颈毛一竖就要蹿过来。猴子接过主人的窝头刚刚啃了一口，一切就猝不及防地发生了。就在灰狼耸起身子的一刻，猴子手中的窝头也撇了出去，不偏不倚正中狼嘴，饿狼一口衔住，两口进肚。就在吞咽的当儿，侯老头儿只见面前一个褐色的影子掠过，猴子抓住头上垂下的一根树枝一借力，“嗖”地落在了狼背上，灰狼打了旋儿想甩掉猴子，猴子紧紧抓住它颈上的长毛不放。侯老头儿趁机闪到树后，腰间拽出锪锣和槌子拼命敲了起来。猴子听见锣声（以往表演的指令），立刻盯紧主人等候指令。侯老头儿张开右手虚虚地往自己眼睛上一挠，猴子会意，心道：这可是咱的长项。但见它左手薅住狼毛，尖利的右手直袭狼眼，这只饿狼可是遭了瘟，双目流血，负痛长嗥，一个转身窜入密林……等侯老头儿拎着锪锣子跌跌撞撞沿着斑斑点点的血迹找到猴子时，他的老伙伴已经脑浆迸裂，死于非命了。讲到此侯老头儿放声大哭：“都是俺害了它呀!”却原来那只灰狼也不是等闲之辈，看起来它应该常在这片林子出没，地形非常熟悉。它忍着钻心剧痛，在几乎丧失视力的情况下，准确地冲入一个树空儿。侯老头儿说这个树空儿很古怪，本是两棵树，在二尺多高的地方长到了一起，狼冲过去很容易，而骑在狼背上一心救主不肯撒手的猴子却给一头撞了上去……“俺要不示意俺弟，它终归是个猴子，不一定能想到抓狼眼睛啊！俺为了保命，把它的性命搭上了呀，呜呜……”听的人都落下泪来，这真是亘古奇闻哪！侯老头儿就地把猴子草草埋葬了。

侯老头儿大病一场，能起床了，他在那棵奇特的树下重新给猴子修了一个坟，倾尽所有买了一块碑，上刻“义弟之墓”四字，落款：兄老侯。中元清明两节，别人扫墓的时候，他都会挎着香烛黄纸给猴子上坟，人家祭奠完回家了，他还长久地坐在猴冢前唠叨他们过去行走江湖的事情……再后来多少年过去了，留在高家喂马的侯老头儿也作了古，高员外让人把他葬在了猴冢的旁边。猴冢仍在，墓碑仍在。看见猴冢矮了，乡邻给故去的亲人添坟的时候也顺便扬上几锹土。

## 俺　爹

俺爹失去了“炮儿”的名头之后，还打过一段时间的猎，后来不知年龄大了还是怎么，渐渐对老本行兴味索然，原来不爱种地的他，也开始摆弄镰刀锄头了。他的老洋炮慢慢生了锈，他也不擦。直到他碰见那两只狼，就彻底结束了猎人生涯。一个深秋，俺爹受雇给高员外家（高员外已去世，现在他儿子当家，乡亲还习惯这样称呼）拉羊草。那时的草可真厚啊，荒原上耸立着很多碱草山。一看到草垛，俺爹还会想起当年自己为救鼓乐班子立马鸣枪面对群狼的壮举，好汉不提当年勇啦！他沿着一条荒道行去，枣红马也老了，曾经善跑的它走路慢悠悠的。那两只老狼斜插草原同样奔着荒道而来，双方似乎都无视对方的存在。俺爹有他的理由，虽然眼下不再打猎，但俺还叫张打围，曾经的“炮儿”，要是被两只老狼吓缩了骨，有辱名号。那只老公狼没有让路的意思，据俺爹推测可能看到他手里除了一杆马鞭就没别的了，对它根本构不成威胁。人狼终于在荒道相遇。公狼掉转头面向马车，头颈部位的长毛全部挓挲开，四爪翻飞，刨下的草皮弹射出老远。枣红马一见这阵势，不用俺爹发话，屁股顶车一路后退。俺爹也吃了一惊，纵身跳到车上，摇鞭而立。枣红马退到离公狼一丈多的地方停下，皮毛汗湿。公狼逼退了马，倒没有继续攻击之意，掉转头，母狼耸耸鼻子跟上来，叼住公狼的尾巴小跑而去。俺爹居高临下方才看清，原来母狼是个瞎子，靠公狼领路寻道而行。这是一对狼夫妻无疑，母狼的眼睛是怎么瞎的呢？他忽然想起了猴冢，想起了侯老头儿讲过那是一匹年轻的母狼，难道真是它？狼而无目，它是怎么活下来的呢？公狼没有攻击人马是投鼠忌器吗？它这些年是怎么捕食猎物养活瞎眼的狼妻的呢？这一刻俺爹这个狼的对手居然找到了人与狼的相通之处。俺爹遇狼的消息传开后，高家围子的人再单独外出都来借俺爹的洋炮，说那狼没吃俺爹是因为闻到了他身上的枪味儿。

俺爹一直希望四方山一带自己是最后一位猎人，尽管他老人家有些一厢情愿。听说年轻猎手们都开始使用新式的五连发猎枪了。

俺十六七岁的时候，一天到仓房找打鸟的夹子，无意中看到别在房梁上的那杆锈迹斑斑的洋炮，就把它偷出去，千方百计弄来半瓶洋油，一个人跑到甸子上擦枪，老洋炮里里外外给擦得崭新。俺对着天空的飞禽瞄准，对着俺家的黄狗瞄准，吓得黄狗发疯似的跑，笑得俺肚子疼。这件事后来还是让俺爹知道了，俺挨了一顿胖揍，从此枪也没了影子，不知被俺爹藏哪疙瘩去了。俺的猎人梦没等做就破灭了。过去一到冬天，俺家经常炖的荤菜是野鸡肉加野兔肉，那种山野的味道真是没比的，自从俺爹休了猎，俺家就只有土豆子熬酸菜了。有时孩子们馋了，就央求爹去打围，俺爹用筷子点着俺哥儿几个的额头说：“你们给俺记住，吃天上飞的地下跑的都不如吃土里长的长久。”事情真打俺爹的话来了。人渐渐地多了，荒原逐渐被开垦，野物越来越少，斗了这么多年，它们最后都输给了人。

上世纪六十年代，高家围子的围墙坍圮得差不多了，由于多年没有狼祸，无人再修。一个傍晚，差不多全村的人目睹了一次野狼大迁徙。头狼出现的时候人们并没在意，以为谁家的狗出来溜达，不久狼队出现了。说狼队比较准确，约莫几十只的样子，它们一个狼头顶着一个狼的尾巴排成一字形队伍，朝荒原深处行进，它们走得很悠闲，直到日落后，狼的队伍才消失在暮色中。它们的路线是距离高家围子半里多地的一条荒道。从此高家围子的新生代知道狼仅仅是一个个传说。

不过来高家围子的外乡人还是很好奇，你们这地方是挺特别，有狼坟还有猴冢，这里面一定有故事，跟他们讲故事的人一定是俺了。

# 遇熊记

故事还得从我老家亚布力说起。亚布力，一听这名就不是咱中国人起的。老毛子修中东铁路的时候，我爹是华工。那时候张广才岭可真是富庶，要不老毛子也不可能把铁路修到这里。铁路修好后，当地流行一句话：火车一响，黄金万两。木材、山货、药材、农产品，那是要啥有啥。当年我爹他们住在北大棚里，据说老毛子的一个工头在山下远远地望见山上红拉拉的野果子，嘟噜出“亚布洛尼”这个名，后来就叫成了亚布力。我山里生山里长，我爹给我起名熊林山，这名叫到三十多岁，我毁了容，渐渐地就没人叫了，“疤瘌脸”成了我的外号。一开始我对这三个字像不接受我的命运一样不接受，可它是事实，这张脸不知吓坏过多少人，叫你一声“疤瘌脸”又能咋的？

我先是埋怨我爹，咱家咋非得姓这破姓？我这一辈子算是和熊瞎子干上了，简直是结下了不解之缘。第一次亲密接触是我十岁那年。老毛子走了，日本人来了，虎去狼来，这些外国胡子就看上咱们这疙瘩了。可抗联也不是吃素的，老百姓知道谁好谁孬。那个秋天的夜里，鬼子来了，说是村里有人藏了抗联的伤员。老乡们知道鬼子的厉害，只要进村，烧杀抢掠无恶不作。消息传来，全村扶老携幼集体逃难。我打小觉大，被我娘从梦里薅起来，跟着大伙往山上跑。那天我爹进山没在家，我娘领着弟弟妹妹跑，我迷迷糊糊地跟在后面，就听有人压着嗓子喊："大家伙儿分散开，别让小鬼子撵上来。"我寻着一条乌漆麻黑的山道跑过去，跑着跑着就一个人都看不见了。这时候睡意全散了，想喊我娘又怕把鬼子招来。正没主意的时候，远远看见树底下蹲着一个人，提溜着的心才放下，赶忙跑过去问："是哪位大爷啊？"那人也不吱声。等我冲到跟前，两只脚刹不住闸的时候才看清，你道谁家大爷？熊大爷！哎哟娘哎，一头吃饱喝得的黑瞎子正倚在树根那儿蹭痒痒呢，看见我不容分说，一把薅过来就塞到了它屁股底下。要说我命大还就真是命大。第一，那头熊肚子不饿；第二，它不是成年熊，否则就是不把我舔着吃喽，一屁股也得把我坐死。还好，它坐在了我的屁股上，那里肉最暄，但我也感觉到了空前的压力，关键是它开始按着原来的节奏蹭痒痒。我心道：你当我的屁股是老树根呢？这样下去非得把我揉搓碎不可。我本能地用手一胡噜，碰到了一个软软的物件，和我裆下的一样，原来是头公熊。也许是这家伙裆痒痒，我一挠咕，就不动了，一副很享受的样子。我一手接着给它抓痒，一手悄悄解下了我的布条裤腰带。要说我这山里小子也够生古的，我用裤腰带在熊小子的睾丸根部打了个猪蹄扣，另一头给系到树根上。之后趁着它受用的当儿，用当下的时髦话说用尽洪荒之力，从它的屁股底下抽出身子，一弓腰蹿了出去。"嗷"，身后传来黑瞎子的痛号。

等天亮我转回村庄，家园已经被毁，父母忙着收拾残局，也就没人听我的英雄壮举。我趁着大人忙乎的时候叫上我的一个伙伴，拿把柴刀寻到那棵树下，只找到了我被咬断的半截裤腰带……

我这一辈子从没走出过大山，凡是山里的活计什么都干过。年轻的时候采参，喜欢单棍撮，挖到过五品叶的老棒槌，自此出了名，我一要上山，后面准跟上一帮要发财的，甩都甩不脱。这些人找参纯属业余，不懂放山的规矩。自从我生平第二次遭遇黑瞎子，这些人让跟着都不跟着了，都说我招黑瞎子。每年九月份是挖野参的最好时候，人参这期间果实红透了，满山绿色中比较容易找，药性最好。我收拾利索要进山，听到消息，村里好几个爷们儿都要跟着去。邻里邻居的，临时拉帮，走吧。那一次采参并不顺利，找了好久才找到一株二甲子。我大喝一声“棒槌”，立马把索拨棍插在旁边。采参人迷信，都说山参有灵性，如不及时镇住它，它就会幻化成胖娃娃跑掉。大家伙儿一看采到了第一棵参，都感觉今天有门儿，就四散开去找参。这一散坏了，到晌午歪的时候，我聚拢人要出山，咋喊也找不全乎了。随着日头西斜，我着了忙。要不说这人遇事别慌呢，这一慌准捅娄子——怎么也找不到出山的路了。这时候天已全黑，总算把人聚拢全了。大家伙儿大眼瞪小眼，都没了辙。秋夜寒凉，大家在一处山崖下面停了脚，决定在此过夜，好在有积得厚厚的落叶，背靠背坐着取暖。我闭上眼睛，在头脑里重放了一遍我们的寻参找人路线，大致确定了方位，心里稍稍安定下来，人一放松，睡意就来了。这冤家总在我迷迷糊糊的时候出现。“唰啦啦”，崖顶忽然传来响动，我跳起一看，一个黑大个儿正站在上面朝下俯视，这家伙个头儿可不小，足足有四五百斤。恐惧似乎从遥远的童年那头迅速传导过来。它好像在寻找下来的路，焦急地来回走动。黑暗中我仿佛看见它裆间悬垂的我的半截裤腰带……莫不是它来报仇了？我的伙伴们此时都齐刷刷站在我身后，待看清是黑瞎子之后都鬼哭狼嚎起来。上面的黑大个儿更加焦躁了，一回身钻入了旁边的林子。

“听我说，等到它找到下崖的路，很可能寻着气味追上我们，大家别乱，一个跟一个，千万别再走散了，往那边去，我拿索拨棍断后。”

那一次我急中生智，领着大家伙儿逃出深山，摸到了回家的路。说心里话，真的很后怕。同去的人里头还有一个十六七岁的半大孩子，黑瞎子一时半会儿没找到下崖的路，要不大伙跟着我这个“山里通”去了，老参没采到，再弄个损兵折将，那我责任可就大了。事后我村有个叫“二诸葛”的算命先生给我看相说，我上辈子欠黑瞎子一条命，这辈子你熊林山早晚得还这笔债，听得我汗毛直竖。那时我老爹还活着，听了这个话，就张罗着搬家，去小兴安岭投奔我叔叔。那时候，亚布力家家的日子都不好过，寻思着伊春也许能好些，我是基于这个原因才同意搬家的。可乡亲们又传开了，说熊林山真熊，为了躲熊，居然搬离祖祖辈辈生活的地方，真当我信了“二诸葛”的胡诌八扯。可这次我爹和我都错了，离开了张广才岭又去了小兴安岭，出山又进山，躲得了此熊又逢彼熊。看看我，简直在绕口令，反正绕来绕去绕不开熊。谁让大平原没咱家的亲戚呢。

到了伊春之后，我做了一段时间的林业工人，刚到一个地方我工作特别卖力，领导就派我领工。记得那天的活计是清林，就是清理妨碍大树生长的灌木、风倒木，采伐站杆子。我领了十几个人，大家伙儿拿着搂锯子、板斧等家伙什儿，唱着山歌进山了。我成年到辈子山里钻，脚力谁也比不上，到了半山腰，就把他们远远地甩在身后了。要说这小兴安岭的树比咱老家的品种还丰富，红松、落叶松、鱼鳞云杉、臭冷杉……山外人若进来，保准眼花缭乱。有些树就是我这老山里人也叫不出学名。正琢磨着呢，就听身后的人没好动静地喊：“黑瞎子，黑瞎子来了……”我一听这三个字条件反射般地头皮发紧，不会跟到这儿来吧？猛一回头，好家伙，这次不是一个，俩黑小子！我手里只拿了根撬杠，对付两头力大无比的黑熊恐怕心有余力不足，先撒丫子再说。我拿出钻山豹的功夫开蹽。这个地方相对平坦，树木稀疏，我几步就蹿出了数丈。正得意间，不好，前面一棵巨大的风倒木横在面前，而且枝杈纵横。跃，只有这一种办法。由于当时我常常处于半饥饿状态，体形偏瘦，身子灵巧，有足够的把握跃过去。我深吸一口气，把最原始的吃奶的劲儿都提取出来了，纵身一跳，慌忙中忽略了一样东西——我的大裤裆。那时男人们都穿缅裆裤，我人是跃过去了，裤裆却被树杈子挂住了，也就是这一挂救了我的命。这两条腿的咋快也跑不过四条腿的，就在我头下脚上动弹不得的时候，后面那两头黑瞎子也扑上来了，它们的准头极高，如果不是这棵风倒木，我已经在它们的爪下了。我只觉得头上黑影一闪，“嗖”的一声，俩黑瞎子从上面飞了过去，下面正好是个斜坡，俩家伙叽里咕噜地滚下去了。后面的十几个工友也上来了，大家一齐敲树呐喊，俩家伙这才钻进老林子。大家七手八脚把我从树杈子上摘下来，一个促狭鬼当即就让我拜那棵风倒木做干爹，说要不是它，你早让黑瞎子摁住了。

心有余悸的我还真的开始怀疑“二诸葛”的预言是借题发挥还是什么，怎么哪儿的黑瞎子都像和我有仇似的呢？日子照样不好过。我家的房东梁大爷是个猎户，我没事就缠着他教我枪法。大爷一开始不同意，说他这辈子净杀生了，再带徒弟，恐怕死后鸟山兽山都过不去。我死缠烂打，说反正您老也过不去了，到时候咱俩做伴儿。梁大爷年纪大了，我什么活儿都替他干，偶尔做了好吃的，也让媳妇先给大爷端过去尝尝，最终感动了大爷，终于收了我这个关门弟子。大爷的猎经三天三夜都讲不完。他说熊有熊道，虎有虎路，獐子有獐子的地盘，要学会“避”，避猛兽，避有孕的动物，避幼小的动物。其实我的理想并不是想成为一个多么出色的猎人，我就是想打点野物贴补家用，顺便也给孩子们改善改善伙食，整天橡子面野菜汤的，大人也就罢了，孩子是要长身体的。我这个人脑子蛮灵，要不也不能十岁的时候就能成功地从黑瞎子的屁股底下逃脱……呸，哪壶不开提哪壶。梁大爷视他的长苗子猎枪为宝贝，别人动一下都不行，只有我可以在他不用的时候拿出去练瞄准。我第一次进山打猎是梁大爷陪我去的，收获是一只飞龙和一只灰鼠子，命中率百分之五十。回来我们两家一起喝飞龙汤，大爷喝了点小酒冲我直挑大指，说首次出猎就不走空，不错不错！不过这行当也就是业余玩玩，不能把它当主业。

日子苦，每次想到飞龙汤的鲜美，我的猎瘾就犯。梁大爷的眼睛逐渐花了，他现在很少摸枪，使用权基本归我。有时候采山货我也背着它，有它仗胆，我也不用叫别人了。其实那天我不是去打猎的，是去采木耳的。黑木耳一般寄生在倒伏的柞树上，色泽黑亮，耳片舒展，肉厚胶浓，一簇簇颤巍巍的，稀罕死人。找了半天终于让我找到了一处厚的，采得正酣之际，忽然听到背后的榛柴棵子唰唰直响，回头一看，见树丛后面露出俩尖尖的耳朵，莫非是东北虎？这一惊非同小可，我扔了篮子就往旁边的一棵歪脖树上爬。树干上生满了苔藓，登一脚出溜一下子，登一脚出溜一下子，好不容易上到一个树杈，探头一看，你道什么？猞猁！刚要松口气，脚下一空，只听“嘎巴”一声，我一个倒栽葱从树上折了下来，原来踩的是一个枯树杈。那猞猁吃了一惊，一跃跳入了树毛子。我躺在那里定了半天睛，才重又看到树梢切割出的蓝色天空。抑制住怦怦乱跳的心，我索性闭上眼睛想歇一会儿，就在这时我听到了呼哧呼哧的喘气声，闻到了那无比熟悉的气味。完了，它又来了。在刚刚的恐惧之后，我反而镇定下来，既然是我命里的克星，躲也躲不开，那就来吧，今天不是你死就是我活。我悄悄从背后拿出枪，快速装弹上膛，我想站起来，可是腿软得不行，好像它拒绝大脑的指挥似的。我端着枪坐在那里，等待它的出现。一头中等大小的黑瞎子分开树丛探出它的脑袋，也许它寻着气味早就发现了我，也许它觉得对付一个人就是家常便饭，它不慌不忙，在距离我一丈远的时候忽然人立而起，那一瞬间，它的胸腹部成了肉盾牌。“乒”，我的枪响了，我没有时间瞄准，只打中了它的肚子。“嗷”，黑瞎子一声长号，一屁股坐了下去。它接下来的动作，让我看得目瞪口呆。它拔一把身边的青草塞入流血的弹孔，就在它欲纵身而起的时候，我的腿好使了。山里人的灵活劲儿在那一刻全部回到我身上，我像一个气体饱满的球体，被逃生的欲望压下再抛出，只几步就蹿了出去。中弹的黑瞎子怒火中烧，它一定是这么寻思的：你他娘开枪还想跑，做梦去吧！它拼了命了。我估摸着也就十几步的样子，它就撵上我了，我回身还想用枪托抡它，可它一点机会都不给我，照着我的左脸就是一掌，一阵钻心剧痛，我脑袋一晕，眼前金星乱舞，双脚一软，感觉自己腾了空……

醒来的时候人已经在市医院的外科病房了。老婆和林场派来照顾我的工友向我讲述了发生的一切。黑瞎子那一掌把我打下了悬崖。原来我慌不择路正好跑到一处两丈多高的悬崖边上，还多亏这个断崖救了我的命，否则黑瞎子再来第二掌，我断无生理。悬崖下面窝风，铺着多年积累的厚厚的树叶，震荡和流血让我昏了过去。附近采耳子的几个人听到枪声寻过来发现了我，把我背出了山。我摸着头上一层层的绷带问他们我伤得怎样，老婆掩着脸哭着跑出去了。工友支支吾吾地说没啥事，就是脸给熊抓了一下。这一下直到拆线我才知道有多严重，一个堂堂七尺汉子吓得都把镜子扔到了地上。那不是一张人的脸，像一个从地狱跑到人间的恶鬼。这头黑瞎子用它锐利的熊爪硬生生撕掉了我半个脸。从此以后我无冬历夏都得戴一口罩，捂一顶帽子，个别时候不得已露出庐山真面目，女的看见尖叫，男的看见也得后退好几步。我老婆本来就胆小，现在倒好，吃饭不敢与我同桌，睡觉不敢与我同床，孩子们看见我也趔趔勾勾。与其让他们和我一起遭受精神折磨，不如让我一个人忍受寂寞孤独。我内心痛苦，就拿老婆砸垡子，逼得她和我离了婚完事。她领着孩子们回娘家了，生活费仍然我出。我现在终于可以在家里解除我的一切武装，让我的丑脸透透气了。我家一切能映出影像的东西被我统统扔掉，就当自己还是当初那个还算英俊的汉子，可、可我不是，永远都不是了，我不得不接受疤瘌脸这一称呼。我不知道自己应该恨谁。恨枪？可我不是去打猎。恨黑瞎子？它不过是偶然出现在我的生命中。可是咋就有那么多的偶然啊，我解释不清。

伤愈后我就把猎枪还给了梁大爷，我不知道那头伤我的黑瞎子是死是活，如果死了，我也算杀了大生了，此后不想再杀。后来我学了开车，这个活计接触的人不多，坐在驾驶室里我不用再武装我的脸。谁能想到，我无论变换地方还是变换行业就是躲不开它。那一日我开卡车给暂住山顶的采伐队送给养，行到大箐山下时，看到了传说中的一幕。山道边上也不知是谁误闯了谁的领地，一只中型东北虎和一只体形庞大的黑瞎子斗在了一起，我经过的时候战斗已经接近尾声，东北虎正怏怏地离开，剩下黑瞎子待在那里捯气儿。说实在的，乍一看到它，我的左半边业已不存在的脸忽然疼起来，头皮也一阵阵发麻。那头黑瞎子歇了一会儿竟然开始清理战场，它拔光了附近的蒿草，几掌拍断几棵小树，累得呼哧呼哧的。我还想继续看下去，可时间来不及了，山上还有几十号人等吃等喝呢。我踩了一脚油门，发动了车子，那头熊理都没理，继续干它的活儿。我心道：不知死的玩意儿，对手正以逸待劳呢。到了山上，大家伙儿七手八脚地卸了货，都留我吃中饭，我晃晃水壶和干粮，谎称还有任务，实际是惦记山下的战斗，没耽搁多少时间就往回赶了。老地方的战斗还在继续，想必那老虎休息好了，又重回战场了，可又让我赶了个尾声。那头以劳对逸的黑瞎子也真不含糊，一掌就把东北虎打进旁边的泡子里，老虎在水里挣扎了半天，服了输，游水逃到对岸，一溜歪斜地隐进了山林。“哎哟喂，黑小子，不孬啊!”我不由叫出声来。胜利者也扬扬得意，环顾四周发现了停在荒道上的铁家伙，竟然直立起来向这边望。我这一惊非同小可，你道我发现了什么，它的肚皮，它肚皮上有一处没有毛，差不多有拳头大小，难道是……能这么巧吗？这不知死的家伙居然摇摇晃晃地奔卡车来了，看来是余兴未了，还想斗哇。它长大了，大概得接近二十岁的样子，它的亢奋劲儿还没过去，杀戮之气笼罩着它。真是仇人相见分外眼红，不知道怎的，我这些年所有的憋屈和孤家寡人的凄楚一瞬间都翻涌上来，想都没想开足马力就向它冲了过去。当黑瞎子意识到危险的时候，再想反身，不赶趟了，但最后一刻，我还是往左打了一下舵。卡车的右前轮撞到了黑瞎子的头，由于打了舵，力道偏了好多，但还是把它撞晕了。我等了一会儿，见它一动不动才敢下车查看，是它无疑。当年梁大爷就跟我说，枪老了，后坐力不强了，打个飞禽啥的还凑合，走兽就不保准了。当年那颗铅弹可能没有射进它的肚子里，我还听说野兽会自己用药草疗伤。不过那个疤还在。我对着昏死过去的黑瞎子啐了一口：你的疤在肚皮上，我的疤在脸上，打人别打脸你知不知道啊？我上车拿下拢货的绳子将它捆了个四马攒蹄，然后开着车扬长而去。

你们可能想不到我这仇人（姑且这么叫）的结局，它进了动物园。当时我回到林场向领导做了汇报，大家围绕怎么处理它的问题争论了很久。放熊归山？不妥，它和人结仇了。杀掉？也不妥，小兴安岭的黑熊数量已经开始减少。最终报告了上级，正好市动物园缺一头黑熊……它因为我从此失去了自由。其实它进了动物园之后我还瞒着别人（怕人家说我神经病）偷偷地去看过它。它慢慢老了，眼睛里再无杀气，一副懒洋洋的样子，我悄悄喂它好吃的，它看都不看我，照吃不误。唉！

现如今我也老了，快九十岁了，你们也别指望在老林子里轻易遇到狗熊了。就我这张脸，不知道我到了那边我爹我娘还能不能认得我，不管认不认得，别吓坏他们就好。

# 拉哈山旧事

## 赌　酒

鞠家烧锅就规模来说是拉哈山一带最大的。东北地区寒冷多风，气候干燥，要制酒只能用烧锅蒸煮，然后入窖发酵，人工蒸馏而成。鞠家烧锅在选用曲种，掌握发酵时间、蒸馏火候等方面有自己的专业技术人才，这和周围的几家酒坊的酿酒师傅不同。因为雇着了酒老大，鞠家烧锅的生意是一天好似一天。他家的白酒醇香浓郁，口感辛辣，酒精度高。为了酿出好酒，鞠家的所有土地都种高粱。每到秋天，鞠家老爷喜欢站在地头欣赏那漫山遍野的红高粱，在他眼中，那不是一棵棵的庄稼，是一坛坛的老酒。鞠家最爱吃的饭是用红芸豆焖的高粱米饭，再熬上一锅浓浓的面倭瓜土豆汤，用鞠老爷的话说，比猪肉酸菜馅饺子好吃。除了这口儿，鞠老爷最喜欢的就是酒客了，虽然他本人滴酒不沾。说起烧锅主人不沾滴酒，很多人不理解，所谓近水楼台先得月嘛。但鞠老爷只闻酒，陈酿出了窖，伙计们总是第一个盛了端给老爷。鞠老爷只一闻，酒的成色就了然于胸了。家里来了客人，碰碰杯，别人喝，主人闻。此事后来误传为鞠老爷能用鼻子饮酒，说在嗓子那里拐了个弯儿照样进胃。鞠老爷听到也只是笑了笑，照样闻酒如旧。要说酒客，周围百八十里的当属冯家崴子的冯大脚丫子。冯大脚丫子是种地的好把式，就是爱喝，但又不像别的酒鬼似的烂醉如泥，耍酒疯。他隔三岔五喝一顿，每次至少一端子（东北木质酒器，容量五市斤），完事后该干啥干啥。也曾经有酒客不服气找他斗酒，结果都大败而归。鞠老爷听说冯大脚丫子的名头的时候正赶上心情不好，用他自己的话说是养子不肖。鞠老爷仅有一子，仗着老爹的积蓄是吃喝嫖赌抽，五毒俱全。气得鞠老爷有一次把他按到酒缸里淹了个半死，从此之后不再酗酒，但剩下那四毒怎么也戒不了。鞠老爷寻思着就是有万贯家财，日后也经不住这败家子折腾，自己还不如是一个穷庄户，那样儿子就有可能练成一个种田好手。这样想着不免心灰意冷，连酒坊都很少去了。

鞠老爷和冯大脚丫子第一次见面是在一个秋天。冯大脚丫子拉了一车高粱来换酒，鞠家烧锅因为自己种高粱，所以售酒都是现金，从来不收别人的粮食。那天鞠老爷有兴致去酒坊看看，远远地听见伙计们和什么人吵吵，那个人的嗓门儿大得很：“你们睁开狗眼瞧瞧我的高粱，籽粒饱满，颜色火红，酿不出好酒才怪……”“是谁在那里说大话呢?”说起来除了酿酒，鞠老爷这辈子最擅长的就是种高粱，他亲自选种，指挥长工施肥耕种收割晾晒。他家的高粱米好吃，高粱酒好喝。现在来了个关公面前耍大刀的，他觉得好笑。可他走近一看那一双大手里捧着的高粱，他的笑容便凝固了。抬起头，两只环眼正瞪视着自己……

财主请穷鬼吃饭了，消息在毛家店传开了，乡亲们都觉得不可思议。鞠老爷把冯大脚丫子待为上宾，这在鞠家的历史上还是第一次。冯大脚丫子也不客气，甩脱两只大鞋就上了炕，大碗喝酒，大口吃菜。这顿酒，冯大脚丫子喝，鞠老爷闻。最后在酒气中熏了半辈子的鞠老爷都要醉了，冯大脚丫子却面不改色心不跳。鞠家烧锅酿酒差不多也有上百年的历史了，几辈子见过的酒客多的是，像这种豪饮的，鞠老爷还是头一回遇到。真是耳听为虚眼见为实，把个鞠老爷惊了个目瞪口呆，结结巴巴地问："敢问冯老弟喝醉过吗?"冯大脚丫子歪着大头想了半晌，摇了摇。鞠老爷仿佛听见酒水子在他的大脑袋里面逛荡的声音。"上酒!"冯大脚丫子对着伺候的小丫头吆喝，仿佛他是主人。"不能喝了，老爷，快喝两端子了!"丫头们都慌了。那一天冯大脚丫子留下自己的高粱，拉着几坛子酒稳稳地上路了。他已经和鞠老爷签订了供货的口头合同。

"不好了，老爷，少爷把咱家的地都输给西头的赢有理了!"

"什么?他敢和赢有理赌，那是著名的鬼儿王，肯定是被人设了局……"

当鞠老爷看到自己收着地契的红漆柜的铜锁被撬了之后，老伴儿已然昏了过去。那漫山遍野的红高粱从鞠老爷的脑海漫过去，渐渐消失在远方。

拉哈山下的毛家店，鞠家总是制造新闻。这不，鞠老爷居然要和冯大脚丫子赌酒。鞠老爷打发管家请来了本村的大地主毛大地，邱家店开大车店的邱二倔子，这两个当地最有名望的人做中保人，他要拿鞠家百年的基业做赌注和冯大脚丫子赌五端子高粱烧。毛大地和邱二倔子都是鞠老爷的好友，被请来后，两人还是不明所以。鞠老爷如此这般一说，二人拂袖欲去。"等一等，拿酒来!"鞠老爷大吼。管家不敢怠慢，赶紧斟了三杯酒上来。

“两位老哥，先尝尝鞠家新酿的烧刀子再走不迟。”那两位狐疑地各自品了一口，见鞠老爷也端起了酒杯，知道按惯例，他也就是闻闻。谁知一大杯烧刀子被半生滴酒不沾的鞠老爷一饮而尽——破了戒了。两人愣了一阵，不约而同地坐下了。冯大脚丫子此时也到了，赌酒对他来说早已司空见惯，别说一个烧锅，就是一座金山，他似乎也稳操胜券。管家将早已拟好的契约读给众人，大意是如果冯大脚丫子能一顿喝下五端子烧酒，鞠老爷愿把鞠家烧锅无偿奉送。便宜似乎在冯大脚丫子这一方，喝不下，不赔不赚，喝进去，就是烧锅的新主人。如果喝坏了，鞠老爷概不负责。双方愿赌服输。总之，鞠老爷在这次赌酒中，没有任何好处可赚。鞠老爷厚道，他并不让冯大脚丫子干喝，加之还有两位中保人，鞠家好酒好菜地上，冯大脚丫子不紧不慢地喝，转眼一端子进去了，冯大脚丫子面不改色地和三位老爷谈笑风生。管家在地下急得直搓搓脚。晌午歪了，冯大脚丫子喝进了第二端子，第三端子喝进一半的时候，冯大脚丫子去了趟茅房，下炕的时候虽然没打晃，却是穿着鞋扑通扑通地出去，光着脚吧唧吧唧地回来。毛大地和邱二倔子相视而笑，老朋友的烧锅保住了。那冯大脚丫子爬上炕，两条长腿一盘，仍然不慌不忙地喝，鞠老爷仍是怡然自得地陪，好像是他要赢一个烧锅似的。第三端子喝完的时候，两个中保人的汗都下来了：“十五斤了，冯大脚丫子，你不要命了？”冯大脚丫子呵呵一笑：“好酒不嫌多啊！”

“喝，喝，今天管够，明天爱咋喝咋喝。”鞠老爷大有不输掉烧锅不甘心的架势。正酒酣胸胆尚开张之际，前院忽然传来哭喊声：“不好了，少爷上吊了！”“妈呀，又不好了，太太死过去了！”第一声呼喊传来时，鞠老爷一动未动；第二声哭喊一响起，他才一个高蹦下炕。

放绳子救下了少爷，掐人中救醒老伴儿，好一阵忙乱。等鞠老爷再回到后院时，冯大脚丫子和两个保人一个不见，正狐疑间，一个仆人急匆匆跑来，拉了鞠老爷就往茅房跑。鞠老爷一边趔趄着小跑一边挣："你有尿去尿，拽我干吗，还嫌这个家不乱啊？"等到茅房的门口，鞠老爷呆在了当地。只见一双小船一样的千层底布鞋整齐地摆在那里，里面满满的不明液体正盈盈欲溢。鞠老爷弯腰一嗅，是掺了些许脚丫子味的鞠家高粱烧。

从此以后，冯大脚丫子的绰号渐渐没人叫了，提起冯大酒漏子确是无人不晓。

## 邱二倔子

曲家沟的老邱家是拉哈山一带的大户。邱家出了两个人物：一个是在新京给康德皇帝当护卫的邱三公子，一次回来探家竟带回许多宫廷玉器，可见很受器重；另一个就是后来被称为英雄的邱二爷。邱二爷有一个绰号——邱二倔子，其性格可见一斑。六十多岁的时候，因打抱不平，被一个会点儿武把绰儿的人一脚踹断了腿，不喜欢他的人又赐了个外号——邱二瘸子。不过这些外号都是背后叫的，因为他在老官道边上的邱家店开了个大车店，迎来送往，大家还得尊他一声邱二爷。这老官道南通哈尔滨，北经青冈、明水等县直到省会卜奎，往来的主要是运输粮食、东北特产的七匹马的大铁车。这大铁车虽然笨重，但可载十二石粮食。铁车木轮，外包铁瓦，车尾挂一竹制油葫芦。掌包的坐在车后，每行几里，就得停车用刷子往车轴上刷麻油，以保证车速。老板子们都喜欢在邱家大车店歇脚，邱家大车店宽敞，食宿条件不错，最重要的是安全。日本鬼子刚刚走，“满洲国”倒台子了，国共两军开始拉锯，拉哈山下成了乱八地，基本处于无政府状态。当地的胡子，被打散的国军的六十二团的散兵游勇，都是老百姓的祸害。老官道东有拉哈山、呼兰河，西面是一望无际的柳条通，柳条子一房来高，茁壮得粗如儿臂，胡子们极易藏身。为了保家，拉哈山一带的富户一般都建有大院套，院子四角都有用垡子筑就的双层炮台，有钱的人家还雇有炮手。邱二爷的大车店到了他晚年的时候已经逐渐地衰落下去了，身处乱世的老百姓能不出门就不出门，加之经济萧条，粮食减产，那些大铁车的生意也不好，邱二爷也就辞了那些炮手。虽则如此，车老板儿还是愿意来，因为邱二爷就是最好的炮手。细究起来，邱二爷应该是拉哈山下的神枪手了，手中一杆老洋炮，号称“三块铜”。所谓三块铜是指洋炮的三个构件：勾死鬼儿（扳机）、固定枪托和枪管的两块铜板。邱二爷洋炮长年不离身，三块铜被磨得锃光瓦亮。用他自己的话说是咱上不打飞鸟，下不打走兽，专门对付歹人。呼兰河两岸的胡子都知道邱二爷的威名，也忌惮他的三块铜，一般都不打他家的主意。除了那次被踹折腿，邱二爷这辈子活得也算顺溜，他绝对想不到，自己却没得善终。

红胡子打家劫舍大多选在月黑风高夜，谁都没想到大晌午的说来就来了。邱家这天的生意还不错，大门洞开，随时迎客。中饭过后，老板子们都歇晌了。只能听见马儿在棚子里嚼草料的声音，猪在圈里的呼噜声，母鸡生蛋的咯嗒声，远处风偶尔经过庄稼地的哗响。邱二爷忙乎了一上午，七十多岁的人了，易倦，就嘱咐儿媳妇照看院子，自己就去东屋炕上睡了。也就是刚刚迷糊着，就听见有人在耳边轻喊：“爹，爹，快起来，来胡子了！”邱二爷睁眼一看，是儿媳妇惨白着脸立在炕前，他一把搂过老洋炮：“在哪里？”“车、车老板子那屋，正收钱呢！”儿媳妇都吓哆嗦了。

待邱二爷几步蹿进西筒子屋时，打劫正在进行中，地下一个端枪的，南北炕上两个收钱的。掌包的正畏畏葸葸不情不愿地往出掏钱。听到动静，端枪的胡子立即掉转枪口，但他没有邱二爷快，“乒”，火光一闪，早早地倒下了。那两个收钱的兔子一样跳下炕，夺门而去。邱二爷眼瞅着他们就要逃出大院，只来得及从腰间的药哈拉里挖出火药装上，只听“嗵”的一声，后面的那个胡子头上就着了火，他用手一胡噜，好嘛，头发一根不剩。转眼间两个家伙就窜了出去。邱二爷大声喊儿子：“快关大门！”邱二爷的儿子刚刚跑到大门前，“啪”，外面飞进一颗子弹打中了他的肚子，他呻吟着倒下了……邱二爷来不及救儿子，他要对付大门外的胡子。多少人埋伏，什么路数，他一无所知。上炮台已经不赶趟，他快速爬上大门旁的猪圈顶。猪圈砌在院墙的下面，顶部距离院墙有半米高。邱二爷伏在墙后，屏气凝神。半天，院子外面一点动静都没有，只有躺在大门口的儿子的呻吟声。邱二爷急得顺脸淌汗，他目光一扫，发现身边有一个喂猪的葫芦瓢，他用枪筒挑起葫芦瓢，慢慢探出院墙，并没有枪弹打过来。儿子痛苦的呻吟越来越微弱了，邱二爷端着洋炮猛地站了起来，探身墙外，就在那一瞬间，一颗子弹打中了他的头，老人应声倒地……

“邱二爷被胡子打死啦！”大车店里炸了营，老板子们一窝蜂似的往出跑，套车的、骑马的、套好车往出赶的，混乱中大铁车又轧死了一个人……

邱家父子在这次胡子打劫中双双殒命。他们哪里知道，这股土匪其实就是被打散的国军六十二团的散兵游勇，只有他们敢于白天打家劫舍，他们没有把邱二爷放在眼里，他们武器好，有实战经验，邱二爷才会被一枪打死。事后乡亲们议论，邱二爷可以不死，他如果躲在东屋不出来，胡子抢完钱，未必不溜之大吉。可是那无论如何不是邱二爷的性格。他爱枪死于枪，这也许就是他的宿命。

邱二爷的儿媳妇领着孩子们哭天喊地地埋葬了丈夫和公公。头七去上坟，发现公公的墓前赫然竖着一块石碑，上书：邱二倔爷之墓。落款：走南闯北众儿孙。

## 围剿“占中原”

一九四六年老部队（老百姓对老八路的俗称）的一个团进驻双庙子，原民国保安团团长、“伪满”时的汉奸谢大虎投降，土地改革运动正式开始。县城以北的安义区位处呼兰河西岸，拉哈山下，是胡子活动最猖獗的地区，他们对新生的政权毫不忌惮。其中一个绺子的头儿报号“占中原”，原来是个劁猪骟马的兽医，祖上是大户，到他这一辈败光了家业，才学了个兽医，可他又不甘于只能勉强养家糊口的本职，才趁乱拉起绺子打家劫舍。老部队一面打土豪，分田地，一面欲抽人手对付这帮胡子。这天安义区农会的王会长领着几个人化装成猎人进山侦察，正好遭遇了占中原，其中有人认识王会长，身份被识破，王会长被绑。几个人被蒙上眼睛，给弄到了胡子驻地。占中原往虎皮椅子上一坐，镜面匣子向案上一拍，高喊手下：“拿家伙什儿来！”一个小喽啰把一个褡裢拎了上来。占中原打开褡裢往案上一摊，刚刚被摘去蒙眼儿的王会长眼睛一阵花，等定下神来的时候，不由得倒抽了一口凉气。你道是什么？占中原久未使用的劁猪工具。占中原一声坏笑：“今天我要重操旧业，来人啊，把他的裤子扒了！”一帮胡子就要动手。“等一等！”一直冷眼旁观的师爷走近占中原，和他咬起了耳根子：“老大，只听说劁猪骟马，这哪有骟人的，这么做，过了，再说对您也不好啊……”占中原眼珠子一转，这后一句戳中了他的隐痛。四十多岁的人了，一直生不出孩子，老百姓都说他劁猪骟马作了孽，现在又要骟人……特别是他不久前看中了车家崴子钟大户的小姐钟媛，为子嗣计，正想纳她为妾。想到此，占中原对王会长说：“活罪可免，死罪难逃，你不是领着一帮穷鬼闹翻身吗？这回我让你彻底翻身！来呀，请王会长翻身！王会长，这死活就看你的造化了。”王会长就这样被占中原的手下从拉哈山顶掀到了下面的呼兰河里。

早有人把消息报到了县里，杨政委气得牙根儿痒痒，他召集军官们开会，决定派一个排的兵力进山剿匪。据侦察兵报告，占中原杀了王会长之后，领着他那伙绺子跑到车家崴子庆功去了。这车家崴子坐落在一个山窝窝里，村中最大的财主钟大户有一个宝贝女儿，因为长得漂亮，在拉哈山一带有些名气。一次占中原砸钟大户的响窑砸成了，因为之前钟家的炮手抵抗得厉害，占中原死了几个兄弟，气得占中原要杀钟大户。千钧一发之际，女儿钟媛挺身救父，占中原一见之下惊为天人，这穷乡僻壤还有这等美貌女子！特别是得知她叫钟媛之后，更觉得是天意。当即给钟大户松了绑，并跪地高呼老丈人，把钟大户气了个半死。没办法，为了保命保家财，钟媛只能委身恶匪。这不，占中原领着绺子大呼小叫地又来了，钟大户只能不情不愿地开门揖盗。占中原四个炮台安了岗，吩咐准老丈人钟大户好酒好菜地伺候着，酒足饭饱之后，一头扎进了钟媛的闺房，大烟灯一点，他享受上了……

天黑之后，部队悄悄包围了钟家大院。指挥部队的吴排长是南方人，对东北的地主庄院的建筑结构一知半解，他的作战计划是夜半偷袭，天刚一擦黑儿就派一个战士到正门侦察，没承想大门旁边有暗枪眼，那个战士刚一接近就被撂倒了，出师未捷身先死。这让先前还有些轻敌的吴排长立即感到此次剿匪任务的棘手。大门坚固，易守难攻。吴排长又亲自带人把整个钟家大院巡视了一圈儿，发现西面有一个墙豁子，看样子是新塌的，前一阵子刚刚下过大雨，还没来得及修缮。吴排长决定以此为突破口。等到二更，钟家大院一片死寂，似乎所有人都睡着了。吴排长命令两个战士悄悄接近墙豁子，也就是一探头的工夫，啪啪两枪，两个战士应声倒地。吴排长一个胡子没看见，就已经损兵折将了。人家在暗处，咱在明处，这仗还真难打。他立即令人飞马把情况报告杨政委，团部决定用小钢炮轰击钟家大院，这面一边雇用农民的马车往安义区拉炮，那面吴排长开始喊话："占中原匪首听着，你的末日到了，仗义的赶紧把里面的老百姓放出来，咱们真刀真枪地干，别做缩头乌龟，专打黑枪……"这一喊还真有效果，里面开始有了动静。

花开两朵，各表一枝。话说钟大户听到老部队的喊话，就想领着家人出去，他料定占中原绝不会伤害他看中的钟嫒，也许看在钟嫒的面子上会给钟家人留一条活路。钟家的儿媳妇正怀着身孕，因为是三代单传，她唯恐腹中的孩子受到伤害，听到老部队喊话，她不等公公发话，第一个向大门口跑去，手刚刚碰到门闩，啪的一枪，一尸两命。占中原的手下南侠北侠从暗处走了出来："老东西，识相的话赶紧滚回去!"气得钟大户大骂占中原不是东西。再看钟嫒的闺房，连烟灯都灭了。吴排长投鼠忌器，强攻的计划宣告破产，只好先这么围着。老谋深算的占中原做梦也没想到老部队这么快就包围了自己，陷入重围的他反而镇定自若起来，他相信置之死地而后生，所以他该抽大烟抽大烟，还不时和冷着脸的钟嫒调笑。其实大脑迅速电转，早已想好退路——丢车保帅。他知道老部队就这么围着，自己早晚困死，就是拿钟家当人质，也是暂时的，不但钟媛不能原谅自己，在共产党那里也是罪上加罪，老部队绝不会轻饶自己。只要悄悄溜出去，逃进老官道西面的海一样的柳条通，老部队就是个大海捞针，自己东山再起未必没有可能。想到这儿，他也不出去指挥，外面全部交给师爷和南侠北侠，那些个他信任的人知道占中原正行好事，也不便前来打扰，反正初战告捷，其他的等夜半再说。

子时已过，正是人困马乏的时候。占中原把钟媛一捆，嘴里塞了条手巾，伏在她耳边说："心尖儿，等我。"也不管钟媛愤怒的眼神，穿上夜行衣，开门出来。占中原选择的是钟家大院院墙的最高处，在他看来这一定是外围最薄弱的环节。吴排长自牺牲了三个战士之后，愧疚难当，自己一贯以打阵地战见长，根本没有围攻土匪的经验，现在吃一堑长一智，他在细节上做起了文章，全排三十多个同志，他把身手最好的两个安排在里面的人看来最不重要的地方。自以为是的占中原攀上墙头，看准脚下一堆黑乎乎的树毛子，只轻轻一跃……你道如何？不偏不倚正好跳到了两名潜伏战士的背上，下面的两位忍着疼痛，心道：正等着你呢！一个鹞子翻身，就要擒拿占中原。占中原也不是吃素的，一慌之后马上掏枪……晚了，一名战士顶着他的心口就是一枪，土匪头子占中原被一枪毙命。

吴排长开始第二次攻心战术："里面的胡子听着，匪首占中原已被击毙，现在出来投降的政府一律给予宽大处理，顽抗到底，死路一条……"可任你喊破嗓子，里面像是全都死了一样，一点动静也没有。吴排长只好下令轮流休息。且说里面的南侠北侠听到外面的一声枪响就感觉不妙，跑到钟媛的闺房一看，只有钟大户的宝贝女儿被绑在那里，大骂占中原不仗义，扔下手下，自己逃之夭夭，现在遭了天谴，活该攮丧。紧接着就听到外面的喊话声，明知道自己身负血债，出去也没个好，只能另谋对策。守在钟家大院北侧的战士疲累极了，刚一打盹就被一阵猪叫声惊醒了。只听里面闹闹吵吵的，好像说要抓猪杀，犒劳弟兄们，天亮好和共产党决一死战。不久猪群哼哼唧唧地从高墙下的水洞子拱了出来，里面照旧是抓猪声。现在正是黎明前最黑暗的时候，一切都黑麻麻的看不清。一个战士说打吧，别让胡子趁机混出来，另一个说这是人民群众的财产打不得，快去报告排长。这一报告的工夫，里面倒是消停了，抓猪的声音没了。吴排长刚刚接到报告，钟家大院的院门忽然开了，钟大户跌跌撞撞地跑出来："胡子混进猪群，从水洞子爬出去，上了北山了……"吴排长气得直跺脚："快追！"枪声才如爆豆般响起，胡子们一边还击，一边往椴树林里逃。

战斗结束，吴排长又伤了两名战士，但打死打伤胡子十余名，包括占中原的得力干将南侠和师爷。其余逃进了老官道西面的柳条通。杨政委在围剿占中原战斗的总结会上狠狠批评了吴排长作战不利。吴排长虽然年轻，那也是战斗英雄，何尝吃过这等败仗，那窝囊劲儿就别提了。杨政委命令他驻守安义区，限一个月之内剿灭残匪。这可难坏了吴排长，老官道以西的柳条通无边无际，胡子在暗处，我们在明处，大海捞针，去哪里搜寻？一想到自己中了胡子的奸计，吴排长恨得牙根儿痒痒。你们有计，独我无计不成？再说逃进柳条通的占中原的残部一直不敢露头，现在不比从前了，共产党的天下了，打砸抢行不通了。一开始靠着手里的枪打野鸡野兔什么的糊口，渐渐地弹药耗尽，穷途末路了。一天，一个去外面打听消息的小胡子拿了张告示回来，上面写道："新政府对以前当胡子的与政府对抗过的一律采取宽大政策，只要真心悔改，既往不咎，全部发给安逸证，分配土地房屋，欢迎回乡务农。”已经饿了几天的胡子们动心了。北侠还是犹豫不决。一个胡子说反正也是个死，不想死在荒郊野外。那个拿回告示的小胡子说：“我先去试试。”几天之后小胡子欢天喜地地回来了，他领了安逸证，还分了二亩地，一间房。饿得眼睛发蓝的北侠领着十几个胡子集体投诚，一到区公所，吴排长立马下令绑了。北侠仗着会点拳脚，还想反抗，被吴排长一枪撂了，其余的也于当天在排里牺牲的战士的坟前全部枪毙。之后吴排长飞马去县里向杨政委辞职请罪。

# 呼兰河旧事

## 天　网

西大坑荒凉冷寂，这里是L县的刑场。从“大辟”（砍头）到枪毙，押到这里的死刑犯大多数是胡子（土匪）。听老辈人讲，这里竟枪毙过一个县长，且是共和国成立之后L县的第一任县长，罪名是杀妻。年轻人不待老人的下文，凭着时下提供的经验判断道：“您别说了，准是第三者插足，县长上任后便看不上发妻，另寻一位年轻貌美之女，或年轻貌美之女主动上门，两人合谋杀了县长的糟糠之妻，对吗?”这次后生们可真的是自作聪明了。

“西大坑又要崩人了!”消息传出，好事的市民们从茶楼酒肆和小巷深院中涌出。正街上行刑队的人骑着高头大马跑在前面，后面一辆胶轮大车，车上笔直地坐着一位没上绑绳的犯人，这着实令镇人吃惊不小：死囚不上绑绳，自古未闻。一打听才知，那犯人竟是本县原县长。于是更加抻直了脖子看，细瞧之下，果然仪表非凡，四十上下年纪，眉间一股英武之气，绝无一般犯人临死前的灰黑脸色与胆战心惊之态，似乎他是指挥行刑队去枪毙别人……县长犯了啥子罪？有消息灵通人士相告："他是先请老婆吃了'黑枣'，政府才请他吃'黑枣'，大官杀人也得偿命。"

县长刘民那天起早上班，屁股还没等焐热椅子，忽然想起自己把一份重要文件忘在了家里，而这份文件上午开会要用，他只好骑上那辆破自行车回去取。推开自家院门，发现一副水桶放在院心，心忖：这个老黄，一大早就送水来了，够勤谨的。小镇有井数眼，只有一眼是甜水井。三十多岁的单身汉老黄靠卖水为生，水极便宜，一担一角。刘县长无时间担水，老黄便一天送一挑水。推开虚掩的房门，刘县长张口便喊："小李，我那份文件……"往炕上一看，他瞪圆了眼睛，只见挑水人老黄正骑在妻子身上欲罢不能……"好哇，老黄你竟敢强奸小李?"刘县长吼着便去拔腰间的枪（建国初期一些治安不佳之地，县长配枪防身）。县长妻子小李翻身甩下吓呆了的老黄，赤身裸体面对丈夫的枪口："不关他的事，我自愿的。"

县长刘民万没想到作为妇联主任的妻子竟会和一个担水人搞在一起，简直丢脸掉价。愣了片刻，他不愿多说一句话，"离婚!"他只吼出两个字。"不可能!"小李答他三个字。"你知道，我不可能与老黄结婚，你我政治前途无量，不能离婚!""非离不可!"小李轻轻一笑："摆块镜子照照，自己的屁股后头干净不?"刘县长哑言。军人出身的刘县长转业上任时已近四十，组织出面为他介绍了不到二十岁的妇联主任小李。两人瞧着彼此倒也顺眼，就把婚事办了。老刘戎马半生，终于有了暖被窝的人。小李倒也知疼知热，老刘一感动就回报以贴心贴肝，把现在后悔已来不及了的一段历史告诉了妻子。风暴过去后，家里又恢复了平静，谁也不再提那件不愉快的事，况且老黄自那晨起就不知去向了。

一个星期天，刘县长对妻子说："我们该去河东看看母亲了。"

母亲是小李的母亲。小李点头以后，两人买了东西，刘县长用自行车驮着妻子走了。岳母家距县城二十多里，中间隔了条呼兰河。过了桥，二人见秋色尚好，刘县长就提议顺便遛遛。二人顺河东岸缓步而行，行到一僻静处，刘县长说：“小李，你的死期到了。”说这话时刘县长很平静，平静得就像唠家常。小李了解他，她在这平静中知道自己的死期确实到了，但她还是给他跪下了。刘县长不为所动：“我给过你机会，但你没要，你这个要欲又要名的女人！我生平最恨对我不忠的人。当年我做胡子头儿，因为手下的一个我最信任的人背叛了我，我险些被抓，而我的父母却死于那次可耻的告密。现在你告诉我，你怎么就相中了老黄?”小李跪在那里仰头问：“你真的忍心杀我?”刘县长没作声，他缓缓拔出腰间的枪。小李的脸变得灰白：“你永远不会知道，一个堂堂女干部怎么和一个下贱的卖水人搅在一起，这个谜将困扰你一辈子。老刘，你终究不改匪性!”说完她闭上眼。刘县长把他的枪抵在她的左前胸上开了一枪。呼兰河冰冷的秋水悄悄地收容了小李的尸体。

刘县长仍按计划去看岳母，不过他带给大家一个可怕的消息：小李与老黄私奔了。除了岳母之外全家人震惊不已，小李的母亲缓缓对大家说：“一年之前我去女儿家，正好撞上两人的丑事，我心里只盼女婿晚些知道，纸里包不住火，现在也好，省得我提心吊胆了。”听罢此言，小李的妹妹洁子哭着跑出门去。等屋里只剩下岳母时，刘县长咚地跪在老人家面前，泪水才流下来：“妈……”刘县长刚一张嘴，老人伸手捂住了他的嘴：“什么都别说，我什么都知道。你的脚踏进院子的那刻，你眉间的杀气还没有消尽。贞子（小李之名）她是自作自受，我守寡半生，最恨不洁的女人，所以才给她取名贞子，可是她……”老人泪流满面。

几个月后，刘县长的案子发了。家住河湾的小李的舅舅去起冻板子网，网很沉，他费了很大的劲才拽上来。里面不是鱼，是一具女尸，面色如生，细一辨认，竟是跟人私奔的外甥女。他连滚带爬地跑到姐姐家。他姐姐——小李的母亲哭着说："贞子肯定是让老黄给害了，这个挨千刀的，拐了她又杀了她……""不对，姐姐跟老黄跑了，为何死在呼兰河里了?"小李的妹妹洁子说。她转向母亲："妈，我早知道姐姐死了。我曾三夜做同一个梦，梦见姐姐跪在杀她的那个人面前苦苦哀求，梦见她左乳上有一个圆圆的枪眼，那里面还有鲜红的血流出……妈，你想想，谁有枪啊?姐夫，是姐夫狠心地杀死了他的妻子!""住嘴，洁子!你姐夫他是一县之长，怎么会……""妈，你别为姐夫辩护了吧。我知道你恨姐姐的行为，可她毕竟是你的女儿，毕竟没犯死罪啊!姐夫虽待你如亲母，可他却是个杀人的凶手啊!"洁子知道在L县不一定能告倒姐夫，她直接去了省里。法医鉴定，小李的胸前有一个枪洞，胸腔里有一颗子弹，和刘县长的枪号正好吻合……

司法部门审讯刘县长的杀人动机，他交代了自己曾当了几年胡子，是那种逼上梁山杀富济贫的。杆子散伙以后，他投奔了革命队伍，并隐瞒了自己的这段不光彩的历史。妻子抓住并利用了这个把柄有恃无恐地与人通奸，而且拒不离婚，逼他痛下杀手。本以为那段河水甚急，可以带走小李的遗体，哪承想天网恢恢……

刘县长还没到西大坑，县政府鉴于他以往的功绩，早为他备下了一口花头棺材。当刘县长跳下大车正欲向行刑地走去时，一个枪法很好的警察向他的头部开了一枪，省略了他等待死亡的那几秒钟的痛苦。

刘民伏法后，他的同事为他扼腕叹息，若不犯此罪，刘民将前途无量。

刘民死后的几个月，卖水人老黄带着一个又疯又傻的老婆回到了故乡，重操他的挑水旧业。不过人们宁可吃苦水，也没人买他的甜水，他只好搬到郊区种菜为生。

## 炸　鱼

呼兰河从远方一路明灭而来，在林村前打了一个弯儿，甩下一片河滩地，又汩汩向东流去。林村人就这样世世代代依着河、枕着河、吃着河活到如今。除了种地外，林村人的业余收入就是打鱼，方法很古老：用搬罾子搬鱼，下片网，甩旋网……除了半大孩子外，林村人从不钓鱼，他们没那个耐性。

一个寂静的中午，从柳毛岛附近忽然传出一声惊天动地的巨响，酣睡中的林村人揉着惺忪的睡眼，走出屋子去打听那声响的由来。一个毛头小伙子气喘吁吁地跑回村子："刘二发了，刘二发了！""什么？刘二发了？莫非他拾到了金元宝？"于是人们围住了那个毛头小伙子，小伙子神情激动，手舞足蹈："哇，一炮下去，妈呀，那鱼如大猪羔子一样翻上来，水都给染红了……"

人们终于从小伙子嘴里弄清了事情的经过。原来刘二不知从哪里学来一招，把柴油放到炒好的化肥硝酸铵和锯末子中拌和好，放到瓶子中，然后放上一个雷管，安一个导火索，选一个鱼厚处往里一投，得来全不费工夫。那鱼呀，你就捞吧，保你发上一笔。村人听后，有的挑指夸刘二的招儿高，有的摇头叹气说太危险，只有一个中学生的观点与众不同，他说这叫灭绝性捕捞。果然几天后就有人效仿。

张三张四兄弟素以胆大著称。提起刘二的炸药瓶子别人都敬畏几分，唯他俩说刘二那是小打小闹。看着别人眼里的不屑，张三把头一扬：“您瞧好吧！”

第二天兄弟俩的举动果然让村人大吃一惊。一条小船划出河湾，船头站着张三，船尾蹲着张四，中间赫然摆着两个大坛子，坛子绑在了一起，并坠了块大石头。小船划至河心，张三大喊：“老少爷们儿，快回家取家伙什儿，我张三要为乡亲们办点好事，鱼嘛，谁捞到归谁！”村人半信半疑，张三点燃了几尺长的导火索，然后咕咚一声把两只坛子推下了水。张氏兄弟操桨顺流而下，刚划出两米多远，那两只本已下沉的坛子忽然浮出了水面，如两个黑色的魔鬼，带着哧哧冒烟的导火索，如影随形般地跟在小船后头，本来捆得牢牢的石头奇怪地不见了。任张氏兄弟胆大包天，如今亦缩得一点不剩，他们原本得意扬扬的脸已无人色。桨早丢了，两人头下臀上窝在舟中，口里呼喊的是人类在危急关头本能的称谓，一连串的妈呀妈呀妈呀……似乎半辈子的称呼都在这几秒内叫完了。岸上的人也吓破了胆：“快往上游划！”“哎呀，来不及了！”一个老者喊：“快潜水！”这三个字终于钻进了惊慌失措的张氏兄弟的耳朵，咕咚一声，两人如石头一样坠入水中。与此同时，轰然一声响，水柱冲天而起，这两只坛子似乎在鱼窝里爆炸了。水面平息后，鱼的尸体便在太阳下亮起了一片白银。人们哪里还顾得上张氏兄弟，嗷的一声，划船的划船，下水的下水，有的索性脱下裤子把两只裤脚一系，成了带叉的布口袋。那死鱼就从裤腰处被塞进去，塞满之后，往肩上一搭，前边一个腿儿，后边一个腿儿，手里还不忘攥两条，拼命游上岸，交给家人后便又反身下水。等到张氏兄弟惊魂甫定地带着满头河底臭泥从远处浮上来时，水面上只剩下鱼的残头碎鳞了。一瞬间，这对鲁莽的农家兄弟便顿悟了世态炎凉，同时似又不解自己冒着生命危险做这样的蠢事究竟为了什么。

村里三十户人家，大多数的午餐是炖鱼，满街满巷的鱼香混合着鱼腥引得苍蝇嗡嗡乱飞。没娘的孩子小盼口里含着手指，站在自家门口，等着还未下班的当小学老师的父亲，阵阵鱼香钻进口鼻，那口水便顺着手指流到前襟上。一群男孩雀儿般飞到巷口，又飞回各自飘着鱼香的家门。随着一阵吱嘎嘎的乱响，小盼的父亲梅老师骑着那辆破自行车回来了。

“爸爸，我也要吃鱼!”

“吃鱼?”梅老师眼镜下沾着一块粉笔面的鼻尖耸了耸，“好香!”

“他们炸鱼，他们都抢到鱼了。”小盼说。

梅老师看着女儿那营养不良的焦黄的小脸，沾着一块粉笔面的鼻尖不由一酸。

梅老师也去炸鱼了，消息传开，林村人凡是能盛鱼的家伙手提肩扛，一路熙攘而来。梅老师站在河岸上，他一不会划船，二不会游水，只能如此，眼镜卡在瘦削的鼻尖上，手里摆弄着一个白酒瓶子。有人见了高喊：“梅老师，那能炸到几条鱼啊?”

“嘿嘿，炸几条就行，给娃娃解解馋。”说着，他扶了扶粘了一圈儿橡皮膏的眼镜腿儿，哆哆嗦嗦地摸出打火机，点燃那根导火索。导火索在明亮的阳光下似看不出什么变化，但眼尖的人分明看到已经引燃了。

“快扔啊，梅老师，往河心扔!”有人远远地喊。梅老师回头一笑：“好像没着?”他又去兜里摸打火机……

眼见导火索燃到头了。“快扔啊，快扔啊!”远处的人快急疯了，梅老师视而不见，他的手还在兜中摸那打火机……

“轰——”

一切都被定格在河岸上。

梅老师被装进棺材后，有人忽然说他是为鱼而死的，坟前应该供上两条鱼，于是村上派最好的打鱼能手去网鱼，整整一天，连一片鱼鳞都没捞上来。说来奇怪，呼兰河向来出鱼，林村人向来网网不空，今儿这是怎么了？林村人大眼瞪小眼，莫名其妙。

梅老师的坟就在河岸上。出殡那天，他的学生、学生的家长都参加了。葬礼过后，最后一个人抱走了哭得上气不接下气的孤女小盼。空旷的河滩上，一座圆圆的新坟前供着村中一个老扎彩匠的杰作——一条鲜活肥硕的鲤鱼。

# 王破帽子

谁也不会想到这竟是一个地主的绰号。说起地主，人们往往会想到这样的形象：头戴瓜皮帽，身穿绫罗绸缎，留着八字胡，手拿文明棍儿……而王破帽子不是，无论王破帽子出现在哪里，不熟悉他的人肯定认为他是穷鬼一个。

王破帽子的破毡帽几乎一年四季不离脑袋，春秋拆去皮里子，冬天再缝上，虽旧得不能再旧，却始终敝帚自珍，其外号便由此而得，时间一长，众人忘其姓名矣。王破帽子家资虽不及万贯，亦丰厚有加，方圆百里颇有名气，而观其行止饮食，整个一中国的泼留希金。

王破帽子却不以为怪，在他人生的一次劫难过后，他对那顶破帽子简直奉若神明，对自己的绰号扬扬自得，对自己的处世哲学更是信心百倍。

一日午后，王破帽子去镇上买马，谈了整整一个下午，因王破帽子价杀得太狠，交易没成，他沮丧而归，行至西大坑附近天已全黑。这西大坑本是杀人场，处决犯人的地方，荒草丛生，坟冢横陈，王破帽子虽已一把年纪，亦觉颈后生寒，不由加快脚步。正行间，忽觉脖子一紧，被什么扯住了袄领子，是阎王还是小鬼？“阎王爷啊，我虽然抠了点儿，可从没做过亏心事，我才五十出头，您老人家不至于这么早就让我去您老那头吧？我还没活够呢!”王破帽子被吓得破嘶啦声的，叫了半天，后面的一声不吭。王破帽子心忖：这阎王爷抓我还派来一个哑巴鬼……回头一瞧，两个蒙面汉子正虎视眈眈。原来不是阴间的牛头马面，而是阳间的红胡子。王破帽子膝下一软，叩头作揖。

棒子手（劫匪）仍然一言不发，往后一掀，王破帽子四足朝天，接着便是四只手的翻、摸、捏，浑身上下甚至最隐秘处。王破帽子向来怕痒，如此紧张的情境竟“哏儿哏儿”地笑出来。“我又不是大闺女，你们摸个什么劲儿，赶十八摸了……”棒子手失望得惊诧，明明去买马怎会没钱？难道路子蹚得不明？无奈恨极，加之老东西还在那里调侃，便朝刚刚爬起来的王破帽子的老脸就是一记耳光，破帽子被打飞，任你老脸粗糙也起了五道棱子。王破帽子还没等两位挥起大棒，早已捧着头，一溜烟跑了……

王破帽子热锅上的蚂蚁般在屋地上来回走了半宿，老伴儿问话也不回答，弄得老伴儿如堕五里雾：不就是马没买成吗，又不急着用，赶集再买呗，至于吗？看他不睡，老伴儿也倦了，便不去管他，自顾自睡了。天终于亮了。老地主一路小跑来到了西大坑，踅摸了半天才在一个骷髅头旁边拾到了那顶沉甸甸、脏兮兮、干净人看一眼都会恶心的破帽子，抖一抖，捏一捏：“嘿嘿，蹚了老子的路子，这里的货可不止一匹马呢。”“啪!”他把破帽子戴在光头上，往地上吐了口口水：“小子，想算计爷爷，你还嫩点呢!”“啪”一脚踢飞了一根骨头棒子，没使对劲儿，疼得他抱着脚丫子单腿跳了半天。“呸，死了还欺负人，我王破帽子就能那么好欺负？哼!”抄了手，哼着小调，他回了村。

# 劫　　数

如果说韩福后来的命运是他妻子为他安排的，那么在这个金黄的麦秋里，他那并不敏捷的一跳碰上的却是命运布下的茬子。韩福这辈子对麦子情有独钟，这并不单纯地因为他喜欢各种各样的面食。从碧绿的麦苗到金色的麦浪，小麦生长的速度惊人，短促的生命奉献的是甘美的食品。在其他作物还苍绿一片的时候，一条一块的被包围在高棵植物中间的麦田，早早把生命成熟的颜色呈现在农人面前，让人在炎炎夏日品尝丰收的喜悦。韩福肚里没啥墨水，说不出这些，他就是喜欢。韩福是割麦好手。他有个夏天从不穿上衣的习惯，故而肤色黝黑发亮。在飘满麦香的田里有一座浮动的黑色小岛，它犁开麦穗，超越了所有的脊背。收割、捆扎、入场、码垛、打麦、分麦、分麦秸，劳动在劳动者的眼中很多时候是诗意的，炎热、苦和累全被收获的喜悦冲淡了。比如此时的韩福吧，麦秸垛垛得高高的，站在顶上，全村便一览无余了，天空高远，大地辽阔，翠绿的庄稼铺满视野，让这位地道的农民感受到生活的美好。他索性孩子般躺下来，干爽的麦秸立刻拥抱了他，面前蓝天也正拥抱金阳。一个麦秋的所有疲累顷刻之间就从脚底溜走了，只剩一丝慵懒的倦意爬上来，韩福浪漫地睡着了。

韩福是被妻子呼唤儿子回家吃饭的声音唤醒的，扒开麦秸一看，已是红日西斜，晚炊袅袅了。一低头，垛下一些散乱的麦秸还没收拾，他拍了一下脑袋，就势往下一跳，一阵钻心的疼痛，不知何时丢弃在那里、被埋在麦秸下的二齿子的一个齿刺中了他的左脚心。坐在那里忍痛拔出，已是血流如注了。韩福这样的硬汉子亦痛得一头汗，他大喊妻子："屋里的，屋里的，快……快求人去喊马先生……"妻子叶氏正在灶头收拾碗筷，听到喊声急忙奔出。柴垛下丈夫正龇牙咧嘴地坐在那里，捧着一只脚，麦秸上狼藉着鲜血，夕阳下格外刺眼，叶氏呆在了那里。

住在邻村的马先生被那个骑快马的小伙子请来的时候，叶氏已把丈夫架到了内屋的床上。一看伤口，一向从容镇定的马先生也不由皱了皱眉头，回头对那个气喘吁吁的小伙子说："麻烦你再跑一趟，把我的铺盖卷来，呶，这是房门钥匙。""哎，家中有闲的，您这是……"

"我习惯盖自己的被子。"说起来马先生是方圆几十里范围内有名的郎中。他的妻子与韩福的妻子是双胞胎，他妻子活着时两家来往尚好，妻子死后，马先生无事脚踪不送。这并不意味着两连襟素不和睦，实在是两人的反差太大：一个肤色黝黑、浑身散着汗臭气的庄稼汉，一个面皮白净、周身散着淡淡中药味的村医，两人到一起也没什么说的。而老天爷借一柄二齿子把两个不同类型的人暂时聚到了一个屋檐下。医者施仁术，更何况是至亲，马先生住进了韩家。

要说马先生也真不含糊，那么重的伤，铁齿几乎贯穿了脚板，他愣是没用一粒西药，每天外敷内服，清洗伤口，保持病人的清洁，他竟不用小姨子上手，把个韩福伺候得服服帖帖，感激涕零。"我这是哪辈子修来的福啊，摊上你这样一位好姐夫，伤口硬是没发炎。”韩福暗暗嘱咐妻子，要好吃好喝地招待这位姐夫，千万别小气，人家是咱的恩人啊。叶氏定定地看着丈夫，她觉得他一个月来变化颇大，以前每次有个小病小灾的，自己紧着给他端茶倒水，还要紧着挨骂，脾气躁得不行。这次是怎么了，难道是受了马先生儒雅之气的影响？她不由得看了看丈夫，又看了看马先生。也许风度和气质这两个词在这位农妇的字典中根本就找不到，但她在马先生身上感觉到了某些不同，并且越来越强烈。她曾非常嫉妒姐姐，虽然姐妹俩长得差不多，而嫁的丈夫却有天渊之别，这可能和姐姐读过几天书有关。比自己出生早几分钟的姐姐早妹妹两年出嫁，那时马先生已小有名气了，他梳中分，穿中山装，手提药箱。在叶氏的思维中，先生就是大夫，她一直管这位姐夫叫马先生，而从未呼之姐夫，为此，娘活着时没少说她，马先生，马先生，叫着生分，而叶氏觉得这个称谓里面含着敬而远之的成分。她曾在心中暗暗发誓，将来一定要嫁一个比马先生强的，可上天却给她安排下一个顺垄沟找豆包的农夫。那个炎热的中午，叶氏到临时病房给医生和患者送扇子和水。两个男人睡得正酣，一黑一白，就连鼾声也一粗一细。马先生翻了个身，嘴里吐出梦呓：“叶碧，叶碧……”那是姐姐的名字，叶氏这些年几乎忘了自己的名字，主要原因就是无人再叫，自打结婚，丈夫就称自己“屋里的”，屋里的东西多了，我是哪一件呢？在他眼里，我不过是件东西而已。叶氏忽然觉得自己的名字一点也不比姐姐差，这得感谢做过几天私塾先生的父亲。叶翠，让人想起生命的蓬勃和茂盛，可惜这个美丽的名字已经消亡了。马先生想姐姐了吗？可他前两天刚到她坟上去过。姐姐真幸福，入土这么多年了，马先生竟一直未娶，姐姐的照片一直悬在墙上，下面瓜果不断，香烟不断。“叶碧，是你吗?”床上的马先生忽然坐起来，直直地看定叶氏。“你糊涂了吧，我是叶翠呀!”马先生的脸唰地红了。他竟会脸红，四十多岁的人了，丈夫从未脸红过，即使红也看不出来。“马先生，你梦见姐姐了吧?”“翠翠，你有姐姐的照片吗?”翠翠，这是爹娘对自己的爱称，已经随爹娘埋在地下好多年了。叶氏心头一热，泪水涌了出来，她急转身，跑出了病房。第二天病房的桌子上摆上了一张照片，那是叶碧出嫁前和妹妹照的，一对姊妹花清秀可人。叶氏对马先生解释说自己实在没有姐姐一个人的照片。韩福却不以为然，不知妻子的浪漫情调从什么地方跑出来的，只是怪异地看着老婆。

韩福的脚伤一天天地好起来，马先生却积劳成疾，加上晚上起来伤了风，人有些虚弱，但他执意要回家去，说伤已无碍，自己该回去打扫空了好几个月的房子了。韩福哪肯放他走:“姐夫，天渐渐凉了，这冬你就在这儿过吧，自己一个人回去有什么意思，再说你都为我累病了，放你回去我还是个人吗?”马先生也感觉力不从心，就为自己开了个方子，交给小姨子去抓药，说调养一段时间看看吧。韩福在去西河套打柴的前一个晚上住进了妻子的卧房，在这之前他也蠢蠢欲动了好几回，都被马先生制止了，说夏天受伤保持不感染绝非易事，不能前功尽弃。有病期间，韩福对马先生是言听计从，也就耐住了性子。现在伤全好了，至于妻子秋收的劳累他是不管的，好在他做这件事从来都是雷厉风行。可这次完事后却迟迟没有离开叶氏的被窝，他粗糙的手抚摸着她光滑的肌体，说男人不能离开女人，几个月都不行。“我奇怪姐夫，姐都死了三年了，媒人也来了不少，可他竟无动于衷，别是有什么毛病吧?他和姐姐一直没孩子，也不知道是谁的问题。”“别胡说了，快睡觉吧。”“屋里的，马先生治好了我的病，且分文不取，咱得怎样报答人家呀?”“我不是上顿下顿伺候他吗？现在他有病，还不是我煎汤熬药的。”“你当小姨子的，是应该的呀。”叶氏无语。韩福说：“我这次去河西一半也是为他。麦秸烧得差不多了，玉米秆要烧大灶，生产队分的那点苞米穰子不够用一冬的，我寻思着割点条子，砍点树墩子，把炉子烧得旺旺的，火炕烧得热乎乎的，让他暖暖和和地在这儿过个年。”“算你有良心。”叶氏说。韩福得到表扬，又贴乎上来了。叶氏说明天还要起早，快歇吧，韩福不情愿地钻出了老婆的热被窝。

深秋的通肯河两岸已是一片枯黄，辽阔的大野上密布着庄稼茬子。风已凉得多了，南飞的雁阵是季节的标记。通肯河水瘦了，而它夏日滋润的无边无际的柳条通正准备为周围的乡亲奉献自己。在北方，柳条子这种灌木的生命力无疑是最顽强的，它和芦苇一样，年年割，年年长，生生不息。编筐，插篱笆，当柴烧，做架条，随用随取。那种面对成熟麦田时的高兴劲儿又一起漫上韩福的心头。锋利的镰刀永远是用来对付那些或柔韧或坚硬的秸秆的，渐失水分的柳条也不例外。即将收割的快感拱动着韩福，几个月远离农田使他攒足了力量。不远处已有人搭起了马架子，他知道那是同村的光棍孙老三的。孙老三在村里人看来是活得最窝囊的一个，没囊没气的，还不擅农事，自然讨不到老婆，每年秋天靠打柴割柳向乡邻换粮食度日，不过人不坏，心眼儿不错。韩福是个怕寂寞的人，有了孙老三省着搭马架子了，他人好说话儿，和他凑合个把月，等条子一晒干就打道回府。孙老三倒是蛮欢迎韩福，一是有了说话的伴儿，二是他瞅着韩福那一面口袋馒头馋人，自己一年四季大饼子就咸菜疙瘩，早吃腻了，偶尔吃几顿白面馒头就当过年。这第一顿饭就不含糊，韩福竟拿来了一瓶白酒。有酒无菜怎能行？孙老三说老韩你稍等片刻，我去去就来。一袋烟的工夫，孙老三竟拎回了两条鱼。韩福说："老三，你啥时学会打鱼了？""嘿嘿，这还不容易。"孙老三麻利地收拾鱼，韩福架火烧锅，不一会儿，鱼香便飘满了小小的窝棚。灶下的火旺旺的，两个人躺在铺盖上边等边聊，倒也舒坦。韩福说："老三，这单身汉的日子不差嘛，自由自在，地大天高无人管，神仙一样。"孙老三嘿嘿一笑："就是夜来无人暖被窝。"一句话让韩福想起了老婆叶氏，这娘们，不让老子过足瘾……

条子晒得差不多了。捆捆儿的那天，孙老三对韩福说："小腰屯老岳家要两车条子，答应给一袋麦子，你干不干？"韩福思索了一下："不就两大车条子吗？帮他割了吧。"孙老三说："正好我这几天有事不能去条通了，你干吧。""你灶王爷贴腿肚子上有啥事？"孙老三摇摇头，吞吞吐吐没说出个所以然来。韩福烦了，也懒得去问。这天睡到半夜，韩福被一阵窸窸窣窣声弄醒，睁眼一看，一地月光里，孙老三正穿衣服，之后轻手蹑脚地走了出去。韩福约莫他走出了几丈远，这才钻出窝棚，悄悄尾随其后。月光下的柳条通神秘而幽深，孙老三沿一条七拐八拐的小路隐进茂密的柳棵子。韩福跟了半里地光景，地势洼了下去，一条河汊子出现在视野里，月光下波光粼粼。河汊子的拐弯处竟有一座小泥房，孙老三敲门后进去了。韩福仔细一瞧，见泥屋上爬满藤蔓植物，叶已干枯，但仍能想见盛夏时的繁茂，远看小房如同一个大柴堆。韩福惊讶自己来了二十多天竟没发现这处所在。他贴墙根儿溜过去，小屋的灯亮着，窗上有一小块玻璃。炕上躺着个女人，头发凌乱，孙老三正把一碗水（也许是药）端过去。韩福想：这孙老三鬼鬼祟祟的，居然有这等艳福，我说他怎么三天两头不见踪影，眼前这个女人好像病了。

孙老三对韩福说他要回屯子看看，韩福没问原因，说："回去吧，回去吧，别忘了到我家告诉一声，说我割完这两车条子就回去。”韩福是个聪明人，他知道孙老三肯定是回屯子整药，而且也一定会求到马先生，跑这趟道不近，来回得两天，这可苦了等在泥屋中的女人。

不知怎的，韩福总觉着从屯子回来后的孙老三看自己时的眼神躲躲闪闪的，孙老三也觉着韩福尽量不看自己，偶尔扫一眼也是贼溜溜的。两个男人各怀着鬼胎，不过还是韩福首先弄清了孙老三心里的秘密。秋渐渐凉了，晚上的露水很重，篝火熄了后，两个人在四面透风的马架子里睡得并不踏实，孙老三夜里出去的次数明显少了。这夜韩福刚迷迷糊糊的，只听孙老三说：“嫂子别求我，我什么也没看见……”接着是巨大的鼾声。韩福的脑子飞速电转，他一把薅起孙老三。孙老三迷迷糊糊地睁开眼睛，从篝火的余烬中，看到韩福的眼睛血红，正紧紧地盯着自己。“你、你全都知道了?”韩福一松手，孙老三被重重地摔在枕头上，这回他彻底清醒了。这边的韩福喘息片刻，忽然耸起身，嗖的一声拔下了挂在马架子上的那把寒光闪闪的镰刀，这个秋天里，这把镰刀不知斩断了多少柳条子。孙老三抱头嗷的一声逃出了马架子，鞋子衣服全不要了，身后传来韩福一串怪笑：“胆小鬼，胆小鬼……”笑骂声在夜空中久久回荡。孙老三哆哆嗦嗦跑进了李寡妇的泥屋，“冻死我了，冻死我了”，掀起被子就要往里钻，一只冷脚还没伸进去，李寡妇嗷的一声逃出了被窝，穿着衬衣衬裤在炕上打抖。“我今晚上是遇见鬼了，你这是怎么了？韩福要杀我，你又这样待我，今晚我算倒霉透了……”“什么？姓韩的要杀你?”“还不是我为了给你买药，发现了老韩婆子的秘密。”孙老三如此这般地把他这次回屯子找马先生时的所见所闻一个细节不落地讲给李寡妇，末了他说：“这件事真奇怪，我什么也没对他说，韩福他竟都知道了，难道老韩婆子和马先生早就……”口吐白沫说了半天，他的听众一点反应都没有，抬头一看，李寡妇已泪流满面：“报应，报应啊，他为什么会知道，他在这儿正干着同样的事……”孙老三愣了，他把从屯子回来后韩福和李寡妇的表现一琢磨，难道姓韩的他……李寡妇扑在孙老三的怀里放声大哭。

李寡妇又病了，孙老三只得从附近借了辆手推车推着李寡妇回屯子找马先生看病。从早起的炊烟看，韩福还没离开窝棚。孙老三咬牙切齿地说：“姓韩的，等我回来料理你，你有镰刀我就没有吗？”回屯后，李寡妇吃了马先生几服药仍不见什么起色，马先生对孙老三说：“从脉理看，她的肌体已无大碍，这人像有什么心病似的。”一句话说到孙老三痛处，他说：“马先生，不管你现在做着什么，我一直认为你是个好大夫，你那连襟他不是人。李寡妇的丈夫是去年春天没的，他外号通肯河渔夫，是打鱼好手。夫妻两个无儿无女，一直住在河岸上靠打鱼为生。我常去柳条通打柴，一来二去就熟了，她丈夫病重时托我照顾他老婆。本来我们已经有了些感情，她会嫁给我的。可姓韩的，他竟在我上次回来抓药的时候，喝醉了酒，想祸害李寡妇，李寡妇一害怕昏了过去，他怕出人命这才给吓跑了……”

叶氏挎着一篮子鸡蛋看望李寡妇，她对孙老三说：“老三你回柳条通吧，眼瞅天冷了，该拉柴了，大妹子留下我照顾吧。”孙老三还有些犹豫。李寡妇说：“你走吧，我没事了。记住，千万别给我闯祸，人报不如天报。如果你不嫌我，给那死鬼烧过了三周年，咱俩就搭伙。”孙老三走的那天，叶氏送来一摞烙得金黄的饼，说：“你韩大哥最爱吃饼了，我给他烙了几张苏子盐饼。家里就剩这么点儿面了，嫂子就不给你带了。”又开玩笑说：“你可别半路偷吃啊，我这可是有数的！”孙老三望着一无所知的叶氏，心里很不是滋味。

孙老三回到柳条通的时候，韩福的工作已近尾声了，除了高高的柴垛之外，窝棚门口还积了一堆酒瓶子。孙老三懒得和他说话，把那摞饼往灶上一丢，说：“嫂子带给你的。”转身去垛柳条子了。“臭娘们，明天老子回去和你算账，现在嘛，不吃白不吃。”

住在泥屋的孙老三半夜时被一阵叫门声惊醒，他拉开门一看，韩福正躺在门口呕吐，衣襟上已是狼藉一片。“怎么喝成这样了，你？”韩福一阵痉挛：“老子根本没喝酒。说，在老子饼里下了什么药，吃起来味道怪怪的？”“别他妈胡说了你，大嫂说是苏子盐饼。是不是吃了臭鱼烂虾坏了胃？”再一看韩福已翻白眼儿了。孙老三这才觉得事情严重，他猛然想起叶氏给他饼时说过的话，以往她不是个小抠之人呢……啊呀不好，难道这女人……我和姓韩的有过节儿，他要是死了，我跳进黄河也洗不清了。“你不能死，”孙老三一声大吼，拎起了躺在地上的韩福，猛敲他的背，“快吐，快吐！”韩福已经有气无力了。孙老三情急之下，解开裤子掏出那活儿，对准韩福的嘴猛滋：“快吐，快吐……”韩福被滚热的尿流一激，似乎清醒了一点：“老……老三，我不就是想要李寡妇一回，还没要成吗？为什么这么对付我……啊，好臊……”他猛呕起来。

孙老三在附近村子借了三匹快马，飞车把韩福带出了柳条通并告了官，为了李寡妇，他不能稀里糊涂当替罪羊。消息风一样传开了。叶氏从容地为马先生打点行装：“去做江湖郎中吧，都是我连累了你。那缺德鬼命不该绝，不会放过我们的。”马先生苍白着脸说：“翠翠，你究竟在那饼里下了什么药哇？”叶氏说：“反正是在你药箱中偷的药面子，黑的白的红的一样抓一把，还放了一点老鼠药，怕他吃出味儿也没敢多放，寻思一碰药，他就会死，没承想……我虽想和你做长久夫妻，还是没勇气杀他，毕竟他人没坏到那程度。可他竟要祸害病中的李寡妇，所以……”“所以你就有充分理由杀了他是不是？你怎么这么蠢啊，纸里是包不住火的。”“我原想反正孙老三和他有仇，他一死就说他吃臭鱼烂虾中了毒，到时候民不举官不究……不说了，都是我的命啊！”

马先生最后拥抱了一次这位和叶碧长得一模一样的叶翠，亡命天涯了。叶氏自首，被判了有期徒刑。入狱的那天，韩福让人抬着见了妻子一面，下面是夫妻俩的对话：

我知道不是你干的。

是我。

谢谢你替我瞒了那件事。

良心瞒不了你。

我等你。

你等吧。

# 李大辫儿

李大辫儿名华，是全公社顶尖儿的姑娘。这顶尖儿包括如下几个方面：容貌、气质、身份。她虽也是农民的女儿，但高中毕业后就当了大队妇女主任，整天待在大队部里，风吹不着，雨淋不着，皮肤始终是白皙的，这样就愈显出她一头乌亮的秀发。两根大辫儿从头至尾一样粗细，从脑后垂下。每一走动，辫梢左右轻抚着丰满的臀部，自有一种天然风韵。

最令农民兴奋的一次娱乐还是正月里的大秧歌，男一行，女一行，打头的总是最出色的。打头的当然非李大辫儿莫属了，包头之后的她更显得妙不可言，扭动起来，腰肢如风中的杨柳，观众们总是围在她身前身后，以致整个秧歌队和观众呈现虎头蛇尾之势。后面的姑娘们因为没有看客，扭得极不认真，因而她们就更加难看。这样就越发显得李大辫儿好看了，所以全公社没有几个不认识李大辫儿的。

转眼李大辫儿二十多岁了，竟然没有媒人上门，李大辫儿颇有“高处不胜寒”的感觉。因为小伙子们都自惭形秽，认为根本配不上人家，还是不去讨二皮脸的好。谁知就是小伙子们的自卑害了李大辫儿，这朵鲜花——小伙子们心中的女神——竟被一个有妇之夫采了去，令小伙子们后悔不迭。说起来这位有妇之夫也不算是一般人，他就是和李大辫儿在一处办公的大队长。这位大队长貌不出众，长得矮矮胖胖，但自有一种当官的威严，平时不苟言笑，因此小队长们都很惧他。他的权力说大不大，说小不小，管着八个小队，一共好几个村子，并且他的大队部又在公社所在地，和公社干部也颇熟。李大辫儿出事之后，一些人高呼“瞎了，瞎了”，因为李大辫儿若和大队长站在一起，一个俊得不能再俊，一个丑得不能再丑，当真是一朵花插在了牛粪上。

姑娘们吃惊之余，不免把下唇拉长一些。早先李大辫儿占尽风光，她一出现咱们便成丑小鸭，这下可好，白天鹅变成了一块烂布。咱长得不好，但咱贞洁，这才是姑娘家最宝贵的。从此姑娘们走路把头昂得高高的。也有羡慕大队长艳福不浅的——看他那老婆，烟囱塞子一样，如今占了李大辫儿一回，即使被削职，也没白来人间一趟。老人们说什么也不肯原谅这对狗男女。虽然乡间也常出艳事，但无非老婆偷汉、老爷们儿撩骚之类的。这大姑娘如此出格，竟和一个有妇之夫怀了孩子，这还了得。一时间，丑闻传遍整个公社。谈性色变的年代，何况当事人都是大队干部，此事不但伤风败俗，也坏了干部形象。

自从出事后，李大辫儿似乎从地球上消失了，人们再也见不到昔日那个进进出出大队部的俏丽身影了。况且她的故事经大家咀嚼赏鉴了许久，早已成为渣滓，再也嚼不出什么味儿了。不知什么时候，人们开始渴望李大辫儿出现，特别是秧歌队那个打头的，太让人失望，连毛缨子剪得那么短，露出一截青魆魆的后颈，腰粗得像个桶，扭不出一点韵致。“外县的那个医生可真够毒的，人家怀了孩子，你给‘做’了就是了，偏给人告发了，你能得到什么好处哇。”

人们的腔调也变了，说这话的这个人在不久前还称赞过那个医生警惕性高，一看二人鬼鬼祟祟的神态就不是两口子。人们越是想再见到李大辫儿，就越恨那个毁了李大辫儿的男人，他现在已被削职为民，远离了他曾工作了十来年的大队部。现在他要自己挑水，自己伺候菜园，并且还要参加生产队的劳动，而以前这些活儿都不用他亲自干，动动嘴而已。恨大队长的都是与之不相干的人，而真正应该恨他的那个丑女人，非但不恨丈夫，反而以他为荣。小伙们连求婚都不敢的姑娘，自己的男人轻而易举就上了手，并在那片处女地上播了种。再说她早就恨那个狐媚子李大辫儿了，她与男人在一起的时间比自己都多，现在她差点儿被乡亲们的唾沫淹死，丑女人别提有多快意了。她没有像人们预料的那样与丈夫大闹一场，更没有要求离婚的意思，虽然丈夫失去李大辫儿后每晚仍不理她。丑女人很能宽容丈夫，现在他干体力活儿了，能不累吗？况且大队长被人家撸了，霉头触大了，他心里能好过吗？当身边的丈夫响起鼾声的时候，丑女人睡不着，就在那儿瞪着眼睛想象，李华的大辫子如何蛇一样缠上丈夫的脖子，丈夫又是在什么地方睡了她，发现怀孕后二人又是如何商量到外县做人流……这些丑女人早就想问丈夫了，但她不敢，大队长重新变成社员后从未表现出沮丧和后悔，更没有对妻子表示过歉意，好像她不存在似的。丑女人心里一阵发酸，那种叫仇恨的东西又一次狠狠地从心中碾过去，她缩紧了自己瘦小的身子。

终于有好事者打听到了李大辫儿的消息，她已远嫁。据说娶她的是名军官，那军官一见李大辫儿，立刻被她的娴静和她眉间的那缕忧郁以及嘴角边隐现的酒窝吸引住了，当即回了媒人，说是非这女子莫娶。于是又有新的话题出现，说那军官如何是个傻帽儿，没结婚就戴了绿帽子……也有夸李大辫儿的爹精明的，不但掩盖了女儿的丑事，还让她嫁了个军官，有了个好归宿。最失落的还是小伙子们，他们知道今生今世再也看不见李大辫儿了，她干吗要远嫁他乡，难道我们中的谁都不敢要大队长的剩儿？一提大队长他们又恨上心头，李大辫儿扭秧歌的时候倒浪得很，平时她是那么美丽端庄，如何会去勾引无论是年纪还是样貌都不相当的大队长？难道她真是耐不住寂寞了？不会，准是大队长趁与她外出开会之机，在青纱帐里强暴了她，李大辫吃了哑巴亏，又不能张扬……对，一定是的。小伙子们似又有了新发现，一时间猜测纷纷，人们一点点用自己的舌头擦干净了李大辫儿身上的污垢，一个被冤屈了的楚楚可怜的梳着大辫子的乡村姑娘形象慢慢出现在人们心头。可几天后一个铁的事实击碎了人们的幻想。有人目睹了发生在大队长家门前的一幕。一直平静的屋中忽然爆发了激烈的争吵，接着啪的一声，一团东西落在了院中，没待人看见是什么物件，屋中又传出一声脆响，显然是巴掌击打在肉体上的声音。接着，那个昔日威风凛凛的大队长一声长号从屋中奔出，抢步到那团物件前，一把捧起，这时围观的人才看清那是两条还系着红头绳的乌亮亮的大辫子。

人们沉默了很长很长的时间。

一天，两个小青年在路上碰见，一个忽然说："你说李大辫儿没有了大辫子会是什么样？"另一个思索半晌，摇摇头："是啊，会是什么样呢？"

# 再　　嫁

望着村西那棵老榆一天天地凋零、枯萎，芳的心被喜悦和痛苦轮番撞击着，表现在颜面上，虽一日日地憔悴下去，但眼里还有两点希望，如一朵经霜的花尚被一缕秋阳呵护着。

在芳的思维里，那棵不幸的孤树，那棵曾枝繁叶茂的树，那棵芳再嫁那日紧紧搂抱过的树，接受了她所有的不祥，终于承受不住而慢慢地死去了。这使芳愈加相信自己的与众不同，所幸无辜的老树代替她做了牺牲，她如今是个正常的妇人了，而身后的阴影是永远不会消散的。二十岁那年，一个游方的算命先生到她家屋里找水喝。当她把水碗端给那人的一刹那，年老的算命先生的眼睛定格在她的脸上。当她不解的目光和那人的相对时，她感觉到那双眼睛是那样锐利，仿佛要看到她的骨子里。好半天，先生没接她的水碗，他拄着棍子走出屋子。在灶间忙碌的母亲觉察到了异样，她追出院子："先生，我家的水不干净吗?"老人转过身小声说："你的女儿命里克夫，她的骨相乃我平生仅见。"说完他丢下傻在那儿的芳的母亲飘然而去。芳灵敏的耳朵捕捉到了那句话，她看不出自己高挑的身材和清秀白皙的脸庞有什么异常之处。

不久，芳出嫁了。她的丈夫是个独子，长得虎背熊腰，粗胳膊粗腿，婚后二人恩爱。算命先生的话令芳觉得好笑。就在芳还做着新媳妇，幸福感正充溢心胸的时候，她那个虎背熊腰的丈夫得了急病，还来不及送医院，便一命呜呼了。丈夫死得太突然，太不近情理。芳如同一棵遭了雷击的树，一瞬之前还青枝绿叶，现在变成了一截焦木头。她的耳边不住循环着三个字：克夫女，克夫女，克夫女……就在她还没能从梦一般的迷蒙中清醒时，她的周围开始飘浮着一双双怨毒的眼睛，公婆的，小姑子的，亲友的，那些眼睛有红的，有蓝的，有绿的，刚刚被泪水洗过之后，怨恨便在那里燃烧了。芳觉得自己是个刽子手，用一把无形的刀杀了自己心爱的丈夫，她无法再在这个家庭立足，否则有一天她会被这片仇恨的海洋淹死。

这人世间还有一处温暖的所在，那是母亲的怀抱，母亲怜悯她，但兄嫂的眼睛却是冷冷的，戒备的。出嫁的女泼出的水，何况这水还是祸水，能给人带来灾难的水，这水迟早还要流出去，但愿它不要再毁了另一片田地。

芳第二次出嫁了，仍然有人要她。丈夫广路是个无神论者，一个唯物主义者。他不幸生在一个地主成分家庭，尽管他文文弱弱，尽管他有知有识，却年近三十而没有一个女人肯嫁他，他只能整日陪伴着老父，又当男人又当女人地过活。他同情芳，更主要的是他的家需要一个女人。

芳第二次出嫁的那天多少年后仍被人忆起，被人谈论。送亲的大车停在了村西的一株老榆下，穿着嫁衣的芳跳下马车走向老树，她紧紧地抱住树身，嫩脸贴着树的老皮，心中默祷：吸走我的一切不祥与不幸吧！我不愿这样，可谁让你是一棵孤树呢，谁让你是一个哑木头呢……古老的风俗在那一刻给芳注入了无限的新生力。全村的人都来观看这寡妇再嫁的仪式。就在芳的两臂还没有脱离树身的时候，一伙人挤进人群，于是芳的周围便又一次浮动起那些打在她心屏上的红眼睛、蓝眼睛、绿眼睛，那是先夫的族人。其中一个走近芳。“你若不嫁，无论你住在哪里都是李家的人，你男人的遗产都归你，现在你嫁了，对不起，”他拿手一指芳的陪嫁，“这些箱笼衣物要还给李家!”芳模糊的泪眼望了一下大车上自己辛苦攒下的一点儿家当，点了点头，又摇了摇头。这时新郎走过来：“把东西给他们吧，无论它究竟该属于谁。”那个族人又指了一下芳：“还有这身衣服!”文弱的新郎捏了捏拳头：“你们不可欺人太甚!”那个族人轻蔑地看了一眼广路：“你还是当心你的小命吧!”一旁的芳早已脱下了新衣，把它掷在那人的怀里后，一拉广路：“我们走吧。”

一个声音从身后传来：“本是块旧布，还装什么新!”

芳的眼睛酸了，远处老榆那委顿的影子充斥了她整个视网膜，连广路的叫声也没听见。她走进屋，这是个多么舒适多么温暖的家呀，柜子上摆放着村里许多人都叫不上名字的物件，这些物件不是什么值钱的东西，是心灵手巧的广路的根雕、木雕、玻璃画什么的，还有丈夫自己装的收音机，那是她的自豪，她的财富。美中不足的是广路远没有先夫壮实，婚后越来越弱，她认为这是广路对自己如饥似渴所致，就委婉地劝导他，夫妻的事来日方长，何必急于一时。在一些为生存而劳碌的间隙，芳对广路聊起过去，聊起算命先生，聊起先夫的亡故，一种深深的自责和自厌使她陷入无限的苦痛中。广路便对她谈起人生中的偶然和必然、误解和真相。芳半懂不懂，但会感觉心痛减轻了许多。早冬来了，广路患了感冒，咳嗽一直未好，加之拾粪捡柴的劳累，体力越来越不济。芳省吃俭用，细心调养，还好，广路精神不错，病似日渐好转。

老父后来去世了。办完了丧事，广路又病了，并开始吐血。芳慌了，央人套车去县里看病，拍了爱克斯光片子后，医生告诉她，广路的肺病已到了晚期。从此，芳白天为丈夫煎药，晚上就跪在公公遗像前一遍遍地祈祷爹不要带走广路，把他留给芳吧。

一年后，广路还是走了，芳二度做了寡妇，在克夫女的名头上广路又遗给她一个地主婆的冠子。开始人们还送过些同情的目光，可那目光渐渐地冷了，最后被鄙视代替。老榆没能替代她，她还是她，生下来注定的，仿佛周身冒着毒气——能毒死丈夫的毒气，大人孩子见了她都远远地绕开，似乎也怕被毒死。

不知过了多长时间，又有一个男人闯进了她的生活。他不同于第一个那般强壮，也不同于第二个那样文弱，他介于二者之间，奇丑又邋遢。那日他站在芳的面前，阳光从他背后射入，打在芳毫无光彩的脸上，她的头发有如一束稻草。芳看见面前陌生的异性嘴巴在开合，且有酒气飘来，耳边便回响着这样的声音："我是个光棍，邻村的，毛病很多，房无一间，地无一垄，所以没人要。你也一样没人，我们互相要吧。我好有个窝，你好有个夫，我不怕死，克死更好。话又说回来，我这样的男人你是克不死的，我本来五毒俱全……"

芳想，克死这人倒不错，她心里溜过一阵快意。

"你的两个死鬼丈夫无能，扔下你孤零零的一个，而我会让你生一群孩子，"他顿了顿，"至少两个。"他伸出两根干瘦的手指。

这最后的一句使芳的心一动，一种表情从她的嘴边漾开，那是早已忘怀的笑，怪怪的笑。

# 岳老太

岳老太的豪爽在黑村出名，无论谁家有什么大事小情她都到场。婚丧嫁娶自不必说，就连谁家的女人生孩子，她虽不是什么接生婆，也跑前跑后地帮忙。东北农村的每一个自然屯差不多都有一个虽不是村里的头头却能主事支事的“二大爷”，而岳老太显然是一个“二大奶奶”。岳老太有一嗜好——爱吃猪的大肠头。黑村人感于她的热心，年节时无论谁家杀了猪，大肠头总要精心做好，放在锅里温着。待席散人尽，岳老太不请自来，不用放桌子，就坐在灶头，就一杯烧酒慢慢品她的大肠头，别的东西则一筷头子都不沾。吃完大肠头抹抹油嘴，叫一声好，不待你送，早一阵风似的走了。

岳老太命运并不好，她有一子一女。儿子刚志本非她所生，是丈夫前妻的儿子。此人身材高大，面目紫黑，娶妻名鲍玉兰，生子女三人。夫妻均为不善之辈，别说后母，就是亲妈也未见怎样善待。岳老太进岳家门不久，就摆出母亲大人的威严，时不时教训儿媳，更令夫妻二人看她不上，不久分家另过。

祸不单行，岳老汉给队里打更，不小心掉进了菜窖，摔断锁骨，卧床不起，生活来源已断，令老太焦急万分。多亏老头儿的一个甥女住在本村，时常周济些，才没使二老陷入窘境。

岳老太有个女儿叫“老张”（张为夫姓，东北风俗，娘家人称出嫁女子），本应照顾母亲，但因老太当年死了丈夫后耐不住寂寞，急于改嫁，匆匆嫁掉十七岁的女儿，令老张婚姻生活不美满，所以一直怀怨在心。今天母亲到了这一步，应是天意，加之自家的生活也不宽裕，也就不去管她。

岳老太是黑村许多孩子的“踩生人”。乡间风俗，第一个踏入产房的外人，便是新生儿的踩生人。按迷信说法，这个孩子的性格很可能像踩生人。岳老太无事愿和小姑娘聊天，好问：来月事否？常令少女们羞涩难当。她还常常讲起自己年轻时的一段经历。

一天夜里，土匪来袭，村中有财有势者及姑娘们皆望风而逃，偏她敢留在家中。土匪们挨门劫掠，到了她家，一贫如洗，只一标致闺女，端坐炕中，飞针走线，颜色自若。匪头儿钦佩她的胆量，派手下请她到地主大院，那儿正灯火通明，土匪们大摆宴席。匪头儿让她坐在身旁，于是她就陪土匪们大碗喝酒大块吃肉，而匪头儿也没把她怎样。临了，还向她竖了竖拇指，然后飞身上马，扬鞭而去。她说那匪头儿年轻极了，也英武极了……

姑娘们伸了脖子听，她们都从岳老太的眼中读到了青春的光亮，私下里纷猜，老太当年一定爱上了那匪头儿。可惜没被他抢上山做压寨夫人，如果是那样，她一定称职。

对于岳老太故事的可信度，人们很怀疑，怎的在岳老太口中，土匪一点也不坏？甚至还有点英雄侠客的意味。可又一想，毫无文化的乡村老太似编不出如此具有传奇色彩的故事。

不久，岳老太当年的泼辣又得到了发挥，事情仍出在继子刚志身上。

刚志本不英俊，却有勾引少女的手段，他竟搭上了邻女金春儿，并使其怀孕。金春儿很早熟，刚到十三胸脯便鼓鼓的了。不知刚志使了什么手段令她上钩，让金家大出其丑。人流后，金春儿远嫁他乡。

金春儿母亲亦非善类，金春儿的堕落全怪她教女无方。金春儿很小的时候，每当女儿有错，她就常骂女儿一般母亲骂不出的话。这不，依她的话来了。金春儿出嫁后，她自觉脸上无光，竟养出这等“破鞋”女儿，于是她把一肚子的怨气发到惹祸者身上，有空便拎了烧火棍到街上大骂岳家，从老到小无一幸免。岳家自知理亏，从不敢搭腔。开始岳老太还忍得，时间一长便也跳出迎战。金母骂岳家小的引诱良家少女，老的“骚情”，连晚上给外甥女做伴儿，半夜还要溜回家一次。岳老太被揭底，老脸一红，也回敬金春儿母亲上梁不正下梁歪，根不正，苗不直。于是乎，两家庭院作擂台，常常大骂不绝，污言秽语，花样翻新。最后还是鲍玉兰受不了，怕影响孩子，忍气把家从西头搬到了东头，金岳两家大战方告一段落。

天理昭昭，无德无行的刚志被肝癌夺去了性命，他是黑村的第一例癌症患者。鲍玉兰携子女改嫁外村。

刚志死时，岳老太抛却恩怨大哭一场，如丧亲子，听者无不动容。论悲伤她比儿媳尤甚，后者因其夫曾一度背叛自己，如今英年丧命，自是天谴，因此例行公事地干号几声而已。儿死媳嫁，女儿之处又去不得。祸不单行，岳老汉久病未愈，又丧亲儿，正所谓白发人送黑发人，一股急火，加之年纪老迈，便也一命归天，追随儿子而去。这下可苦了岳老太，子死夫亡，只落得孤苦伶仃，她的豪爽和泼辣再也寻不得。卖了三间土屋给丈夫送终，夹起铺盖，她一步三回头地走向公社养老院。

# 生命之约

茫茫人海，合第一次遇见芬时就断定她是他命中注定的妻子。在一群庸俗脂粉中间，芬如一朵出水芙蓉，合觉得自己寻她已二十多年。淡淡妆，天然样，芬是一朵欲开未开的花儿。

在追芬的日子里，合初尝了人生的艰难，他遇到的不是冰冷的拒绝，而是永远无语的浅笑，芬如一团轻柔的谜，总是若即若离地飘在合的前方。一年以后，芬终于轻启朱唇，告诉了合一件残酷的事实：我不能结婚。合没有晕倒，也没有流泪，芬以前多次飘过眸子的云翳已让他察觉到了什么。她也喜欢合，她想结婚，但她不能。那我们做朋友，合说。

两年以后，芬对年近三十的合说："我嫁给你。"芬眼中的神色坚定不移。

新婚之夜，芬是合手中一件珍贵的瓷器。窗外是润物无声的小雨。

一向对妻子言听计从的合终于激动地反对芬的一项决定了，这决定是芬要做母亲。"难道你要毁掉自己，毁掉我们俩吗？"芬苍白的脸也红润起来："不，这是我的权利，一个女人的权利，没有人能剥夺。"结果芬是胜利者。

妊娠、分娩，出人意料的是，他们天使般的女儿并没有像医生担心的那样夺去母亲的生命，芬那颗残缺不全的心脏居然承受住了这巨大的压力。芬惨白的脸面对着产床前一双双忧虑的眼睛，露出胜利者的笑。无神的合在那一夜跪倒尘埃，暗暗感谢苍天。

日子溪流般平静地过去。合与芬的女儿洁两岁的时候，芬对合说："我预感到我的日子不多了，我的一生虽然短暂，但我坚信，我不比长寿的女人得到的幸福少。婚前有父母，婚后有你，你们带我跑遍全国求医……我没什么可遗憾的。还记得我们结婚那天的约定吗？永远平平静静。在孩子懂事之前替她找一位母亲，无论丑俊，但一定要心地善良，并永远不要告诉她亲生母亲的故事，因为我生她是自私的。"

这以后又过了许多日子，一天晚上，夫妻温存后，芬笑着对合说："你先睡吧，今晚我感觉很好，我再看会儿书……"合的确有些倦意，轻轻吻了妻子一下，转身睡了。他做了一个非常美好的梦，在碧蓝无垠的大海上，他和芬轻松地划着小船，天空有海鸥愉快的鸣叫……半夜时他醒来，他要把这个梦告诉芬。床头灯的光轻柔地洒在芬披散在枕边的黑发上，她雪白的脸上，她口边微微的笑影上，她的粉红色睡衣美丽的花边上……她手里还握着那本她生平最喜欢的小说《宿命》。那个时刻还是来了，她没有来得及听丈夫讲那个浪漫的梦。合轻轻抱起妻子，把她的头靠在自己胸前，耳边又响起芬的话："还记得我们的约定吗？""是的，我记得。"合心里说，脸如同他决定娶芬时一样坚毅。他就这样紧紧抱着妻子渐凉的身体，如同她仍有生命一般，直到天亮。

据合与芬的亲友说，在他们夫妻的共同生活中及芬去世后，没有人看见过他们的一滴眼泪。

# 富人生活

## 一

L 城不大，不过是个县府所在地，又没有铁路，相对闭塞。说起 L 城的富人也就那么几个，而老木绝对算上一个。但如果老木离开他的店，单独走在街上，或掺和在人群里，也就是个工人或农民的样子。而老木的实力他自己知道，临街一幢四层小楼，一半属于他。上面三层出租，下面一层做店面，后面的高层里还有两处装修豪华的居室。这些是不动产，动产都在自己、老婆、儿子的折上，究竟谁有多少，只有当事人自己知道。由于特殊的家庭结构，老木一点也不想把账目搞得太明白，那对谁都不好，反正那些钱没跑到这个家以外的什么地方。前几年老木得过失眠症，整夜瞪眼望房顶。原来只想着店和货的老木想了一些别的。首先他想定位一下自己的身份，论身家自己确实不是一般的小业主，论工作自己又不是坐在老板台后面颐指气使的人。想了半天他给了自己一个最准确的定位：小店伙计。这是自己最初的身份，也是最后的身份。老婆儿子闺女，我最大，最先走的应该是谁？富婆啊老板啊，这些个最终都和自己无关。唉，活脱脱一个赚钱机器啊！想得越多就越睡不着，越睡不着就越烦，老木觉得自己的大脑开始向姓氏靠拢。

说起来老木不但是L城的富人之一，还是颇有知名度的一个，这知名度是早在他成为富人之前就有了的。老木现如今已近花甲之年，二十多年前L城非但闭塞还很传统，由于人口少，哪里一有风吹草动，全城的人差不多都知道，特别是商界，人们交往密切，信息更是灵通。老木和璠子绝对是敢为天下先者。当时还没有“小三儿”这个称谓，但是璠子确实做了“小三儿”，一直到璠子进入中年，她才知道这个词。她也反感，甚至觉得自己很“恶”，但她和老木谁也战胜不了自己，也战胜不了对方，最后被战胜的只能是他们的丈夫和妻子。老木的前妻是位小学老师，老木经营五金商店起家；璠子的前夫也是开五金商店的，不过他不出头，只管卖货，啥事都是妻子张罗。老木就是在频繁的外出选货进货时与璠子结识的，其时他们已经各自是两个孩子的父亲母亲，早已过了一见钟情的年龄。大凡出轨者，都能为自己找出一大堆离开原来家庭的理由。老木和璠子不用刻意找。老木和老婆没有共同语言，也不知当初是怎么走在一起的。老木老婆虽然只是个小学教师，却目高于顶，对常年穿一身脏兮兮工作服进出小店的老木始终不冷不热的，老木有时候都怀疑自己那两个孩子是咋来的。璠子的老公正好相反，他自来就是仰老婆鼻息的，谁让自己低能呢。璠子和老木接触多了，璠子就觉得天下没有比老木更能干更能吃苦的男人了。自己好累，好想找一个肩膀靠一靠，这起五更爬半夜的活儿根本不是老娘儿们干的，眼见自己是没什么希望了。当初相中的就是他的老实巴交，谁知道老实大劲儿了。男人出去了几次，不是上不到好货，就是价格不划算，再不就是上当受骗，便索性打了退堂鼓。老木和璠子接触多了，老木就觉得天下没有比璠子更随和更贤淑的女人了。自己好烦，整天对着一屋子冰冷的零件和各种工具，好想找一个能时不时地对自己微笑的女人。璠子算不上很漂亮，她白皙、丰满，不是那种风风火火的女汉子。几年之后，他们终于对上了眼儿，他们不顾一切了。老木老婆有点意外，她知道自己和老木没有未来，但事情居然是老木提出的，这多少伤了她的自尊，她向来是个自命不凡的女人；璠子老公倒没有大惊失色，他觉得自己配不上璠子，能和她生两个孩子，已经是自己的造化了。最苦的是孩子们。老木和璠子各有一对儿女，女儿跟母亲，儿子跟父亲，这样四个孩子就有了三个去处。老木的儿子小春和璠子的女儿凤儿成了没有任何血缘关系的兄妹，凤儿搬进了小春亲妹妹大苗的房间，大苗随母亲迁至外地，凤儿的亲哥哥小山和父亲留在了老宅。兄妹分别的那天个个哭得撕心裂肺。邻居们都骂老木和璠子没正事，你们是夙愿得偿了，你们想孩子们了吗？感情不好？感情不好下那么多？造孽啊！老木和璠子也觉得自己造孽，可有时人也得为自己活不是？好在孩子们还小，他们会适应新生活的。

L城虽小，五金商店也有个十来家，老木和璠子的华富五金商店地理位置好，原来老木一个人的时候劲头不足，现在他有了璠子就不一样了。两个人都是这方面的行家，现在劲儿往一处使汗往一处流，就是要让街坊们看看，咱俩过日子怎么样。最累的是璠子，原来是身累，现在是心累。在小春面前她是战战兢兢临深履薄，唯恐这个后妈当砸喽。先前自己两个亲生的该打时打该骂时骂，现在无论是亲的还是后的，都得小心翼翼。小春自不必说，就是凤儿也不能再像从前了。凤儿来到这个陌生的环境，除了母亲，一面是异姓哥哥敌视的冷眼，一面是继父有些过分的关怀，她常常感觉手足无措。开始还时不时地往家跑，去看望父亲和哥哥，谁知道父亲很快再婚，她有了一个继母。凤儿真的怀疑父亲的眼光，怎么就找了个如此粗鄙的女人。她不知道父亲失去母亲之后更把自己看扁了，整天价借酒浇愁，有人给他介绍对象，他连看都不看，说是女的就行，他这就缺一个做饭的。凤儿觉得父亲母亲差不多都疯了。凤儿是个懂事的女孩子，有时她一个人静处在房间里，原主人的痕迹处处皆在。那些个小粘贴，那些个被遗弃的旧玩具，让她回味出原主人往昔生活的美好。她现在成了一个无意的侵入者，她的母亲拆散了别人的家，大苗被赶走了……凤儿第一次伤心地哭，为大苗也为自己。她有时候也到继父的店里去，看这对后组合的夫妻忙碌，看顾客进进出出。她明显感觉到这一对会经营，而父亲和那个女人，一个整天像霜打的茄子似的，一个不着调，喜欢串门子，顾客稀稀拉拉的。她不免为哥哥的未来担起心来。她长久地盯着架子上那些熟悉而又陌生的货物，感觉自己像极了其中的某一个零件，被机械地生产出来，再被有意地装上某一部机器，不管你喜不喜欢，你就是这机器的一部分了，你必须和它一起运转。

小春和凤儿不搭一语，他的心思和凤儿大异小同。这大异是属于男孩子的，是属于小春个人的。有一颗种子种在了小春的心田，是一个叫璠子的女人种的，季节是一个春天。小春望着母亲和妹妹的背影消失在视野尽头，感觉她们是那样单薄和无辜。他的世界现在有四个人，阵营是两个，他的对手是三个人，其中一个是和他血脉相连的，但他想斩断这血脉，尽管自己长得越来越像那个人。他听说过那句话：天要下雨，娘要嫁人。这适合凤儿。他这边是天要下雨，爹要娶人。他们都没办法，大人的事情小孩子永远不懂，也许有一天会懂。小春的母亲是搞教育的，她非常懂得不应该往孩子的心里灌输仇恨，也没这个必要。她临行的时候告诉小春，要好好和后妈相处，处好了就留在父亲身边，处不好就来找妈妈。母亲越是这样说，小春就越觉得她是个伟大而宽容的女人。这样的女人他不要，偏偏……从此小春没再管老木叫过爸爸。老木还沉浸在新婚的快乐里，虽然他也察觉到儿子的异样，以为一个小孩子，过一段时间就好了，况且他相信璠子，他是不会看走眼的。小春管璠子叫婶儿，如果她不是自己的后妈，小春一定会喜欢她的。小春在璠子那里接收到的除了无微不至的照顾，真的再没有别的了，而小春固执地认为，这些都是那个女人装出来的，早晚有一天会露馅儿，维持不长久的。他哪里知道，璠子根本没有"馅儿"，所以一直到小春娶妻生子，璠子都一如既往。这对璠子来说真的不容易，自己得到了想要的男人，就没有理由对这个男人的儿子不好，这是她最朴素的人生解读。小春和父亲一直硌了巴生的，对璠子却客气。璠子能感觉到两人非对视时小春目光里另外的东西，这东西让她时常想起一层肚皮一层山的俗语。开头几年还算平静，老木主外，璠子主内，闲时就去帮忙。说来奇怪，华富五金商店的旁边还有一家，比华富更临近闹市，可效益就是比不上华富。开头的几年，附近的人都鄙视老木夫妇，有意不来他们的店，可那些乡下人不知道，也不管那些，反正谁家物美价廉，谁的服务态度好，就上谁家去，华富有了相对稳定的顾客群，老木璠子也收获了结合后的第一桶金。而处于偏街的璠子的前夫的小店却濒临破产了。这对后组合的夫妻倒是对付了，一个日上三竿不起，太阳没落山就关了板儿；一个东家美发店，西院粮油店，到处找人嗑瓜子唠闲嗑，也不管人烦不烦。日子让他们过得是入不敷出。转眼小山上了高中，学习还不错，花费渐渐大了起来，开始小山父亲还左支右绌，等小山上了高二他彻底撑不住了，就跑到璠子这里哭诉。璠子也心软，可当时讲好的儿女一人一个……老木看璠子为难就站了出来，说让小山也过来吧，反正咱家宽绰。璠子虽然犹豫，但看着儿子营养不良的蜡黄小脸，最终母爱还是让她点了头。小山父亲乐得差点去拥抱他的情敌，儿子不遭罪就行，至于小山的感受和自己的尊严根本就不在他的思维之内。最痛苦的其实是小山，在家不爱看继母那张无比俗气的脸，父亲喝得烂醉的颓废样，而跑到母亲这里无疑就是寄人篱下，好在自己再有一年多就考学了，考学之后他就彻底离开这儿，永不回来，现在咋的也得忍，自己的翅膀还没硬，需要托举，聪明的小山懂得这个道理。

一向不动声色的小春感觉自己都要爆炸了，心忖：璠子这个女人真是诡计多端，这是要一点点蚕食这个家啊！自己的家被人占领了，父亲被人俘获了，他的卧室又搬进来一个异姓兄弟。本来这几年他也渐渐地和凤儿说话了，他发现这个寡言的女孩真的很单纯，一天总是怯怯的。而自从她的亲哥哥来了后，她的话也多了起来，活得也比以前展扬了。他就更来气了，原来你们娘儿们早就合计好了。生气之余，他感觉前所未有的孤独，他需要一个同盟者，这个人只能是他的妹妹大苗。大苗诧异哥哥上课期间跑来 Y 镇。Y 镇是 L 城下面的一个乡镇，大苗母亲在镇小学上班，离婚前跑通勤，离婚后索性和女儿搬到这里居住，想尽量离老木远点，大家也都舒服一些，大苗现在这里读初中。小春如此这般一说，他母亲倒没说什么，大苗却不干了。“我早就想回城里的家了，在这儿和妈在一起虽然清静，却总惦记你。你说那个女人对你还好，谁知道真的还是假的，我就是要回去看看，我就是要住回我自己的房间……可是妈妈一个人在这儿，太孤单了。”小春母亲觉得璠子把儿子弄过来确实有点过分，现在儿子来找，女儿要回去，她也不想拦着，她倒要看看璠子葫芦里卖的是什么药。好在距离不远，一切还在自己的掌控范围内。这个老木难道真的“木”了？

璠子的病根儿就在四个孩子集中到一个家里的那一天开始慢慢在她的体内扎下了。看着相互别别扭扭的几个孩子，她是劳心费神啊！两个高中生，两个初中生，上下学的时间都不一样，喜欢吃什么也不一样，那俩高中生还要上晚课，非但饭时不相同，饭菜也要三拨两样。原来小春和凤儿还有一致的地方，现在自家两个孩子爱吃的，老木的两个孩子都不爱吃，把璠子弄得无所适从。店里基本去不了了，伺候这帮祖宗还伺候不过来呢！老木既然点头让继子过来了，亲生闺女就更不能有二话，反正他和璠子谁都对不起，现在要账的都来吃大户了，没一个拿抚养费的，多亏生意一天天好了起来。只有老木知道自己挨了多少累。L城的五金商店华富第一个开门，最后一个打烊，璠子出不来了，他只能增加开支雇了一个伙计，又买了一台电动车来往于仓库和商店运货，整天身上造得油脂麻花的。有时候赶上星期天，老木抽空上街买点好吃的，让璠子下厨做了，吩咐伙计店里支应着，他想和孩子们沟通沟通。可一个个闷葫芦似的，都拼命低头扒饭，连璠子精心做的菜都很少动，大家比谁吃得快似的，只听得碗筷相碰的声音，一阵噼里啪啦之后，就是椅子挪动的声音，那四个纷纷起身。这、这就吃完了？老木还没开言，人家已经离席，只剩下老木夫妇守着一桌子饭菜大眼瞪小眼。老木一拍大腿，这可怎么弄啊这个？璠子说怎么弄，都是让咱俩弄的，你说咱俩是不是太自私了？老木一跺脚：是他妈够自私的！他们此时莫名地都想冲对方发火，这在他们数年的婚姻史上还没有过。他俩对视了半天，都在等对方开口，似乎都做好了应对的准备，吵、骂抑或打，来者不拒……火山爆发前的沉默，岩浆在地下运行，他们好像看到了那翻滚的火红……几分钟过去了，火山口依旧沉睡，不知道谁的心先软了下来，也许从来就没硬过。也不知道谁的眼泪先淌下来的，他们相拥而泣，仿佛一对苦命的鸳鸯。凤儿是回来帮母亲收拾饭桌的时候看到这一幕的，那一刻她理解了他们，也许这就是传说中的真爱吧。这几年她也渐渐明白了母亲的不容易，作为女儿她要捍卫母亲的爱情，让母亲省心。她比大苗大几个月，她是姐姐了。自从大苗搬回来的那天起，她就时不时感觉到大苗眼睛里的挑衅意味，她都忽略不计了。她时刻告诫自己，这是大苗的家，这里原本就是大苗的卧室，自己是外来者，东北话叫什么？带葫芦子。看到母亲和继父抱着哭成一团后，她知道该怎么做了。

大苗回来前已经做好了和入侵者较量一场的准备了，但她找了几次碴儿，都被对方化解为无形。原本还是自己的事情自己做，后来打扫房间、烧水、洗衣、熨烫衣服这些活儿都被凤儿包了。有次大苗说我自己有手有脚不用你帮着，凤儿只是微微一笑，该干吗干吗。大苗想不花钱使唤丫头也不错。有一次，大苗逛街回来居然让凤儿给她打洗脚水，凤儿也就是愣了几秒钟，便转身去打水了。大苗预料凤儿肯定会拒绝的，至少会甩脸子，没想到……大苗仔细观察过凤儿，她真的是一个温婉柔顺的女孩，其实有这样一个姐姐或者闺蜜也不错。凤儿在她的生日里收到的第一份礼物居然是大苗送的，一个可爱的芭比娃娃，那一瞬间，凤儿感觉到了久违的温暖。可有一个人不高兴了，非但不高兴，差点和大苗决裂，这个人就是小春。他生平第一次把妹妹骂了个狗血淋头：“真不知道她们娘儿们使了什么手段，把你和老木都俘虏了，原指望你来帮我，现在你却这么快就当了叛徒，叛变可耻！”大苗反唇相讥：“我们这样树敌能改变什么？爸爸妈妈能复婚吗？他们已经不可能了，就是爸爸提出和妈妈复合，妈妈也不会答应的，他们已经不爱了，缘尽于此了。你想想你多久没喊过爸爸了，周旋在这些人之间容易吗，他？”“都是他自找的，他是始作俑者！”小春把最近刚刚学会的一个成语用上了。“你大逆不道！父母有自己的选择，我们无权干预！”“滚回你的乡下去吧，有你我更孤独！”大苗一生气，真的卷铺盖回母亲那里了。走时扔给哥哥一句话：“别再来找我！”“谁稀罕！”小春回敬。小春把兄妹之间龃龉的账都算在了璠子和她的儿女身上，见到小山时恨恨的，可小山视而不见。他尽量减少在卧室停留的时间，能在学校待着就在学校待着，能在学校食堂吃就不在家里吃，回到家倒头便睡。小春一样找不到茬口。他的一肚子气始终憋着，基本找不到发泄的机会。他感觉自己像一个被缓慢充气的气球，每时每刻都要爆炸，可它的外皮又坚韧无比，这外皮是外来的三个人的“完美无缺”造就的，和他本人的修养无关。越是这样，他越来气，这气就慢慢转化成了恨，石头一样压在他的心底。

看到女儿去了来来了又去，老木有的只是无奈。他知道这样频繁转学对孩子不好，可谁又听他的呢？大苗重返家庭，表面上两手攥空拳，实际上那小心眼儿里是夹枪带棍。老木整天价提心吊胆，时刻准备去扑灭某场战火，就像一个每根神经都紧绷的消防队员，严阵以待，只不知道什么是自己的水枪。老木真佩服璠子母女，一个为了爱情能忍一切不能忍，一个为了母亲甘愿做一切。老木无悔自己的抉择，可他亏欠孩子。大苗没有像小春一样视父亲为路人，但这一次也是不告而别。唉，难啊！

## 二

最先考走的是小山，他报了上海的一所重点大学，并且如愿以偿。最高兴的是小山父亲，他认为儿子很争气，起码今生不会像自己一样活得窝窝囊囊。轮到掏学费的时候，他缩回去了，冲上去的自然是老木。临行前小山给老木鞠了一躬，说谢谢叔叔，这些钱我会还您的。老木想说还什么还，谁跟谁啊；他还想说好小子有志气。结果他什么也没有说，又一次木在了那里。像这样的时候是老木这些年常常经历的，每经历一次，他都好久才能缓过来。接着小春也考走了，他选的是离家最近的学校，为此还瞎了一些分，他母亲劝他也不好使，老木骂他，他说老木别有用心。相信L城如果有大学，不论是啥他都会毫不犹豫地报考，可惜L城只有一所电大。不过他倒是选了一个自己心仪的工商管理专业。几个孩子里头最惦记家的是小春，每个周末都回家，回家就进店，美其名曰实习。有一次他破天荒管老木叫了声爸。老木激动得差点晕过去，常年发木的脑袋也霎时灵光了不少。但接下来小春的要求却在他的意料之外。小春要求周六周日这两天给老木和璠子放假，他和伙计管店。老木知道这似乎和心疼他们没啥关系。哑着的工夫，小春说话了："别瞧不起我，我是工商管理专业大一的学生，就你这小破店……"他省略的内容给足了老木面子。老木知道自从离婚那天起，自己的两面肋巴骨就没有硬实过，儿子长大后就越发软了，再过几年，他的肋条都得被抽了。

小春真的有两下子，少掌柜的范儿十足，工作服穿在他身上，只有英挺没有猥琐，对顾客远接近送，道近的还亲自骑电动车送货。

半年多的时间就替他老爸拉来了一批固定客户。最重要的是他摸清了华富的月销售额，也大体估算出了他妈妈离家后那两个人的收入。这些如磁铁一样牢牢地吸引住他。他清楚地知道，华富如果再增加一些货物品种，兼之搞好售后服务，这个店大有前途。“实习”期间最大的收获是他认识了一个女孩，这个女孩没有正式工作，家里是开装潢商店的，也就是刚刚起步。交往中，小春感觉女孩的家人都是天生的商人脑瓜，精明，非利不取，锱铢必较。女孩生在这样的家庭也差不到哪儿去，而这些正是他需要的，别的都可忽略不计。老木和璠子都对那个女孩印象不好，聊天时三句话不来就提钱，连一点含蓄都没有。为此老木曾正式找儿子谈过一回，没想到适得其反。小春说先前我还有点犹豫，觉得银子（女朋友小名）是有点俗气，你既然反对了，那我非她莫娶了，你就等着我大学毕业管她叫儿媳妇吧！这次谈话把老木气得大病一场。他也破天荒背着璠子给前妻打了个电话，那边倒是表现得非常平静：“既然儿大不由爷，也同样不由娘。”“咔嗒”，那边电话撂了。当晚老木的失眠症就犯了。睡不着的老木就冲璠子嚷嚷：“你说说，你说说，放着大学生不找，找个没有工作还俗不可耐的丫头，我这命啊！你瞧瞧你那俩孩子，再瞧瞧我的，我这命啊！我真眼气你。”璠子安慰他说：“你的命不好，我能好到哪里去？咱俩是同命相连！”

快大学毕业时，小山把女朋友领回了家。这些年小山的思想发生了翻天覆地的变化。他虽然学的是工科，但他喜欢读书，课余时间读了大量的东西方文学哲学著作，视野扩大了。他反思自己初高中时代的一些想法，思索几位长辈的婚姻，慢慢清晰地看到了母亲和继父生命质地里的闪光之处，也就逐渐理解了他们，也理解了失去完整家庭后性格渐渐扭曲的小春。他极想和他们冰释前嫌。本来他考研没什么问题，但他不想让继父再为自己花钱了，他决定就业。这次他带着自己勤工俭学攒下的一笔钱，在一个比较上档次的饭店请全家吃了个饭。小春本来不想参加，但考量再三，他还是去了，一是不想让别人觉得自己太狭隘，二是想看看这个寄人篱下的穷小子出息成啥样了。后来事情的发展让小山觉得自己学生似的天真是不是很可笑，世界上有太多的事与愿违。当小山把女朋友介绍给大家的时候，小春的不高兴便开始了。“这是金紫。”“什么什么？”小山又强调了一遍。瞧这名，这不奔着气我来的吗？金子？摆明压我们一头啊！再说有叫这怪名的吗？他真想要过那个比他的银子漂亮很多的金子的身份证验验。轮到他介绍了，他一把扯过银子说：“这是我未婚妻钻石。”一边的大苗最了解她哥了，笑得差点钻到桌子底下去。老木夫妇更是一头雾水：不是叫银子吗？啥时候改钻石了，这是人名吗？再者说了，又啥时候晋升为未婚妻了，我们怎么不知道？总之这次家宴之后，小春鼓动银子跑了很多次公安局户政科，到底把“岳银”改成了“岳钻石”，并且耗费巨资搞了个订婚仪式，那场面隆重得跟结婚差不多了。其实老木早就发现店里的收入在一点点缩水，顾客多了，营业额下降了。一个家庭本来应该是一本糊涂账，老木只能闭目塞听。小春以为既然自己为华富做出了巨大贡献，拿点也是应该的，加之岳钻石花钱如流水，总是供不应求。他也不和老木请示，认为多此一举。璠子第一次对丈夫的做法提出异议，说这样会把孩子惯坏的。老木左也不是右也不是，有一天工作期间忽然失了踪。找了半个县城，才在一个天主堂里把他找到，老木说在那里坐坐心静。听说老木要有信仰，附近几个信佛的老太太就来游说，说别信那洋教，要信就信佛，佛祖会保佑你财源滚滚，家庭和睦。老木就去了东山寺，和住持聊了一上午，茅塞顿开，就打算皈依。老木有个信道教的朋友，常去南山观。周末，小春又给老木放了假，老木无事可干，就去找朋友喝酒。朋友准备了一个食盒，开车拉着老木去了南山。南山是L城东南部的一座小山，山上树木葱茏，多石，山下一条大河流过。两人兜了几圈儿后寻了一个僻静处，铺开一张塑料布摆上吃食开喝。老木已经很久没喝酒了，他也不太喜欢，这些年只埋头经营他的小店。老木忽然觉得酒原来是个好东西，喝着喝着就什么都忘了。朋友说咱们去南山观找我的道长朋友聊聊天。老木就和那位白胡子道长聊了一下午，酒意也聊没了，烦恼也烟消云散了。回来的路上他就想信道，他的朋友也摇唇鼓舌地一通劝，老木的想法就更坚定了。回家和璠子一说，璠子的脸就冷了下来。其实璠子的心早就开始冷了，继子监守自盗，老木视而不见，现在老木的心似乎离自己越来越远，他要逃避，弄不好将来出家也未可知。想到这里璠子不寒而栗。那将是自己人生的最大失败，也会是L城最大的笑话，她无论如何也要制止。那晚老木高兴，就让璠子炒了俩菜，弄了两瓶啤酒，给璠子也倒上了。“老婆，我敬你一杯，这些年孩子们的脸色你没少看，活儿你没少干，可你无怨无悔，以后我退居二线，这个家就交给你了。”璠子没喝，她看着老木喝，一杯接一杯的。老木喝得差不多的时候，才发现妻子没动筷子。他红着眼睛望定她，见璠子的脸惨白，又渐渐开始变红，仿佛自己喝的酒都流到她肚子里去了。是真两口子，老木指着璠子哈哈大笑。璠子一把拨开老木的手，抓起面前的酒杯狠狠地摔在地上。老木的笑僵在了脸上，这在他们的婚姻史上绝无仅有。“你今天信这个，明天又想信那个，你不怕神灵怪罪吗？什么事情你不能和我一起面对？早知道你是个和小山父亲一样的懦夫，我嫁你干什么，守着那一个就够了！你这样下去我有怨有悔！呜呜呜……”

她跑回卧室去了。

老木自那晚开始彻底失了眠，每晚必得服安定类药才能勉强睡上一两个小时，并且持续了将近半年的时间。他明白了一个词——众叛亲离。我到底哪里错了？全世界就没有一个能够对得起的人。妻子从温柔贤惠的小女人一下子变成了两手叉腰的悍妇，挡在他通往每一个信仰的路口。自己要是硬冲过去就是负她，对不起她背负着“小三儿”的恶名含辛茹苦和自己过的这些年。

## 三

小春大学毕业回 L 城工作加重了他的病情。儿子本来可以在省城找一家不错的单位，可是……他怎么就看上这个小店了呢？难道只是为钱？老木百思不得其解，想给前妻打电话吧，拿起又放下了，他知道打与不打都是一个结果。他慢慢抑郁了。他的抑郁症几乎被全家忽略了，因为岳钻石为了结婚和小春闹得正厉害，要楼要车要钻戒，那是无所不要啊！连有求必应的小春都烦了，这娘儿们就是个无底洞，他开始怀疑自己的选择，他发现岳钻石除了眼睛盯着钱和她父母一样，其他不再像什么了。可他们是奉子成婚啊！老木牙一咬：结。这场婚礼花了老木半个家当，璠子心灰意冷，自己奋斗半辈子，极可能弄一个两手攥空拳。最疼母亲的凤儿提醒她：“妈你不能这么傻了，你来这个家不是给木小春赚钱的，你得替自己和叔叔的晚年想想。”璠子如梦初醒，但她同样不想负老木，她一边积极给丈夫治疗，一边也开始建造自己的小金库。此时的老木仿佛天平上的指针，想方设法得指向正中间，容不得半点摇摆，他好累好累。他极想找个地方歇歇，教堂也好，寺院也行，道观也可。可他一走，后院立刻会起火，消防队都扑不灭。为了璠子他不能，他得忍。接下来的几年，孙女出生，小山结婚，凤儿、大苗出嫁，老木虽然不能像置办小春的婚礼一样花费，总也得弄个差不离儿，这架天平仍然要保持平衡不是？老木的头发已然雪白，他手头的积蓄也所剩无几了。璠子也弄了一身的病：丙肝、颈椎病、“三高”……眼瞅着两个老的没什么战斗力了，小春认为接班的时间快到了。以往老木的生日宴小春从不参加，而且总能找到各种各样的看似合理的借口。今年老木六十大寿，他破了例，掏腰包请来他的亲叔叔、为父亲生日特地从南方赶回来的大苗夫妇，还有岳钻石母子、璠子婶婶。酒席上父子母子的矛盾好像从来没有存在过，爹是亲爹，妈也仿佛是亲妈。小春谈笑风生，岳钻石插科打诨，小孙女也不住地叫爷爷奶奶，从未有过的热闹喜庆。老木的抑郁症也似乎一下子好了，喝酒吃菜，一副享受天伦之乐的样子。他清楚地知道，这是最后的虚假快乐，底牌马上就要揭开，知子莫若父，他木小春一张嘴，我老木就能看到他有几根肠子。且把假来当成真吧！酒过三巡，菜过五味，小春欲转入正题：“爸！”他叫得毫不费力，似乎这个称谓一天都没有离开过他的口。老木一举手：“我说。我和你婶子年龄一天天地大了，身体又都不好，也该退居二线了。华富以后就由你来经营，生意上的事情也不用请示我们，你毕竟是科班出身……”不等老木说完，小春借着酒劲一拱手：“谢老爸信任！”连一旁的大苗都觉得哥哥有点大马勺抠耳朵——让人下不去眼儿了。咋的你木小春也得客气几句吧，那可是老爸一辈子的心血啊！但小春还没有完，这有点出乎所有人意料，连他的亲叔叔都瞠目结舌了。“爸，你看我已经成家立业，孩子也有了。璠子婶子的小金库也充实得差不多了。看在我母亲被你抛弃至今孤身的份儿上，咱们把家也分了吧。”他语气平和，也不看老木业已死灰一样的脸，也不看继母一口酒都没喝却跟红布一个颜色的脸，自顾自地往下说，“店面和货物归我，上面的三层楼归倩倩（小春女儿），后面的两处楼房你俩一人一个，如果我经营得好的话，每月再给你俩开点生活费。至于你们以后有个天灾病热啥的，我们四个负责，反正大家都是你们供出来的，您看咋样？至于大苗嘛，你嫁得好，肯定不会跟老哥争什么……”老木那里嘴唇哆嗦一句话说不出来。小春的叔叔倒炸了，他一拍桌子：“木小春，你爹七老了还是八十了？这么早你就给他安排后事了，你他妈简直就是一个逆子！这哪里是寿宴？整个一鸿门宴！”说完他拂袖而去。“瞧瞧我叔这脾气，一看就不是干大事情的人，还是咱爸有涵养……”岳钻石还在那里调侃，抬头一看公公的头歪向了一边。“哎，我说爸爸，您宝贝儿子不就是说每月给你老人家开点生活费嘛，至于激动成这样吗？一句话都说不出来了？您可是见过大钱的人啊！”她还想说什么，璠子觉得不对劲了：“老木！老木！”老木不作声，慢慢出溜到椅子下面去了。“木小春，我操你妈！”璠子生平第一次破口大骂。

老木被查出心脏病，住了半个月院。住院期间一句话也不说。璠子床前床后地照顾，她试图逗引老木开口：“奋斗一辈子，到最后也是交权。里外是自己亲儿子，就不要生气了。”老木只是笑笑，依然沉默，好像他才懂得沉默是金这句话的道理。小春夫妇也来过几次，老木索性把眼一闭。小春没有半点悔意，他也并不想改变初衷，这就应该是这个家庭的最终结局。老木出院那天心情好了许多，对来看他的儿女们一概颔首微笑。璠子下厨做了几个他爱吃的菜，他也吃了不少，璠子总算舒了口气。暗忖老木不吱声的原因：一是生气，二是憋闷。出了院就好了，调整一段时间，咱们就去旅游，好好散散心。那一夜璠子把心放在肚子里，睡得很沉，她身心俱疲。夜半，她被一个噩梦惊醒，探手一摸，身边空空如也，老木的被窝一点温度都没有。璠子翻身下床直奔卫生间，没有老木的影子，接着是厨房，所有的房间……这死冷寒天的，他能去哪里呢？璠子在客厅中央转了一圈儿，忽然发现茶桌上有张纸，她拿起一看，立即瘫软在那里，这分明是遗书啊！她挣扎了半天怎么也站不起来，周身一点力气都没有。她一点点爬到卧室，找到了手机。

寻找老木的过程太费周章，兵分几路，南山、各个旅店、宾馆、L城周边的大地……璠子认为南山的可能性最大，那里始终是老木梦寐以求的地方。璠子亲自带着几个亲戚奔南山寻找。南山的面积大，多树多石，加之黑灯瞎火的，璠子的脚也崴了，她打着手电筒一瘸一拐地指挥大伙仔细搜寻。家里这边也未见消息，小春就去调附近的监控，发现父亲自出院回家就没出过单元门，奇了怪了，人去了哪里呢？老木居住的这栋高层竣工不久，还没有完全进户，一些人家还在装修，一些房间还没卖出去。小春乘电梯自一层起，一家家地问，一间一间地找，没有。小春忽然就有了大祸临头之感，父亲要是有什么不测，自己必然千夫所指，遗臭万年。正怔忪间，一旁的岳钻石一拍大腿，喊了一嗓子："我想起来了！"把小春吓了一跳："败家娘儿们，丧门星，我娶你倒了八辈子血霉……"岳钻石也不管小春的怒骂，一个高蹦起来就往下面跑，一伙人不明所以也跟着哗啦啦地跑。岳钻石边跑边嚷："不是还有个地下室吗？"不知道什么原因，这个单元的地下室建筑商没有出售，一个不起眼的小门虚掩着，里面胡乱地堆积了一些剩下的建筑材料。小春在一个角落找到了他白发的父亲，他平躺在一个破草垫子上，穿着那身他司空见惯的蓝工作服，面容苍白平静，神态安详，仿佛睡着的样子。

一摸胸口还有些热乎气，而四肢已经开始变冷。“妈呀，都凉到膝盖了。爸呀，你看你这样，哪里像个有钱人啊，整个一农民工啊！你都把自己捯饬得体面一点再走啊，哇哇——”岳钻石大哭起来，小春一脚踹开妻子，背起父亲没命狂奔……

九十九片艾司唑仑，让老木睡了长长的一觉，他还做了一个长长的梦。梦里自己一会儿是个和尚，一会儿是个道士，一会儿又是个牧师，没一会儿是华富的老板。醒过来的老木说了第一句话：“你们救我干啥，把我的好梦都打破了。”憔悴不堪的璠子说：“我不拦你了，你做和尚，我做尼姑去!”老木看着瘸着一条腿的妻子，眼泪才流出来。

# 暂寓旅店的女人

王桦很讨厌客人管她叫老板娘，旅店刚刚营业的时候，她曾纠正过无数次。

“老板娘，住店。”

“我是老板，没有娘。”

客人呆愣半晌：“我没问您有没有娘啊。”

“老板娘，住店。”招呼好像复制过来的。

“没有老板，也没有老板娘！”

“那您是谁？”

“打杂的。”

“看着不像啊？”

“你查户口还是住店？”

客人狐疑地拿了门卡上楼，边走边回头看。

“看什么看，看到眼睛里扒拉不出来！”客人就认为她精神有点问题。王桦也自疑过，她总觉得自己和这个世界格格不入。就说旅店的名字吧，两边一大堆快捷宾馆，自己的“时光逆旅”夹在中间，客人看着招牌探进半个脑袋：“请问这里是旅店吗？”没文化！当初注册的时候也是，工作人员歪着头琢磨了半天：“这名字好吗？准确吗？还是起个通俗点的吧。”

王桦长发一甩：“请问这名字犯法不？”工作人员一看遇到了一个不通俗的人，得，爱叫啥叫啥吧，看看会不会影响你的生意！

果不其然，那些旅客只有在周遭的店都客满的情况下，才犹犹疑疑地探进身子问。王桦心道：不来正好，清静。有时候她都不知道自己是做生意，还是在玩个性。反正她和别人不一样，一个人吃饱全家不饿，要那么多钱干吗？

那些回头客就不一样了，来到S市就想来“时光逆旅”，虽然瞅着“逆”字不太舒服，女老板心情不好的时候态度生硬，但不知道为什么，总有一种家的感觉。“时光逆旅”是王桦名下的不动产，不像周围的商户，房子是租来的，装修方面能省就省。“时光逆旅”十几个房间间墙一律加厚，还做了隔音。房间的卧具都是好质量的东西。王桦给周围人的印象永远都是一副慵懒的样子，干起活儿来却干净利落。她只雇了一个房嫂晓莉，很多活计都是亲力亲为，不假人手。她人有洁癖，床单绝不反复使用，别人家只洗枕头皮，她家枕头瓤子都定期清洗，木床也经常擦拭，她不想让后来的客人闻到前一位客人的味道。还有房间的布置，尽量营造出家的味道，比如摆一两棵盆栽啦，挂一幅字画啦，茶几上放置一个造型别致的温度表啦……客人往床上一躺，除了皂香就是舒适，虽然不号称宾馆，但绝不逊色。

闲下来的时候，王桦喜欢研究那些客人。南来北往的，本地的，外乡的，女人，男人，各行各业；得意的，倒霉的，讳莫如深的；常住的，来去匆匆的……她的那些木床托载着一个个肉身，她那些洁净的被褥安抚着一个个疲惫的灵魂，“时光逆旅”暂时为这些旅人遮挡了风霜雨雪烈日。王桦是一个暂时的家的提供者，这是当初她选择这个行业的原因。

营业两三年了，基本无故事，王桦的日子平平淡淡，毫无起伏，但这一段的平静似乎是为了她生命中的一次大不平静蓄势。这一天和往常没什么两样，王桦依旧慵懒地坐在前台，手握一本时装杂志，时不时地瞭一眼。门开声，王桦头也不抬等着回答那个字“是”。“夫天地者，万物之逆旅也；光阴者，百代之过客也。而浮生若梦，为欢几何？”一个略微沙哑而又富磁性的女中音从门口传来。王桦这一惊吃得不小，她硬生生站了起来。一个衣衫暗淡的女子站在门口，仿佛走了很远的路，右手拎一旅行袋，左手抱着一个婴儿。微微的寒气从刚刚关上的门处涌过来，王桦不免打了个冷战。女子向前挪了几步，站住，目光与王桦相撞，眼白很白，眼球很黑，神情冷淡，毫无生气。女子选了一楼的最便宜的三十元的房间，预交了三百元，拖拖拉拉地进去了。第二天女子一早就出了门，一上午未归。接近中午的时候，打着盹儿的王桦被时断时续的婴儿的啼哭声惊醒。门虚掩着，雪白的被子下面一个黑瘦的孩子嗷嗷待哺。“这是什么母亲，把孩子扔在房间里，门也不锁，招呼也不打……”王桦环顾四周，见茶桌上放一个奶瓶，里面还有半瓶奶，就大声喊晓莉。晓莉扎着围裙挓挲着两手跑了过来：“老板，我洗床单呢，啥事？”“去去去，还是我自己来吧。”王桦热好了奶，笨手笨脚地抱起婴儿，那个小小婴孩立即止住了哭声，瞪着一双和她母亲一样黑白分明的大眼睛看着王桦，柔软的小手居然抓住了王桦的一根手指往嘴边送。王桦也乐了：“小东西，把我的手当成你妈的奶头了。”女婴一口衔住橡胶奶嘴大口地吞咽起来。“你可真能吃，简直一个小饕餮！”王桦居然和孩子说起话来。一缕奶汁还挂在嘴角，女婴咕嘟着小嘴睡着了。王桦慢慢慢慢把孩子放在温暖的被窝里，心里不由滚过一阵软软的感觉，这种感觉已经被丢弃好多年了。住店的女子下午才回来，依然是一副疲惫的样子，经过前台也不吭声就要进房间。“贝琪，你等等。”王桦这么多年第一次叫客人的名字。在旅店老板这里，客人的名字只用来登记，老板基本没有使用的机会，顶多称几零几的客人。那个女子似乎也挺意外，抑或她的名字已经很久都没人叫过了。回转身诧异地看着女老板：“有什么事吗?”“还有什么事吗?”王桦把“吗”字加了重音，“你把那么小的孩子扔在房间，一走就是一小天，我是老板，不是保姆!”女子这才恍然大悟地说：“对不起对不起，我有事情耽搁了。”急急地就往房间跑。“没饿着你的孩子!”王桦的声音从背后追过去。房间的门已经“啪”地关上了。

夜里来了几个住店的，天快亮时王桦才迷迷糊糊地睡过去，她怎么也没想到那个叫贝琪的会故技重演，而且愈演愈烈，竟然一整天都没回来。房间里放着已经冲好的一瓶奶，小孩子的一沓尿布整齐地摆在床上。“哟喂，真把老板当保姆了。”王桦真想转身一走了之，可那个女婴正挥舞着两条小胳膊望向她。“好，算我上辈子欠你们娘儿们的，晓莉，晓莉……”天黑才回来的贝琪无精打采地站在王桦面前一言不发，只等女老板训斥。“我说你是成心啊，我还没见过你这样的客人呢……”王桦下面的话被贝琪的眼泪给冲了回去，那眼泪像决了堤似的，眼睛变成了泉眼。“这、这我还没说啥呢!”“大姐，我是遇到难处了。我的丈夫就在本市打工，工程本来已经结束了，可是工钱至今没到位，开发商一直让等。我带孩子来 S 市找他，本来想拿到工钱就一起回婆婆家过年的，可现在倒好，我天天和他们去讨要工资，所以就……”王桦再次上下打量了一遍贝琪，怎么看怎么不像农民工的妻子，可贝琪的眼泪是真的，这是她的人生经验告诉她的。之后的十多天时间，贝琪依然是早出晚归的时候多，她不在的时候就由好心的晓莉代为照顾孩子。王桦想帮人帮到底，工钱总有要回来的时候。可是贝琪已经开始拖欠房钱了，非但如此，小孩子的奶粉也没有了，她人不在，女婴饿得哇哇哭，王桦就打发晓莉去买奶粉。晓莉噘着嘴说："老板，咱这是旅店还是收容所？你就那么相信那个贝琪？""可是我看她不像坏人啊，再说了，她能骗我什么？""坏人的脸上又不写字。"晓莉嘟嘟囔囔地去买奶粉了。

当天晚上，贝琪把一百五十元交到王桦手里说："大姐，实在不好意思，这是这几天的房钱。我也不瞒你，我们没钱了，孩子小，我不能出去工作，就指望他赚钱养家，可是……这是从工友那里借来的，你们帮我带孩子啥报酬都没有，再不能拖欠房钱了。"王桦问事情有没有进展，贝琪摇了摇头。"那你们准备怎么办？""只能去省城上访，现在大家正筹措费用呢，可是太难了，家里过年等着用钱，他们又讨不回来钱，唉！"贝琪的眼泪又流了下来。王桦的心软了。

贝琪跟王桦说："去省城我得跟着，现在他们群情激愤，又不太懂法，我多少还念过几天书。"王桦心道：好像不是"念过几天"吧。"可是孩子？"王桦看一眼身边的晓莉，晓莉狠狠地瞪了一眼她的老板，王桦也就不管晓莉的眼神，说："孩子还是让晓莉帮你带几天吧，好在这孩子特乖，不渴不饿从来不闹人。""那敢情好，我是遇到好人了，谢谢晓莉姐，等我们讨到了工钱，一定重重谢你！"晓莉翻了一下白眼儿，一声没吭。王桦又叮嘱道："一切按正规程序走，千万不要闹，否则咱们就不占理了。""好的！"贝琪走后，晓莉有活计的时候，王桦带孩子。小孩子王桦以前接触很少，自己也没有弟弟妹妹，谈不上喜欢不喜欢。自从有了那段刻骨铭心的经历后，王桦对男人失了望，也就没想过做母亲的事。女婴睡着了，那么安静，时不时地来个“婆婆教”。刚刚来时黑瘦黑瘦的，这些日子喝了王桦买的进口奶粉，开始白胖起来，肥嘟嘟的像个小瓷娃娃。王桦长久地凝视着她，心底深处慢慢打开了一个洞洞，从那洞洞里流出来一股暖暖的水一样的东西，渐渐弥漫开来，所到之处，冷硬退去，整个心田丝绸一般柔软……“你个小东西，不言不语的，还挺有力量的。”王桦不由得凑上去亲了亲她的小额头，一股只属于婴儿的乳香让王桦彻底缴械。

一周过后，当王桦和贝琪再次见面的时候，王桦经历了她精神世界的第二次坍塌。门开处，首先蹭进来的是一脸憔悴的贝琪，她的身后竟然跟着两个警察。王桦的第一反应是，她大闹省信访局，被抓了。“我不是告诉你要冷静冷静吗?”王桦仿佛是在责备自己涉世未深的妹妹。贝琪垂着头一言不发。“你是本店法人代表王桦?”其中的一个警察问道。“是我。她怎么回事?”那个警察没有正面回答王桦，而是接着追问：“你是否借给过嫌疑人贝琪五千元钱?”“没错，她和她丈夫及她丈夫的工友去省城上访需要经费。”两个警察相视而笑。“谎撒得可真圆全，她根本没有丈夫……”一边的贝琪忽然抬起了头：“警察同志，看在我即将失去自由的份儿上，看在我幼小的女儿的面子上，请给我十分二十分的时间，我要向这位人世间我唯一对不起的萍水相逢而又对我恩重如山的姐姐说明原委，之后就跟你们走。”两个警察相互看了一眼，其中一个道：“你可别要什么花样!”“这里就一个大门，我能要什么花样，我倒庆幸自己今后有了吃饭的地儿。”贝琪率先进了自己的房间，王桦狐疑地跟进来，里面晓莉正逗孩子玩呢。“晓莉，你抱孩子去洗个澡，再找条厚实一点的毯子，她娘儿俩要退房。”“好嘞。”晓莉一副如释重负的样子。

“怎么回事，说吧！”贝琪请王桦坐在床沿，自己深深地给王桦鞠了一躬：“姐姐，我欺骗了你。”王桦在接下来的一段不是很长的时间里，了解了一个比自己还要不幸的女孩子的离奇遭遇。“我不是我父母亲生的孩子，他们在接近五十岁对生育绝望了的情况下抱养了我，所以我成年的时候他们已经很老了，而且身体都不好。我的家境一直一般，加之父母有病，生活很困难。我考取了一所大学的中文系，尽管学校给了我特困生的照顾，但家里还是入不敷出。没有办法，我只能利用节假日出去做家教。学校为我联系了一个工作，给一个五年级的男孩补习功课。那个男孩成绩不好，而且很淘气，有几次气得我都想辞职了，可他的家长给的补课费比别的家长都高。半个学期后，在我的努力下，男孩有了一些变化，成绩也提高了不少，他的家长就又给我加了薪。没想到的是，那个男孩的父亲——一个在外企工作的四十岁左右的男人，竟然背着他妻子开始追求我，我当然严词拒绝了。本想就此离开他的家，但那个看似儒雅的男人说：‘我知道你不会同意，就当我没说，你该辅导孩子还辅导孩子。’我也是一时贪图他家工资高，加之他再也没有提及过此事，也就耽搁下来了。孩子小升初那段时间，我几乎天天放学去他家。我这个人特能喝水，加之天气热，自己带的水不够，我那个学生的父亲就为我准备了一个大冷水杯，每天都有一大杯凉开水享用。直到我的学生顺利地考上了一所重点初中，学生家长给我放了一段时间的假，让我回校准备期末考试。炎炎夏日我还是经常口渴，不知道为什么，喝什么水都不解渴似的，有时候还浑身不舒服，潜意识里总想着学生家的冷水杯，特别特别地馋。我感觉自己的身体出了状况，就去做检查，怕是得了糖尿病，结果还不是。仍想念学生家的水，到底是什么水既解乏又解渴？我终于控制不住自己去了学生家。学生和他母亲出去旅行了，孩子的父亲对于我的到来似乎并不意外，非常热情地招待我，又拿饮料又泡茶的，可我对这些都不感兴趣，不断地用眼睛的余光寻找我曾经用过的那个大冷水杯。‘能给我一杯我以前喝过的凉白开吗？’那个家长忙不迭地搬来一箱外地产的矿泉水，说：‘呶，就是它，这个新开发的牌子口感非常好，但一次不能多喝，据说出自冰泉，寒气特别大，喝多了对女孩子不好。我还有一箱，这箱就送给你了。谢谢你来看望孩子，他上初中后，你还来带他。’那个家长亲自开车送我回校，始终彬彬有礼。”

“期末考试前后我异常珍惜地享用那一箱矿泉水，果然还是从前的味道。那次考试，我的成绩是异乎寻常的好。放暑假前，我去图书馆借了几本书准备回家读，之后背着仅剩的两瓶水回家陪父母。在那个暑假的头几天，我读了毕淑敏的长篇小说《红处方》，一读之下，忍不住吓出了一身冷汗，一种大祸临头之感瞬间控制了我。我不再喝那水，两三天后果然身上难受得不行，只想一口吞掉那瓶子。我知道自己中招了。‘天下竟有这么歹毒的坏人’，我忽然想起别里科夫的这句话，而且居然让我撞上了，我一个普通大学生值得他如此处心积虑吗？那一刻我去照了镜子，好像才发现似的，我真的很漂亮，尽管现在脸色难看。”贝琪顿住了。王桦也知道现在吸毒的人是越来越多，但在现实生活中还没有遇到过，她也震惊了。贝琪从包里拿出个水瓶，里面是褐色的液体，咕嘟咕嘟灌了好几口。“别担心，自从发现自己被吸毒，而且还是这种想不到的方式，后来就不敢喝白水，每次看到白水，都感觉无数的毒分子在里面漂游。我现在只喝茶、果汁、咖啡。”贝琪拢了拢长发继续讲，“我在出离愤怒的情况下去找他，他招待我的还是那个我既向往又无比痛恨的冷水杯。我对他连骂带打之后，还是捧起了那个可恶的杯子。那个人在一旁纵声大笑：‘能拒绝我的人还没出世呢！’他赢了。从此我当了很长一段他的地下情人，直到发现自己怀孕。他逼我打胎，可我是基督徒，教义不允许，他就停了我的毒品，就是他不停，为了孩子我也准备戒断了。在经历了几个月炼狱一般的日子后，我成功地戒断了毒瘾，但我的养父母在知道了我的事情后双双病倒，他们是基督徒，他们不能容忍我的种种行为，把我赶出了家门，和我断绝了关系。我了解他们，我再怎么恳求都无济于事的。我挺一个大肚子，学也不能上了。在一位好朋友的帮助下，我在一家私人诊所生下这个孩子。此前我试图联系他，可他先前的电话已经停机。没办法，我只能去他家找他谈孩子的问题，接待我的是他的妻子。他妻子见到我倒是异常平静，说：‘没有你我也得和这个瘾君子断，你在某种程度上成全了我，我不恨你，还有点同情你。听说我俩离婚后，他辞了职，去了S市。不过我提醒你，他这个人不值得托付终身的。’她瞄了一眼我的肚子，说看在未出世的孩子的分儿上，但愿他能良心发现。”

听到这里，王桦已经基本明白了，贝琪来此是为了寻找那个瘾君子。贝琪抬起毫无神采的眼睛：“他确实就在本市。有一天我遇到了他的一个朋友，与其称朋友，不如叫毒友。我向他哭诉我的遭遇，他眼神闪烁，我感觉他应该知道他的下落，只是不肯说罢了。那些日子我就盯紧了他这个毒友，可是我没钱了，我和孩子还得活啊，就用你好心借我的五千元开始和他一起贩毒，没做几次就被缉毒警逮住了。唉，我真后悔，干吗执着一念地来找他，可我实在没有勇气做单身母亲……”贝琪泪如雨下。王桦的眼睛也湿润了，除此之外还有愤怒，她想起了当年自己失恋后的漂泊岁月，好女人为什么常常遇人不淑？

“当当”，敲门声传来，两个警察等得不耐烦了，“这都半个小时了，你不是来接孩子的吗？抱着孩子走吧。”一个警察对王桦说：“她的事立案后，你随时听候传讯。”贝琪一听大哭起来：“姐姐，对不起，我连累了你呀！如果将来我有重获自由的那一天，欠你的一切我都会加倍奉还，请相信我！”王桦看着眼前这个可怜的女子，想起自己不堪回首的过往，一阵锥心之痛弥漫胸膛，贝琪本来该有一个大好的前程啊，一切都被那个该死的臭男人给毁了。

贝琪从晓莉怀里接过孩子。“等等！”王桦走过去问那两个警察，“她要是坐牢，孩子怎么办？”“我们会尽量寻找孩子的父亲，如果找不到，孩子恐怕就要寄养在福利院。”“呜呜，都是妈妈害了你呀！”贝琪紧紧地抱着她的女儿。一旁的晓莉也跟着掉下了眼泪，这些日子她和孩子也有了感情。

大门打开，一阵寒风吹来，王桦禁不住打了个寒噤，天空开始飘雪了。贝琪衣衫单薄，跟在两个警察的后面，踏雪而去，还不时回望。此时的王桦一万个念头在脑中飞速电转，耳边仿佛传来女婴柔弱无助的哭声。几分钟后，她毅然沿着那几行脚印追去。后面传来晓莉的呼喊：“老板，你这是干什么去呀……”

# 出　走

## 一

人都说养女随妈，王锦的妈可和王锦不一样，非但不一样，还恰恰相反。王锦高挑漂亮，王锦妈瘦小，相貌平平。王锦刚刚十四岁身条就抽出来了，而王锦妈却日渐干瘪下去，如同被风干了的一棵枯树。由于王锦家是外来户，坊间还有传闻，说王锦不是她妈生的，是她爸和一个大姑娘的私生女，不知道什么原因没有处理掉，不能生育的王锦妈忍气吞声把人家的闺女当成自己的养了。王锦妈就这样窝窝囊囊地活到五十多岁，终于让勾三搭四一辈子且酗酒外带家暴的丈夫气死了。王锦妈刚死了半年，王锦爸就大操大办给王锦娶回一后妈。王锦瞧这后妈就不顺眼，年近半百的一个农村准老太太，还整天搽脂抹粉的，再看她和老头子那贱样，恁大年纪还模仿电视剧里的恩爱镜头呢，也不知道避避人，老不知羞的。老头子为了讨好新欢，竟然让王锦管她叫妈。哼，管她叫声“姨”都不错了，还看着老头子的面子，否则，臭狗屎一堆。我的妈那才是真正的妈呢，想到这儿，一向心硬的王锦也忍不住想号几声亲娘。

王锦看后妈不顺眼，后妈视王锦为眼中钉、肉中刺，哼，碍眼的玩意儿，早晚把你清理出户。后妈还莫名其妙地嫉妒王锦年轻漂亮，恨不得自己也年轻几岁，所以她越发起劲儿地打扮自己，就差满头簪花了。王锦是高中生，平时一身学生服，只有到了假日才能换上自己心仪的衣服。自从她看出后妈嫉妒自己后，她开始注意自己的外表，心道：你打扮，我比你更能，看咱们谁比得过谁。别看王锦别的不像她妈妈，心灵手巧倒稍有所承。老头子有钱宁肯买酒也不给女儿买新衣服，她就把富婆表姐穿剩下给她的衣服再加工，弄成介乎成人和少女之间的样式，由于剪裁得体，加之王锦的杨柳细腰，穿出来的效果既性感又清纯。她掐着小蛮腰往后妈面前一站，嘴角挂着挑衅的笑，把个后妈气得眼睛翻了白，差点背过气去，情急之中口不择言，用戴着婚戒的手指着王锦："瞧你那骚样，被人踩了一脚的馒头，不是块好饼……"王锦妈活着的时候，虽然没像别的母亲那样对女儿稀罕口咬的，也从没打骂过她，即使她有时把当妈的气昏了头。你个后来的老妖婆，敢骂本公主？王锦气冲斗牛，猛然挥起手，眼看一巴掌就要落在后妈的胖脸上。不知咋就那么巧，千钧一发之时，正赶上王锦爸从外面回来，本已被酒色掏空身子的他，英雄救美一般，一个箭步冲过去擎住女儿的手，随即只听"啪"的一声，王锦自己倒挨了重重的一记。"小丫头片子，还想犯上作乱？给我滚！"王锦火辣辣的脸又淋了一阵唾沫星子雨，这才叫打人不成反挨打。王锦忍住含在眼睛里的泪，用喷火的眼睛瞅瞅亲爹又看看后妈，一摔手走了出去，可她又能去哪儿呢？

王锦跑去县城流浪了一天，逛了许多商店、超市，可终因囊中羞涩而始终饿着肚子。正当她眼冒金星两腿发软准备回家向亲爹投降时，忽听一个人叫她的名字，扭头一看，是一张陌生又有几分熟悉的男孩子的脸。见她发怔，那男孩说："不认得我了？我叫那进，咱们初中时同学。"王锦的眼前浮现出一张沉默而瘦小的脸，可眼前这个人的轮廓要大出一圈儿，眼睛顾盼有神，国字脸棱角分明。看了半天，她才恍然大悟，人是会长大的啊。

"呀，原来是你。"王锦张开干裂的嘴唇，勉强挤出一个疲倦的笑。"你好像很累的样子。"那进倒是善于察言观色。"唉，别提了，在街上转了一天，到现在连口水都没喝上。"王锦素来心直口快。那进注意到了她眼中的那抹失落，推测这位几年不见的老同学似乎有某种心事。那进闪开身道："不介意的话，到了家门口了，就请女士上楼喝口水吧。"原来那进没有读高中，早早地进城打工了，现在他和几个上夜班的工人临时租住在附近。小伙子的房间是不出所料的脏乱差。王锦灌了满满一大杯冷开水，人这才有了点精神。她问那进："你没考上高中，现在做什么？"那进说："在一家五金商店找了份工作，装卸货物、揽客、卖货，啥都干，都是些杂活儿。你呢？"

"还在上学，但恐怕明天就不是学生了。"那进不解，王锦也正想一吐为快。她以前曾经读过一本叫《无人倾诉》的书，自从母亲过世后，她愈加理解了主人公的心境。那进听后叹了一口气道："你那后妈也太可恨，人家说有后妈就有后爹。可你也不能就此辍学啊，我记得你的中考成绩不错的。"

"唉，别提了，我妈生病后净我伺候了，老头子根本不上前，耽误了不少课。第一年考学失利，接着又补习了一年。这期间我爸给我娶一后妈回来，这老女人不是什么善茬，总整事儿，我憋气带窝火，无心学习，又一次名落孙山。我爸逼我再上补习班。眼下我实在没心思读书了，只想早点能养活自己，脱离那个家庭。"

“那你下一步有什么打算?”

“走一步算一步吧，我也不知道。”

## 二

天光慢慢暗下来，那进留王锦吃饭，王锦没有推辞。那进去厨房做饭，王锦环顾四周，她是个爱干净的女孩子，她开始帮老同学收拾房间。等那进做好两菜一汤，焖好米饭走进房间的时候，他都不敢相信自己的眼睛了。单身汉们的房间已经整整齐齐，纤尘不染了。“谢谢你，王锦，你可真能干!”王锦说：“也谢谢你的饭菜，早闻到香味了，把我的馋虫都逗引出来了。”饭后那进打出租车送王锦回位于县城近郊的家。后妈和亲爹正坐在大门口的树下乘凉，见一辆车停在自己家门口，从车上下来一个小伙子，紧接着是自家闺女。后妈的风凉话又来了：“哎哟，够快的哎，这头午一个人出去，晚上就领回一个来……”亲爹铁青着脸，满嘴喷着酒气：“你死哪儿去了，老师来电话说你没上学，老子花着学费供你，你竟然逃学?”

“省着你的学费吧，我不念了。”

“你说啥，再给我说一遍?”

“说几遍我都不念了，你不是让我滚吗?从今往后我要自食其力!”

后妈一阵冷笑：“老头子你怎么这么笨呢，人家有人养活了，用不着你了。”她朝那进一努嘴。王锦看见后妈那阴阳怪气的样子，气就不打一处来。她索性一挽那进的胳膊：“他就是我男朋友，怎么的?”

“你才多大呀，就找男朋友，别他妈给老子丢脸。”

“爸，这丢脸的事你可别赖我，您老的脸多少年前就让您自己丢光了。”

“你他娘的这是成心跟你老子作对呀，气死我了！”王锦爸脱下一只鞋就冲了过去。那进往前一晃膀子：“哎哎，她是我女朋友，你要干吗？”

“都他娘的给我滚！”

王锦把回家的路给堵死了。当晚她收拾了一下自己的东西，就和那进进城了，先在一个二十元一晚的下等小旅店住下了。那进因为第二天还要上班回了家。王锦给班主任老师打电话说明辍学的决定。老师劝了她半天，说眼瞅着就要高考了，咋也得再上一次考场。王锦说老师，我就是考，除了高职，我能考上什么？老师哑然，王锦的学生生涯就此宣布结束。

那进回到家半宿没睡着觉。想起了初中时候王锦是班级最漂亮的女生，人骄傲得像个公主，很少正眼瞧他，现在命运居然让自己遇见了她，而且她还是在困境中。乡下年轻人成家早，父母这两年也开始为自己张罗对象，如果王锦真能看上自己，那可是我那进上辈子修来的福分。他越想越兴奋，快到天亮才合上眼。

“天上掉下个林妹妹，不，王妹妹，似一朵轻云刚出岫……”下了班的那进哼着戏文来悦来旅店找王锦，开门一看，见王锦嘟噜着脸坐在床沿上。“得，找工作不顺利，我猜得对不对？”不知道为什么，那进的心里居然轻松了一下。“唉，别提了，跑了一天，不是要学历就是工资太低，白使唤人一样，哼！”那进问：“那你有什么特长没有？”“一个连大学都没进的人能有什么特长？不过我喜欢画画，早先还想报考服装设计专业。你看我的衣服都是改造别人的剩儿。”那进围着王锦转了一圈儿，说：“你还别说，你的确有设计服装的天才，看看这玲珑的腰身，衣服虽然不是新的，但比新的还有韵致。”“我说你是夸衣服呢，还是夸本公主呢?”“兼而有之，兼而有之!”“没心思和你说笑，这离家有离家的难处。”“怎么，又想向你老爹投降?”一想到那个后妈，王锦就是要饭也不想回去了。一旁的那进忽然一拍脑门：“我想起来了!”“能不能不一惊一乍的，吓我一跳!”“我们镇倒有一个服装加工厂，我妈妈在那里剪线头，五毛钱一件。”“啥？你让我去剪线头?”“不是，我是说去找找机会，我们镇的服装厂效益还不错。”王锦的眼一亮，她对这实在有兴趣。“可是，可但是……”“有话快说，吭哧瘪肚的做什么?”“厂里的职工大部分是本镇人，有几个管理人员、技术人员住在城里，人家都有车。”“你要说什么?”“没有宿舍食堂。”“得，等于白说。”“那可不一定，咱们可以继续演戏。”“啥意思?”“做我女朋友!”“占便宜占惯瘾了?”“我是说你假装做我女朋友，就可以名正言顺住我家了，我是独生子，家里只有爸爸妈妈。”王锦一瞬间陷入无言。难啊!“你如果不愿意，咱再想别的办法。”

## 三

当王锦羞羞答答地站到那进父母面前的时候，看到这么俊俏的姑娘，那进的父母喜得合不拢嘴。那进爸爸悄悄对老伴儿说：“这小子，瞒着咱们找了这么好的一个闺女!”那进妈妈说：“还不知道要多少彩礼呢!”他们实在被周围那些动辄要好几十万的村姑吓怕了。那进偷偷和父母商量，说王锦眼下没有工作，看看妈妈能不能问问服装厂的老板缺不缺人手，在厂里给她谋份差事。那进妈妈说：“熨烫车间倒是有个女工休了产假，可是厂里没有宿舍，住哪里呀?”那进涎皮赖脸地说："王锦早晚是你们的儿媳妇，就让她住咱家呗，反正我也不在家，家里宽宽敞敞的。""不行，哪有没过门就住婆家的，咱这是农村，好说不好听。"那进眼珠一转："那就说是您干闺女。"

王锦顺利地进入华美服装厂熨烫车间，这个活儿也是计件的，只一周的工夫，她就在十来个女工中领了先。熨衣服是王锦原来经常干的活儿，她是一个干净利落的姑娘，从来不穿带褶子的衣服，每逢出门都是板板正正的。进车间后她做出的活儿要多漂亮有多漂亮，而且认真仔细，基本没有不合格返工的。她不像别的女工边干活儿边磕打牙，张长李短的，她伏着身子，神情专注，因此和周围的人颇有些格格不入。工作单调刻板，一些人干腻了，难免跑粗，所以车间里总有人遭到批评。老板不禁对王锦刮目相看。本来那个休产假的女工就是领头的小组长，老板表扬了王锦的工作成绩后，召开全厂职工大会，正式给她封了个车间主任的头衔。说要想多赚钱，就学王锦，活儿快且精。一时间王锦成了秀林之木，人年轻美丽，又受到老板的抬举，周围的目光难免传达出羡慕忌恨。加之那个四十多岁的年老板视察熨烫车间的次数明显比以前多了，还经常往王锦的床子前凑合，女工中间就有了些风言风语，说干熨烫谁比谁差啊，姓年的表扬那个小妖精是醉翁之意不在酒。闲话传到那进妈妈耳朵里，那进妈妈心里很不是滋味。其实经过这几个月的相处，那进妈妈对这个未来的儿媳妇要多满意有多满意。本以为王锦会像左邻右舍的女孩子一样，好吃懒做，全让公公婆婆伺候着，可王锦下班回来炕上地下没有拿不起来的活儿，领到工资后，还给那进妈妈买了件衣服，一口一个阿姨地叫着，其他买菜买粮什么的，做得都很到位，从不吃闲饭。那进妈妈也透过她的话儿，问将来和那进结婚有什么条件，她好慢慢准备着。王锦似乎很意外，在那愣了半天神儿，才说没条件，没想过什么条件，有啥条件就啥条件。那进妈妈喜不自胜，他们是农民，没什么大本事，几十万的彩礼根本拿不出。那进妈妈了解那个年老板，他有钱好色，德行一般般，前几年还因为一个女人要和老婆离婚。那进轮休回来的时候她偷偷和儿子讲了她的担心。那进听后心里也是十五个吊桶打水——七上八下，王锦本来就不是自己的女朋友，现在有点悬门儿，此事既不能和母亲明讲，也不能提醒王锦注意，自己没有这个权利，如果王锦和自己弄假成真就好了。他一肚子苦恼地去上班了。

一天下午，正在干活儿的那进突然接到妈妈的电话："小进哪，你快点请假回来，家里出了点事……"也不等那进再问，那边就挂断了电话。那进赶紧打车回家，此时天已擦黑儿。推开门，见母亲坐在炕上抹眼泪，父亲蹲在地上直打唉声。"这是怎么了，这是?"那进急得一身的汗。那进妈妈朝里间一努嘴，那进去敲王锦的门，敲了半天也没人应声。那进妈妈说："敲什么敲，人都快醉死了……""啥？王锦不会喝酒哇!"那进推开门，一股酒气迎面扑来，那进一阵恶心，他滴酒不沾，最闻不了这种味道。"王锦，王锦……"叫了半天，躺在那里的王锦没有半点知觉。那进反身回到父母的房间，"咋回事呀，怎么喝上酒了?""别提了。小进，你和我说说，你和王锦到底怎么回事？今天王锦爸爸妈妈来厂里闹，她爸爸喝得酒气熏天的，说他们找了好久才打听到女儿在这里工作，要告我拐带人口，把王锦下个月的工资也提前支走了，说他们养这么大的闺女不能白养，弄得我老脸无光，那些个妒忌王锦的丫头媳妇在那里幸灾乐祸。王锦回到家哭得不行不行的，抢过你爸的酒瓶子就灌进去半下子。我和你爸出去遛遛弯儿，散散心，你把她叫醒喽，你们好好谈谈下一步怎么办吧，这姑娘好像是和家里怄气跑出来的，你怎么瞒着你的亲妈呀，气死我了……”此时的那进无话可说。

爸妈出去后，那进泡了一杯浓茶，搁起床上的王锦喂她喝了进去，王锦略微睁了一下眼睛。“那进，你怎么回来了，我可怎么办啊，连累了阿姨了，呜呜……”头一歪，脸上挂着泪，又睡了过去。一分钟没过，“哇”的一声，王锦吐了那进一身，熏得那进也快呕出来了。“王锦，王锦你不能睡，呕吐物呛到呼吸道里容易窒息的。”那进一边收拾，一边喊王锦醒来。吐出一些东西后，王锦清醒了一点。“那进，要不咱们结婚吧，再要不咱们走得远远的，让老头子找不到，哈哈哈……这人世间只有你对我最好了，可我，可我……”王锦实在说不出“可我不爱你”这句话，她不忍心。那进脱去自己和王锦身上沾满了呕吐物的衣服，就要拿到外面去洗，王锦一把抱住他，“别离开我，别离开！”要说那进也实在是个本分的孩子，这些年他从没谈过恋爱，也没近距离接触过异性，一门心思挣钱为自己讨媳妇做准备。目下美人在怀，心跳得要蹦出胸腔了。他试图推开王锦，可实在战胜不了自己……王锦也是第一次被异性紧紧地抱在怀里，半醉半醒的状态中，她意乱情迷……

## 四

年老板照例常来熨烫车间，来后照例站在王锦的床子前看她专心熨烫衣服。女工们也照例在他身后挤眉弄眼。王锦想化解尴尬，她说：“老板，你看这件女装，鸡零狗碎的无用装饰太多，如果稍稍修改一下，简约大方，非常适合知识女性。现在市场上这方面的服装太少。你看这儿，还有这儿，完全可以省略掉。当然衣服的做工还需要精细些，档次才能上去。咱虽然是小厂，也有必要打造自己的服装品牌，如果您想往大了发展的话。”那个年老板吃惊地抬起头，用欣赏的眼光重新审视着这个熨烫车间的漂亮女工。王锦有些不自在。“老板，我就是瞎说，您别在意呀。”“这哪里是瞎说，你有服装审美的独到眼光啊！咱们厂子缺乏的正是这方面的人才，咱这里是个小镇，正规院校的毕业生不来，咱们的设计师基本都是土八路，无非是瞎模仿，连高仿都谈不上。”年老板嘟嘟囔囔地边离开边说，“是得改革了。”

当王锦发现自己怀孕的时候，她大惊失色，我才二十二岁，这一切来得太突然了。怎么办？怎么办？都怪自己一时冲动，先别说和那进有没有感情，现在就是谈婚论嫁也没有可能。老头子拿到她的工资后消停了一段时间，钱花完了，人又来了。这次直接找了那进父母：“娶我闺女可以，拿五十万彩礼，少一分免谈！”有后妈暗地里煽风点火，那个灌进几两猫尿就不知道东西南北的爹啥事都做得出来。那进妈妈急出一场大病，工也不能打了，那进也整天唉声叹气，萎靡不振，一家子被愁云惨雾笼罩着。王锦觉得自己仿佛是降临到这个家庭的灾星。她不能这么早就进入母亲的角色，她的人生还没有开始，还在一个个误区里，她必须为自己闯出一条道路来。她背着那进痛痛快快地哭了一场，在一个周末，一个人偷偷去做了人工流产。她忍着身体和精神的双重痛苦，利用两天的休息日把早已构思好的一套女士休闲装设计出来了。这套休闲装王锦在头脑中酝酿了好久，她参考了一些名牌样式，也揉进了一些自己的设想，之后她跑去找华美服装厂的裁剪师，她在这个厂子唯一的好朋友美云。美云一看图纸，大为赞许：“想不到你还有这两下子，厉害！”她说：“我挤时间给你裁出来，你下周就可以穿出去。”

当王锦穿着她平生设计的第一套服装推开年老板办公室门的时候，老板的眼前一亮，先前王锦在车间穿着工作服，他真没怎么注意小丫头的身材，模特的魔鬼身条啊！“啧啧，这衣服也好看，哪里买的?”“我自己设计的，怎么样，老板?”“真的假的?”“不敢欺骗老板，不信你去问美云。”

年老板要送王锦去南方某大型服装厂学习服装设计的消息很快在华美服装厂传开，人们议论纷纷。长舌妇们又开始嚼舌头：“瞧瞧，这么快就搭上了，老那婆子的儿子绿帽子算是戴上了……”王锦置若罔闻，她必须抓住这个机会。厂里给王锦放了几天假让她休整准备，王锦跑去县城和那进告别。气氛很沉闷，那进看不到二人的未来，王锦也看不到，他们的面前迷雾重重。那进想阻止，没有理由，以他的为人也不可能为一己之私而毁掉王锦的前程，所以他无言。王锦也无言，她想起那个被自己毁掉的胎儿就不敢看那进的眼睛，她也不敢给这个在困难的时候帮助了自己的老同学任何的承诺。他们就这样默默无语，王锦最后说：“替我谢谢阿姨，这一年多来对我像亲闺女一样。如果不嫌弃，她永远都是我的干妈。咱们彼此珍重吧。”“感时”“恨别”诠释尽了小伙子那进的心境，望着王锦单薄的背影融入暮色，这个从天上掉下的妹妹又回到天上去了，那进泪水奔涌……

王锦按厂里的安排乘机飞到H市，入住“青衿服饰制造”旁的长虹宾馆510室，她第二天要去工厂找年老板的朋友郑总报到。“青衿服饰制造”，王锦玩味着这个服装厂的名字，觉得这位当家人肚里一定有“水”。这是王锦第一次出远门，望着城市林立的高楼，想起自己出生长大的村庄，看着星级宾馆的豪华，忆起自己曾住过的二十元一宿的肮脏的小旅店，她感慨万千。“当当”，忽然传来叩门声。

可能服务员来了，王锦想。“老板?”王锦拉开门，吃惊地瞪圆了眼睛，“您怎么来了?”“我要是和你一起来，那些长舌妇不知道又要嚼什么。”王锦闪身让进年老板，顺手大开房门。“这南方霉气重，乍来还真闻不惯。”年老板看出王锦的用意，也不说破，笑笑说：“慢慢就习惯了。”他一屁股坐在沙发上，看定王锦说：“王锦，我这个人做事情不会拐弯抹角，喜欢直来直去。我一路追你来，就是想和你说清楚一件事。你的事情我也听说了一些，你父亲管老那婆子要五十万彩礼，他家就是砸锅卖铁也掏不起。这钱我有，别说五十万，就是一百万也不算事儿。也别说爱不爱的，酸！我看上你了，只是猜不透你的心思。自从前几年我和我老婆闹掰后，想跟我的女人十个手指头数不够用。我知道她们大部分都是奔我的钱来的，我也懒得理她们。你不一样，你身上没有那股俗气，咱俩要是结合，这生意还有挡吗?”王锦一时沉默，意料之外？不全是。只是想不到这人这么……咋说好呢？她一时找不到形容词，一股对商人的轻蔑之意漫过王锦的心头。“老板，我首先得感谢您花钱把我送出来学习深造，这对我来说是千载难逢的机遇。公心也好，私心也罢，总之我得到了这个机会。您现在完全可以收回成命，我马上就会还原为进厂前一文不名的穷丫头。我已经因为困厄而走了弯路，伤害了别人，自己也受伤不轻，我不想再重蹈覆辙。现在房门敞开着，我走还是您请，决定权在您手里。”

## 五

长虹宾馆的前台服务员闲来无事，特别注意了那个去510找人的中年男子，上去的时候昂首挺胸，出来的时候神情落寞。

# 青春时代的歌舞

燕儿很多年后才知道，中国两千多年前有个孔子，他曾主张以礼乐治国，同时她也知道了音乐和舞蹈是地球上任何一个民族都喜欢的，它们和文明同时到来，那是一种抒情，同时也是一种陶冶。

潘老师认识燕儿的时候，她刚刚上初中。那天在音乐室的门口，她等待高年级的两个女伴一同穿越三华里的青纱帐回家。潘老师从音乐室的门内出来，高高的个子，深藏在浓眉下的一双睿智的眼睛，那眼睛给燕儿的印象是不大但很黑很深。第一眼是漫不经心的，第二眼是把移过去的目光又移回来，并且是上下打量。这目光本来是很不礼貌的，但一个老师看学生，抑或一个三十多岁的男人看一个十五岁的小女孩，就无可厚非了。潘老师没有话，他只是点了点头，就走开去了。燕儿太小，她还不知自己的美丽，那刚伸开的身条，那清秀的还没长开的脸。但潘老师在她身上看出了某些属于文艺的东西。燕儿确实和文艺有关多少年了，她莫名其妙地喜欢，无师自通地模仿，最大的乐趣是和女伴们找个房根“演节目”。那生硬的舞蹈动作多少年之后回味起来颇为滑稽，而当时确是最时髦的。那些歌儿热烈、欢快、抒情、夸张。新学期开始，奋进中学决定扩大校文艺队。好家伙，报名的就有七十多位。燕儿和潘老师说，这哪叫文艺队，和生产队差不多，一点文艺细胞没有的也来报名。潘老师微笑，不要打消同学的积极性嘛，别忙，一点本事拿不出就自动撤了，好奇心还是要满足的嘛。其实参加文艺队真的有许多好处，免带柴火免带粪，劳动可以不参加，男女生有了接触的机会，还可以学到乐理知识、演奏、歌唱、跳舞，何乐而不为呢？还真是不出潘老师所料，那些嗓子比大缸粗的，手脚比大象笨的，在参加了几次例会后，都杀猪不用吹——蔫退（煺）了。剩下二十多人的精兵强将个儿顶个儿叫老师满意。与燕儿同村的秀清和杨薇是文艺队的队长和队副。论辈分这两个燕儿应叫姑姑的，她们高燕儿两个年级，是村人眼中的大姑娘。其中燕儿最佩服秀清，她的嗓子太好了，真可谓珠圆玉润，人也漂亮，一双秀目特别可爱。在燕儿看来，她是前途无量的，至少会和歌唱家什么的挂上边儿。可秀清总是自卑，没理想，认为自己虽然歌儿唱得好，最终还是逃不掉村妇的命运。而燕儿是个喜欢幻想的孩子，她经常听收音机，她认为只要秀清好好努力，一定会到匣子里去唱的，而秀清的目光短浅，让她失望，后来秀清的所作所为就更叫她失望了。再说杨薇，她是一个不甚美丽的女孩子，负责舞蹈队的工作，她跳舞时表情很好，她的眼睛很灵活，特别传神。其实她的脸也不丑，就因为鼻尖上那颗痣，你说长在什么地方不好，偏长在鼻尖上，这样侧面一看，她的鼻子就长了许多。杨薇为此很苦恼，谁让爱美是女孩子的天性呢。她听说了一个偏方，说是用旧电池的废液可以除痣。但首先要弄破痣上的皮肤，尝试的结果是痣没除掉，却造成了皮肤感染，杨薇的鼻子看起来更长了。但燕儿还是喜欢她，喜欢她的背影，因为杨薇留着两条长过臀部的大辫子，油黑发亮。燕儿自小喜欢长发，但因发不茂盛又懒于伺候，所以头发一直留不起来。但杨薇和秀清一样让燕儿失望，不久，当她征求了全村妇女同胞的意见后，以跳舞碍事为由，与她的长辫永别了。燕儿以为杨薇太不聪明，她失去了另一种美丽，这种美丽是她自己看不到的，一个人永远看不到自己的背影那种走起路来大辫儿的左右摆动而给她的腰部带来的韵致。没有了与众不同的辫子，她的痣就会突显在人们的视线里。

深秋，潘老师忽然通知校文艺队全体队员必须住校，因为要利用晚上的时间排练文艺节目，说要为某个级别的党代会献礼。住校对燕儿来说是个新鲜事，长这么大她还从来没离开过家里那睡了十多年的土炕，为此妈妈还给燕儿买了个新枕巾。枕巾鲜亮地苫住燕儿简陋的行李，她忽然就有了一种长大的感觉。新鲜感过去之后，生活的种种不如意就来了。首先是做值日烧炕。玉米秸要到离宿舍很远的大柴垛去拖。这些烧柴都是同学们从收割后的原野上一根根捡来的。那哪里是柴垛，整个一座柴山，在沉重的柴山上一根根地拽玉米秸那是需要力气的，还要把它们拖回宿舍，掏出灶坑里的灰，烧热炕。炕很长，往往炕头热了，炕梢还凉，炕梢热了，炕头就能烙死人。睡在炕头的同学就要把被子铺在褥子上，盖毛毯睡，半夜又会被冻醒。燕儿很打怵这个活儿，但她不明白，为什么有一个人那么爱干活儿。这个人自称文艺队的候补队员，所以他永远跟着文艺队。文艺队是经常转移的，有时在教室排练，有时在老师办公室，有时在宿舍，有时在音乐室，但无论在哪里总有一个黑黑的男生提着炉钩子跟在后面。他是一个浑身上下找不到一个音乐细胞的人，但偏偏喜欢听歌，爱看跳舞。这个免费观众唯一要付出的劳动是给师生们烧炉子，为此得一美称："革命红炉工"。他的脸上永远带着憨憨的笑。排练到很晚的同学难免要饥饿，到食堂的大菜窖偷萝卜是男生的拿手好戏。其实这也不能叫偷，这是同学们胼手胝足在校田地上种出来的，可劳动成果却归了食堂，食堂再熬成萝卜汤卖给同学。食堂本是让人提起就增长食欲的地方，可一提食堂燕儿就反胃，他们做出的高粱米饭、大楂粥和猪食没什么两样。燕儿多少年后也没弄明白，不用化肥种的粮食怎么就让他们做得那么难吃，所以燕儿总是饿肚子，她的胃总处于半饱状态。正因为如此，她的年龄渐长而体重不增，总维持在七十斤左右，潘老师说这是典型的舞蹈身材。借了潘老师的吉言，燕儿渐渐成了舞蹈队的后起之秀，秀清毕业之后，她自然就成了队长。谁知就在杨薇和秀清毕业前夕，秀清却成了文艺队的第一个绯闻人物。要说绯闻在农村也并不鲜见，无非是农夫农妇之间的一些超越礼法为人们所不齿的行为，可秀清却是一个十七八岁的高中生啊。而燕儿怎么也没想到这件事会和自己扯上什么关系，成人之后，她一直后悔自己的愚蠢。钟芳是秀清的死对头，她不如秀清漂亮，不赶秀清嗓子好，老师也不青睐她。不知道什么时候，寒冷的妒忌之火已在她少女的心房内灼灼燃烧了，她无心排练，整天像一只苍蝇一样盯住了秀清这只光滑的鸡蛋，你还别说，终于有一天，她发现了这只鸡蛋上的裂缝。那天晚上排练结束后，她诡秘地拉过燕儿，说你今晚掏一下秀清的裤兜儿，肯定会有惊人的发现。不待燕儿追问，她已隐进夜色里了。这句莫名其妙的话勾起了燕儿的好奇心，兜里有什么？一首优美的情诗，还是一纸情意绵绵的情书？秀清恋爱了？没看见她和哪个男同学过往甚密呀。燕儿忽然想起秀清妈妈的告诫：替我看着点秀清，她要咋咋呼呼的，你告诉我。想到此，一种使命感油然而生。燕儿接近秀清还是有优势的，两个人的铺盖挨着，聪明的钟芳早观察好了。喂，你还别说，秀清的睡姿也特美，红润的脸庞，均匀的呼吸，像只安静的小猫。薄薄的棉裤外套着黑色的罩裤，就搭在她的被子上。已熬了大半宿的燕儿，抑制住哈欠，探手一摸，太顺利了，一叠折得方方正正的稿纸就到了她的手里。燕儿的心开始怦怦激跳，她缩进被窝在手电光中用颤抖的手打开那几张纸。“可爱的路老师”，这个称谓大出燕儿的预料。路老师？路老师是谁？燕儿的大脑迅速电转，奋进中学所有的老师在她的大脑中过了一遍电影。路文！燕儿差点喊出来。那正是秀清的班主任呢，近在咫尺，天天见面，秀清为何要写信给他呢？称呼的前面何以冠“可爱的”字样？写给老师的信要称敬爱的，最起码也应是亲爱的，这是连小学生都知道的常识呀。别想了，快看信吧，这一看把燕儿惊出了一身冷汗。“师生恋”，太可怕了。过去燕儿也只是在小说中才看到过这样的情节，更可怕的是路老师可是有妻有子的人啊。秀清在信中频频使用的一个词引起了燕儿的注意——“建交”。这是国际上常用的一个词呀，聪明的秀清在这里把它移就了。她希望路老师不要和别的女生“建交”，小小的秀清学会妒忌了。燕儿从那几张薄薄的信纸上收回目光，她的手在抖，有什么在她心中轰然倒塌，燕儿知道那是对有学问的路老师的尊敬。“拉哈山挥银袖翩翩起舞，呼兰河送碧水滚滚南流”，这是路老师为文艺队写的歌词，多么有文采呀。高高瘦瘦文文弱弱白白净净的路老师，一个丈夫，一个父亲，怎么会去勾引女学生，而且是不止一个秀清呢？秀清，你好傻呀，这样的感情会有结果吗？寂静的夜里，一屋子少女轻微的呼吸声传来，燕儿不知道她们各自都在做着怎样的梦。面前的秀清睡态依然可人，而燕儿的内心早已涌上了一股厌恶。蠢啊，秀清，今后燕儿还会怎样看待你呢？

流言很快就来了，种子就是那封信，传播者是钟芳，因为她早就偷看了那封信，在排练过程中秀清换上演出服之后。她本想借燕儿的口把消息传播出去，可燕儿虽小却不是那么好利用的，她虽看不起秀清，可谁让她俩同村呢，燕儿的大脑里早有了一损俱损一荣俱荣的观念。这样一来，全校师生难免对文艺队员改变看法了，要知道奋进中学自建校以后从未有过如此的绯闻。谁也没想到站出来平息这件事的是潘老师，他在全体文艺队员会上宣布了一个惊人的消息：秀清早有男朋友了，所以在她身上根本不会出现此类问题。大家你看我，我看你，每个人都是疑惑的神情，真个是满场问号乱飞。潘老师说，别猜了，那个人并不在你们中间，他、他是我弟弟，早已参加工作了。农村女孩订婚早，有的高中女生也暗暗订了婚，这大家早知道，没什么奇怪的。秀清的终身似乎就在这次会议上订下了。两年之后，潘老师成了她的大伯哥。当然这事是她自己愿意的。据说毕业后她偷偷跑去见了潘老师那个在供销社当售货员的弟弟，他和他哥哥一样高大帅，秀清一见钟情。燕儿佩服潘老师的智慧，他不但是秀清的恩人，也挽救了文艺队的名声。更有一个人应暗中感激他，那个人肯定是路老师，他在路老师的妻子得知消息之前，把流言扼杀在摇篮里，封锁在奋进中学这个小小的范围内，成全了当事双方。但事情往往是这样，在你成为某个人恩人的同时，可能也成了另外一个人的仇人。这个人就是钟芳，因为潘老师把她从文艺队除名了，理由是造谣生事，搞不团结，自挖文艺队的墙脚。钟芳青白了脸冲进潘老师的办公室，潘老师平静地听完她的据理力争后说：“证据呢?”只三个字钟芳就哑口无言了。钟芳因为嫉妒而远离了歌舞，从此排练室的外面常有一个人幽灵似的徘徊，那个人就是钟芳，她的嗓子发痒，她的手脚乱动，但她只能听只能看。一年之后潘老师死于肝癌，除钟芳外，其他的学生无一不号啕大哭，只有钟芳一滴眼泪也没有，而且她的眼睛还是亮晶晶的。

在众多的乐器中，潘老师拉得一手好二胡。在我们的感觉中，二胡最适合演奏那些哀婉忧伤的曲子，而潘老师又不苟言笑，故此当他偷偷地拉起阿炳的《二泉映月》和《听松》时，他的脸色就变得很苍白，很凝重，如一抹淡淡的月光，眼睛也更加黑亮深沉。这时他的整个身体和他拉二胡时那熟练而优美的姿势就会散发出一种常人没有的强大魅力，吸引着周围的听众，令他们身心合一，深深地投入。

一些同学从愿听他拉二胡变得迫切地想学二胡，可在那困难的年月，哪里有钱去买价格昂贵的乐器呀！乐队也只有两把陈旧的二胡用来伴奏。潘老师说烧火棍也能做成二胡，同学们听后都窃笑，别安慰我们了。潘老师的手也真巧，用普通的木料削雕成琴杆、琴轴，求一个做木匠的亲戚给做琴筒，买两根琴弦，扯一缕马尾，他真的做成了第一把手工二胡，虽然拉出的琴声有些酸涩，但同学们毕竟拥有了属于自己的乐器，大家那高兴劲儿就甭提了。以后真的有几个同学在潘老师的指点下“出徒”了，他们竟然在秀清杨薇们的毕业欢送会上合奏了一曲《赛马》，令全校师生刮目相看。

情书风波过去以后，燕儿和她的队友们成功地演出了一台坐唱二人转《寻亲人》，主唱当然是秀清和岳武，燕儿充当群众演员。燕儿觉得这种文艺形式文明极了，是对传统二人转的一种改造，除了男女主角之外，其他合唱演员一律坐着，伸了脖子唱即可。《寻亲人》排练了近一个月的时间，因为是初次尝试，就远非“表演唱”那么简单了，剧情复杂着呢。那天练到九点多，大家吃了几块男生们偷来的萝卜之后就各自归寝了，没想到走在前面的秀清刚拉开寝室的门，一个高大的黑东西就向她扑来，她反身往回逃，一声恐怖的尖叫早已划破了夜空，这声尖叫才叫高八度呢，超过她任何一次独唱的高音。跟在她后面的杨薇冷不丁被她撞了一跤，两个人都趴在了地上，再看那高大的黑东西似乎也受惊仆倒在地。燕儿人小胆大，走上去一看，你道什么，原来是一领卷起的破炕席。哎，奇了怪了，这卷破炕席原是在门斗里立着的，怎么就跑到门里去了呢？而且还靠在门上，外面一拉门，它肯定会顺势倒出去，三更半夜的，不吓坏人才怪呢。燕儿拉开电灯一瞧，满屋子的人都睡着，而睡在炕梢的钟芳鼾声正响，燕儿眼珠一转明白了一切。秀清是队长，无论干什么都是走在最前面的，这谁都知道。屋里这些非文艺队的室友要么是钟芳的帮凶，要么是一无所知。燕儿分析前者的可能性大，因为文艺队员很晚才归寝，打扰了大家正常休息，人家早烦了，不整治你一下才怪呢。不过这个招子太过高明，也太过阴损。再看倒在地上的秀清和杨薇，彼此都撞青了额头，那情景才叫狼狈呢。第二天晚上青了额头去排练的时候，潘老师才弄清所以然。设计的一方本以为潘老师会追查此事，但发出去的力却被对方化解为无形，高手哇。潘老师只是轻描淡写地对秀清们说，蠢啊，门里如果有坏人，那一屋子的同学不是全被劫持了吗？身在校园，有何可怕的呢？后来的事实证明潘老师对此事件的处理有些自作聪明了。钟芳没有接到预料中的反弹力道，颇有些索然。队长的文章不能做了，因为路老师已不正眼看自己了，自己还要在这个班级待下去，将来捞个优秀毕业生什么的，但被文艺队开除的耻辱岂能不雪？

燕儿是在杨薇的尖鼻子后面看出文章的，那天放假，三个人一起回村。杨薇因没了长辫而没了许多韵致，自从“情书”事件之后燕儿也不大爱搭理秀清，她的目光没有了逗留之处，便转头去看田野，而田野从小看到大，也没多大意思了。于是三个人闷闷地走，燕儿就感到气氛不对，抬眼一望杨薇，她愣住了，杨薇的脸何时变得这么长，和她的尖鼻子协调到一起了。燕儿就感觉到有事儿，而杨薇是一贯稳重的，杨薇的妈妈可没叫燕儿看着她。眼看快到村口了，杨薇站住了，是谁这么缺德呀，给我起了个外号。燕儿眼珠一转，别说，让我猜猜，准是——大象。秀清和杨薇大眼瞪小眼，半天，杨薇才回过神来，她涨红了脸，摸着自己的鼻子，我就那么难看吗？你们全都欺负我。她哭着跑了。燕儿好后悔，自己太唐突了。秀清说，我知道，是“耀武扬威”。“耀武扬威”不可能，这也太不恰当了，杨薇可不傲慢。唉，你知道什么呀，这是暗示她跟岳武好。燕儿一想，可不，咱东北人就把“岳”念成“耀”的音，邪了门儿了，这怎么可能呢，没有迹象啊。况且自从情书事件之后，文艺队员可是人人自危呀，有好感那也得憋在心里呀。造谣，又是造谣，真是唯恐天下不乱哪。肯定是钟芳无疑，这个钟芳可真够歹毒的。可燕儿不能说，傻傻的秀清至今也不知道有人偷看了她的秘密，还以为自己和班主任不正常交往让人发现了呢。唉，有什么呀，不就是由佩服而生爱慕了吗？小题大做，纯粹是小题大做。不过多亏让潘老师给摆平了，否则自己无法在奋进中学文艺宣传队待了，更无脸在路老师的班级待了。老奸巨猾的路老师把一切处理得像一个休止符，快刀斩乱麻，无事人一样。可我至今连潘老师弟弟的模样都没见过，倒成了潘家的准儿媳妇，不过还好，潘老师那么帅，他弟弟准错不了，何况他又不是农民，好歹是供销社的营业员哪。美貌如花又缺心少肺的秀清还站在那里傻想呢，一看身边的两个女伴，早已走进了家门，她也只好回家准备迎接对自己一百个不放心的母亲的又一轮盘问。

有一段时间了，无论排练还是演出，燕儿总是觉得有一双眼睛在跟着自己，她相信自己的第六感官，因此跳舞时就感到别扭不自然。其实燕儿并不怎么知道她的舞姿是极美的，是那种柔美，她腰肢柔软，模样清秀，举手投足永远带着轻灵与曼妙，不吸引人的目光才叫怪呢。但这道目光不是那种光明正大的欣赏，而是偷窥，眼神是躲闪的，只有内心有鬼的人才会这样，可是这“鬼”藏在谁的身体里面呢？因为一曲结束后，观众的目光就涣散了，各干各的去了，燕儿很难再发现什么。直到一个星光灿烂的夜晚，有人趁散场塞在燕儿手里一个信封，燕儿才知道那道目光竟然是“革命红炉工”的。没想到憨憨的他竟然早注意上燕儿这个小台柱子了。在信中“革命红炉工”用最笨拙的语言表达了他最原始的激情，署名竟然是“革命红炉工”。可怜燕儿至今也不知道他的真实姓名，今后也不想知道。她先前对他仅存的一点儿好感，随着情书的来到变得荡然无存。她将来肯定不需要一个整天拎个炉钩子抑或笤帚疙瘩擀面杖跟在后头的对象。那几页不知经过多少个夜晚伴着多少激越的心跳炮制出来的情书，最终化为夜风中的白蝴蝶。燕儿没有被追求的喜悦与骄傲，反而觉得有点晦气，如果自己不接触秀清的情书，不染上那种霉气，也许不会摊上这件事，要知道自己是文艺队年龄最小的演员哪，而她的第一个追求者竟然是“革命红炉工”，这多少有点掉价。她又转而去恨钟芳，就怨她瞎配对，不然“革命红炉工”也不会有这么大的胆子整天盯着自己，真是风乍起，吹皱一池春水。就在燕儿心烦意乱的当儿，文艺队可出大事了。潘老师的肝炎犯了，音乐室里再也听不到他踩脚踏琴那鲜明而有力的节奏了。其实大家早就觉察到潘老师的健康发生了变化，他那月光一样苍白的脸慢慢转黄，让人想起李清照“憔悴损”的词句。群龙无首，无奈，文艺队暂告停止活动。回到班级的燕儿有种失落感，她除了每天课前起歌，似乎没有了用武之地。班主任蔡老师很不喜欢文艺队的同学，认为他们张狂，不文静，学习成绩又差。但燕儿却不这么认为，就说自个儿吧，活泼好动那是真的，但文科成绩好，喜欢读书，长于作文，作文讲评时燕儿的作文常常被当成范文读给全班同学。那时的燕儿心跳着，脸红着，是那种幸福的激跳和羞红。她觉得语文老师刘桂就是她的知音，她给自己的指导和鼓励燕儿终生难忘。燕儿整个中学时代的语文老师中，她最佩服刘老师，这不只因为她赏识她的作文，别的老师也赏识，甚至与别的同学相比对她更偏爱些，但燕儿认为刘老师最有水平，虽然她是工农兵大学生。但刘老师太孤傲，清高的个性使她成了一个老处女，终生未嫁。燕儿自小学时数学就不好，刚上初一的时候，她曾发奋苦学过，可似乎天生就缺乏逻辑思维的细胞，总是劳而无功，渐渐地她开始讨厌上数学课，进而讨厌理化，她认为“农基”（农业基础知识的简称）都比数学理化有趣。人道“学好数理化，走遍全天下”，看来燕儿此生是无缘走遍全天下了。燕儿的同学大都理科好，文科不好，到初中将毕业时，燕儿成了班里的作文专业户，为了完成作业求她代写作文的大有人在，有时她给别人写的作文打分居然比自己的还高。那是一个书籍的饥荒年代，同学们语言贫乏，无论什么文体，结尾的一句永远是“做无产阶级革命事业的接班人”，决心大得不得了。也有一部分试图创新的人，无非是在定语上做些文章，比如“合格接班人”“可靠接班人”“红色接班人”，好像他们未来的任务就只有“接班”了。燕儿却从来不用这些词语，用刘老师的话说燕儿的作文有“余味”，“余味”是什么？余味就是耐人咀嚼，余味就是言有尽而意无穷，余味就是含蓄隽永，多么高的评价呀！潘老师的去世扼杀了燕儿的舞蹈天才，刘老师的赞许使燕儿最终成为一个写手，这是后话。

就在秀清和杨薇她们毕业前夕，传来了潘老师被确诊为肝癌的坏消息，这就意味着潘老师再也不会来上班，他为之热爱的事业就此画上句号。潘老师出身不好，他的父亲是“右派”。据说他父亲是城里有名的“文艺人”，因被打成“右派”才被贬乡下。本应是城市人的潘老师因了父亲的缘故，成了地地道道的乡下人。中学毕业留校任教了，因为他音乐实在出奇好，吹打弹拉唱，无一不能，这在缺少音乐人才的乡村中学实在是难得。校长顶着上边的压力，以改造争取“右派”子女为名毅然留下了他。他不负众望，真的成了一名合格的乡村音乐教师，并挖掘出许多农民子弟的音乐舞蹈天赋，让他们永生不能忘记自己的青春幸有歌舞陪伴，至少不至于寂寞和无聊，甚至虚度。奋进中学七五届毕业生的毕业典礼如期举行，校领导讲话后照例是毕业班级奉献给母校的一台文艺节目，压台的照例是秀清，唱的自然是她的保留曲目《银锄开出大寨田》。出人意料的是，好端端一首旋律欢快的歌，让秀清唱得充满了悲情，好像她不愿意扛着银锄去开大寨田似的，可这样的活儿我们不是早已干过吗？我们的父辈还在干，我们也必将接着干，不然叫什么接班人呢？只有文艺队员能理解秀清，这首歌在全公社文艺会演中曾获得巨大成功，那可是潘老师指导的呀，是潘老师教会秀清识简谱，帮她纠正发音，使她成为一名出色的校园歌手，并且在她遭遇挫折之时，用他的智慧将一切化解为无形。学校的大门洞开着，广播室反复播放着《知识青年到农村去》的乐曲，其实大家本身就在农村，学校不过是一个驿站而已，哪儿来哪儿去。变化的是称谓——回乡知识青年，在校学到的那点可怜的知识不知能否改变一代代的脸朝黄土背朝天的命运。六至八年级的同学整齐地站在甬路两边，用掌声拍出节奏。两个毕业班的同学过来了，脚步基本上是铿锵的，只有秀清和少数几个女同学哭得一塌糊涂。别的同学只斜背着一个仿军用黄书包，利利索索的，只有原文艺队的背着大行李，用网兜拎着洗脸盆，神情沮丧，活像一伙从战场上败下去的逃兵，如此这般地走向广阔天地，未免太煞风景。你看人家钟芳雄赳赳，气昂昂，用土话说，“扬�”的，仿佛即将跨过鸭绿江的战士。难怪，人家身后留下许多杰作嘛，没评上优秀毕业生固然可惜，但大家的结局还不是一样，顺垄沟找豆包而已。走，快点走，只不过在迈过大门的一刹那，她的心中还是一酸，这种感觉也只有她自己知道罢了。

秀清、杨薇、岳武他们毕业了，燕儿觉得学校空落落的，心里更是空落落，校园里没了往昔的欢声笑语，大家仿佛都把心思转到学习上去了。正当燕儿的心一天比一天宁静起来的时候，传来了文艺队重新组建的消息。没了音乐老师，来了个美术老师，据说懂音乐，还来了个教舞蹈的夏老师，是奋进中学的校外辅导员、老贫农夏大爷的侄女。新来的美术老师姓郭，小个子，脸上有清浅的雀斑，走路时总是高昂着头。燕儿把他和潘老师暗中一比，就觉得他绝不属于美妙的音乐。夏老师是从城里来的知青，倒是和郭老师有相似之处，满脸深色雀斑，但她不讨人厌，且穿戴洋气，待人和蔼，常常微笑着。燕儿被任命为队长，但她再也找不回往时的激情了，仿佛它已被哭泣着离校的秀清们带走了，况且文艺队居然要排样板戏，燕儿又不善唱高音。但使燕儿决心离开文艺队的直接原因是，她不知道自己究竟应该听谁的。有着共同面目特征的郭老师和夏老师似乎天生就是死对头，一个指挥东，一个偏说向西。一个认为对方靠了老贫农的关系才得以进奋进中学，否则还不是接过伯父的锄头去铲地；另一个认为对方本是学美术的，装什么音乐人才，外行管不了内行。燕儿成了他们之间的夹墙。

燕儿上高中第一个月的某一天，她向郭夏两位老师分别递交了辞呈。这是她住校的最后一个夜晚了，躺在那面温热的大炕上，燕儿忽然记起母亲讲过的一个可怕的故事。这间寝室是重新翻盖过的，在这间屋子里曾经死过一个女孩。那还是在六十年代，由于一根檩子被虫蛀空，夜半时折了，落下来后正好戳在一个女生的胸口。好不容易睡着了的燕儿做了一个梦，梦中一直回荡着二胡曲《二泉映月》，她寻着乐声到处寻找演奏者，可总也找不到。音乐从梦境的每个角落传来，凄楚、柔美，如泣如诉，恰似天籁，也如同窗外秋夜那一地轻霜般的月光。燕儿好累呀，她想飞起来追寻，可肋下光秃秃的没有翅膀。就在她急得不知如何是好的时候，黑沉沉的天空中似乎有什么东西急速压了下来，是檩子又断了吗？燕儿本能地举起双手去擎，她只觉得青春的心脏猛地一痛，梦醒了。

燕儿哪里知道，就在那个清冷的夜晚，他们敬爱的潘老师与世长辞了，享年三十九岁。

# 实力派偶像阿锋

那天我们一跨进这所重点高中的校园，就看见了楼前一溜儿排开的八个班的红榜，我在高一四班的名单里找到了自己的名字，随即又被上面漂亮的毛笔字吸引。听周围的同学说每个班的红榜都是自己的班主任写的，我的脑海立刻出现了我们班主任的形象：两鬓斑白，戴着眼镜，满腹经纶。啊呀呀，这下可要惨！

在校园里游逛了一圈儿后，我们才慢吞吞地步入教室。开学第一天，一切都乱哄哄的，谁会那么着急地进入角色呢。可是没想到，教室的讲台上已有人在点名了。我吐了吐舌头，找了个空位子坐下，心里想：还别说，真有有心人，这么快就从班主任那里弄来了花名册，看来这家伙有企图，也许是奔着班头的位子来的吧？这时讲台上的同学点完了名，他忽然正色说："自我介绍一下，我叫汪锋，从今天开始就是你们的班主任……"他还在说什么，但已被同学们的嗡嗡声淹没了。什么？他是老师，且是班主任，这长得也太嫩了吧，他才比我们大几岁呀？不过怀疑也好，不服也罢，他是我们的班主任已成事实。同学们表面上恭敬地称他为老师，背后皆呼之曰"班头阿锋"。

## 黑管事件

开学最初的一段时间在平静的学习生活中过去了，大家倒也相安无事，岂知一个月刚过班级就出事了，具体点说是发生了一桩盗窃案。文艺特长生杜伟的价值一千多元的黑管在教室丢失了，是内贼还是外盗，一时间迷雾重重。政教处的老师和保卫干事频频出入我班，同学们个个人心惶惶，不过被调查次数最多的还是杜伟的同桌王志，他与杜伟是好朋友，况且黑管就放在他俩的书桌下面。调查了几天也没有结果，就在这时却杀出个程咬金来。

那天我们正在上自习课，因有坐在教室后排批改作业的阿锋督阵，故而教室里鸦雀无声。谁知这份安静没能保持多久，就被一个气势汹汹闯进来的老头儿打破了。他一进门就亮开了大嗓门儿："你们班主任呢？这是什么学校？连一件乐器都看不住，竟怀疑我儿子王志……"嘿，原来是王志的老爸，够火暴的！有人嘀咕了一句。

阿锋从教室后面跑过来，急忙把他劝了出去，后来听说他在办公室又闹了一阵。老师们不平，说这是什么家长，一点理也不讲，调查几次就是怀疑对象吗？王志的家长一看犯了众怒，倒也不怵，大着嗓门儿又说："你们学校解决不了，我就去找省教委。"看见老师们的嘴角露出揶揄的笑，他急了，从怀里掏出一沓已经揉搓得卷了边的证件摔在桌上："就凭这，谁都得接待我！"老师们上前一看，好家伙，这位家长原来参加过珍宝岛自卫反击战。仔细一看本人，发现他的右臂安的是假肢，脸上那些坑坑洼洼的麻点全是炮弹爆炸后留下的痕迹。大家一时语塞，不知该说点什么好。王志的老爸也很激动，剧烈地咳喘着。阿锋急忙给老人家倒了杯水，并安抚他坐下。阿锋拉住王志老爸的手，鼓动起他的三寸不烂之舌："原来您老是革命功臣啊，怪不得这么大年纪，儿子这么小……"哇呀，不好，阿锋的一句话又惹出王志老爸许许多多的话来："是啊，你说我这残疾人找个老婆容易吗？生个儿子容易吗？岂能让人诬为盗贼？"这时王志哭着推开办公室的门："爸，你别在这儿丢人了，我只是对你说了事情的经过，你就找到这儿闹，以后我还怎么和老师同学相处？"刚才还怒气冲冲的王志老爸，听了儿子的话才不作声了。阿锋趁机说："大叔，我班正准备搞一堂爱国主义主题班会，现正式聘请您老人家给我们讲讲。""我、我可讲不好。""不，您的表达能力很好，您就别再推辞了。"王志的老爸还有些犹豫，阿锋又甜言蜜语了一番，结果一场暴风雨以皆大欢喜告终。

第二天，王志老爸理了发、修了面，端端正正地站在了高一四班的讲台前。本来同学们对他的印象并不太好，一堂生动的爱国主义教育课下来，有同学感叹："别看王志老爸脾气躁，当年还真是个英雄咧！"王志也破涕为笑。演讲结束后，阿锋又借题发挥继而升华了一番，说什么"诚实的心灵会闪光""钱财是小，失节事大"等等，总而言之，把那个偷拿了杜伟黑管的人巧妙地鞭策了一番。

几天后的一个早上，阿锋在办公桌上发现了一封信——

老师：

赶紧通知学校别查了，恐再连累同学。黑管是我自己藏了起来，因为不小心摔坏了，怕父母责备……

杜伟

## 赌徒学生

曹兴的父亲是第二个让我班同学大吃一惊的家长。那天他走进教室，当同学们的目光集中到他身上时，一下子都明白了“苦难”这个词的具体诠释：一身不知穿了多少年的旧衣服，瘦弱的一阵风就能吹倒的身体，悲苦的表情……这会是曹兴的爹？曹兴可是我们班著名的花花公子啊！

曹兴父亲悲愤地对阿锋说：“曹兴玩赌博机已经输了几百元了，可这钱都是家中唯一的劳动力——七十多岁的爷爷拼老命挣的啊！开学时，家里还为曹兴的学费发愁呢。可曹兴这小子……唉！”说到此，禁不住老泪长流。阿锋闻听此言，整个人都呆住了，吃惊、内疚、气愤等表情在他脸上一一定格，最后他一步跨到曹兴的座位前，一把揪起他，铁拳举到头顶……“不好，阿锋要犯错误！”几个同学霍地站起来准备阻止，阿锋已硬生生地收回了拳头，同学们分明看见了阿锋眼中的泪。

阿锋转身像搀扶自己的爹一样扶起曹兴的爹往外走，刚走到教室门口，曹兴噌地从座位上站起，说了一句让全班同学大吃一惊的话：“老师别理他，他不是好人！”“什么？曹兴你竟敢这样说自己的生身父亲？”愤怒烧干了阿锋眼中的泪，他已怒发冲冠了。

原来，曹兴的妈妈曾是个被拐卖妇女，当年又穷又病的曹兴父亲花了有限的几个钱买下了她，母亲在生下曹兴后被公安局营救走了，一去无音信。曹兴对自己的出身尴尬极了，所以他谁都恨，糟蹋家里的钱是为了解气。

当天晚自习，曹兴被阿锋请了出去。一个小时后曹兴回来，在笔记本上记下了一句话：人无权选择家庭，但有权选择自己的人生路。我们怀疑这是阿锋的名言。后来在阿锋的协调下，学校免了曹兴的学费，阿锋又掏了二百元给曹兴买了一些学习用品，而曹兴再也没有出现在他不该出现的地方。

## kiss 一千次

刘玉玉和郝瑞义被称为高一四班的双璧（俩宝贝）。说起来他俩并非我班学习最好的，第一乃是老 A，但老 A 又矮又黑，入不了流。于是这第二第三一个美丽一个英俊的刘玉玉和郝瑞义就成了我班的双璧。谁知高一下学期这两个宝贝有故事了。开始是刘玉玉的成绩下降，人一改平时的活泼开朗，变得蔫蔫的。在阿锋的一再询问下，刘玉玉交出了一封信，此信优美的文笔和热辣的情感绝对强于我班的任何一篇优秀作文。结尾更大出阿锋所料：kiss 一千次。一看作者竟是郝瑞义。阿锋不怒而笑，对此举动表示了充分的理解（是不是他也有过这样的经历呢），但阿锋还是找了郝瑞义。

他们的谈话是在阿锋的单身宿舍进行的。郝瑞义感到大祸临头了，紧张兮兮地站在那儿。阿锋劈头一句："我还是光棍一根，你忙什么?"气氛立刻轻松了。郝瑞义向阿锋袒露心曲："我太喜欢刘玉玉了，表达一下总可以吧，我并不奢求什么。"阿锋说我希望这是开始也是结束。郝瑞义说，不，公民有通信自由。阿锋说可你还不是公民呢。谈话整整进行了两个小时，阿锋碰到了教师生涯的第一根硬骨头，他竟然没有说服这位"情种"，最后只能拿出杀手锏："你这样做已经影响到你和刘玉玉的学习了，这样吧，你的成绩如能赶上老 A，我允许你写第二封信。"阿锋知道顽固的郝瑞义的一大优点，那就是不服输与一言九鼎。好吧！郝瑞义这个傻瓜居然答应了。要知道老A那可是我班的奇才，他每次考试都高刘玉玉好几十分，别说第三的郝瑞义了。

这边刚摆平，当晚阿锋又接到了一个毫不客气的电话。刘玉玉的母亲也知道了这件事，她质问阿锋说："你怎么教育出这种学生？怎么着？还要kiss我们一千次，那我女儿的脸还要不要了，整容费你出啊？"阿锋只能哭笑不得地保证此事是序幕也是尾声。

谁知道这件事竟让我班分成了两派，我们这派人数多，大约占全班百分之九十五，精诚给老A加油，剩下几个郝瑞义的哥们儿给他鼓劲。刘玉玉倒成了局外人，一身轻松地学习。老A踌躇满志地对他的啦啦队员说："就凭咱这脑袋……"转身又安慰郝瑞义，"放心，高三毕业我准叫你追上我。"把郝瑞义气得直翻白眼儿。以后的日子，郝瑞义那股拼劲儿，看了让人着实心疼。

## 实力派偶像

阿锋是在今年愚人节知道他的地下称谓的，那是我们故意公开的。那天上午他在教案里发现一张字条，内容如下：阿锋，我们喜欢你，你是我们的青春偶像。落款：全体女生。

下午，阿锋在教科书里发现了一张字条，上面写着：阿锋，我们太喜欢你了，你是我们偶像的偶像。落款：全体男生。

这一日，阿锋的心情出奇地好，他找到了偶像的感觉。细一琢磨，自己还应该是实力派偶像，那种感觉，更好！

# 杨维制造

就在毕业的前一天，一直默默无闻的高三三班出现几个精彩镜头，这几个精彩镜头均为一直默默无闻的杨维制造，所以着实让全校师生吃了一大惊。

## 制造一：一只手眼镜诗人的杰作

看了这个标题，你千万别害怕，别把“一只手眼镜诗人”这个短语理解错了，就是说一只手是修饰眼镜的。杨维之所以总戴着这一只手眼镜，完全是为了惩戒自己。

那还是刚上高三的时候，一日上课过半，一阵睡意袭来，杨维摘下眼镜，伏于桌面，美梦尚未开始，“啪”，眼镜被自己碰落地上，拾起一看已断了一只“手”。杨维直起腰时，正与老师的目光相对，那目光极为复杂，失望？痛心？总之，那目光令杨维终生难忘。以后杨维便一直戴着这一只手眼镜上课，别人劝他修，他说没时间。反正他上课再也没有打瞌睡的记录。但那眼镜看着着实别扭。眼镜的一只手抓住杨维的一只耳朵，那只可怜的耳朵因承载眼镜的全部重量变得异常委顿，而另一只耳朵却无官一身轻，舒展得精精神神，于是杨维便拥有了一个绰号——一只手眼镜诗人。

既然是诗人，就应该有作品，但杨维的旧作大都有“为赋新词强说愁”的意味，并不为同学欣赏，而中学时代的最后一首诗却让高三三班全体同学刮目相看。这天早自习与往常并没有什么两样，同样静静的。杨维就在这静静中走上讲台，他一扬手中的诗稿：“别学了，在这临别之际，我给同学们念首诗吧！”下面便是杨维字正腔圆的朗读：“学习苦，学习苦，滋味好似盐水中煮。一年三百六十日，家校中间一条路。学习苦，学习苦，书山题海无坦途。电视唱歌全忘却，一门心思为分数。学习苦，学习苦，一只手眼镜五百度……”朗诵声已被掌声打断，一些同学回忆起艰苦的学习经历，不禁泪湿双眸。杨维举起一只手刚欲开始下文，猛然发现同学的目光转移到了门口，转头一看，哇呀，不好，检查早自习的严副校长已站在了门口。严副校长绰号（同学起的）“阶级斗争脸”，此时更是一脸严肃：“怎么，这位新老师我怎么没见过呀？”同学们的脸色变了，一只手眼镜诗人要倒霉。杨维先是一愣神，转头看了一眼台下的同学，他们正用紧张的目光注视他。杨维走下讲台向校长一鞠躬：“报告校长，四年之后我保证以一个合格教师的身份站在您面前。”哗，掌声重又响起。

## 制造二：课堂上的枪战

唉，都说要上好最后一节课，可高三三班的每个同学几乎在同一时间对上课失去了兴趣。这不，到了第二节就犯纪律了。先是班花小美正听着课忽然腿肚子一凉，低头一看，纱料长裤已湿了一片。环顾四周寻找肇事者，见一个个均正襟危坐，目不斜视，心中恼火：

哼，装得倒像。正欲仔细探寻，忽听一声：“任小美，上课为何左顾右盼？”小美吃了一惊，回头一瞧，见数学老师正直视着自己，急忙收敛心神听课。终于盼到了下课，小美风一般卷出了教室，不一会儿，一副女战士形象回来了。她端枪一指在座的同学：“说，谁干的好事？”有的同学不明所以，有的同学掩嘴暗笑，坐在角落的杨维忽然用书盖住了脸。“好哇，杨维，早晨逃过了严副校长那一劫，还不觉幸运吗？”小美毫不客气地对准杨维开了一枪。杨维的同桌小豆子也被洗了脸，他大叫冤枉，抹了一把脸，跑出了教室。只一个课间，学校小卖店的玩具水枪被抢购一空。

语文老师关朋是高三三班最年轻的任课老师，讲课一向以生动活泼见称。他的最后一节课是高考作文指导。关老师说要想得高分，文题必须新颖，内容必须出乎评卷者预料，语言必须让人拍案叫绝，就像……“就这样。”杨维抓起小豆子的水枪，瞄准，射击，动作干净利落，颇似警匪片中的男主角，霎时关老师的T恤湿了一片。老师被突然袭击，不怒反笑：“这确实出乎意料，也可称一箭中的，但不叫拍案叫绝，叫‘拍胸叫湿’。”哗，掌声在高三三班响起，他们为老师的宽容而欢呼。任小美心里暗想：好啊，杨维，你不仅向我挑衅，竟也敢向老师挑衅了，你真是吃了豹子胆啊！

## 制造三：飘飞的传单

中学时代的最后一节课终于上完了。大家松了一口气之后又陷入了新的烦恼——东西太难收拾，三年下来怎么积了这么多的鸡零狗碎？各科课本，中外文字典，数不清的练习册、活页题，各种笔，加之在课桌内存放的小镜子、小梳子、被遗落的口香糖，唉，愁死人了。每个人都带了个大书包，装满后都余了一堆东西。大家你看着我，我看着你，愁眉苦脸。有人出主意说送给收废品的老头儿算了。小豆子第一个反对，说保不准还有用呢，谁能保证第一把就考上，说不定还要上高四（补习班）呢。杨维不服气地说："我就保证能考上，这些破题不要了，送给书法家练字吧。"被称为书法家的刘大亮真的端着墨盒子过来了，大笔一挥，几个漂亮的大字写成了：我爱你，母校！再见了，老师！杨维排开众人挤上前："这么好的字不发表太可惜。看咱的诗，百投百中。""吹吧，你。上次人家《男生女生》可没理你。"小豆子乘机将了他一军。"去去去，别哪壶不开提哪壶。"说着他拿起那叠题页子跑上了三楼的阳台，一挥胳膊……

花开两朵，各表一枝。话说高二一班女生王薇正专心走路，忽觉头上好像落下了什么，伸手一拿是一张纸，抬头一看，好家伙，满天飘飞着洁白的纸片，一时间她以为电影厂来拍电影了。她向三楼的阳台上瞧去，希望能看见一个身穿长衫、架黑边眼镜、戴长围脖的爱国青年正振臂高呼"打倒日本帝国主义""打倒国民党反动派"的口号。可出现在视野里的却是个贼溜溜的戴一只手眼镜的家伙，见王薇看他，一缩头，眼镜差点掉下来。王薇低头看了一眼那张纸，不看则已，一看气了个半死，这哪里是传单，上面赫然写着"我爱你"三个大字。哼，欺负到我小辣椒（王薇绰号）头上了，有你好瞧的。

高三三班的教室仍是一片热闹，大家正把剩下的东西往临时从小卖店要来的方便袋里装。门一开，严副校长走了进来，后面跟着气呼呼的王薇。严副校长一抖那张纸："谁干的?"他一眼看到了杨维，"准又是你，早晨表演得还不够吗?""不，不，校长，我哪有那么好的字啊，我只管发表。”“什么发表?”严副校长丈二和尚摸不着头脑，刘大亮上前说校长是我写的。“你知道这是什么行为吗?”刘大亮看看王薇，又看看杨维，明白了。“校长，我下页纸还有内容呢，不信我们下去找。”严副校长走到阳台上往下一看，脸都气白了：“罚你们高三三班打扫全校扫除区卫生!”

严副校长走后，大家一齐目视杨维。杨维放下诗人的架子，嘻嘻一笑：“哥们儿，姐们儿，抄家伙吧，干完我请客，每人一支冰淇淋。”哗啦啦，一群馋猫冲下了楼梯。

## 制造四：执手相看泪眼

全班同学向教室行最后的注目礼。黑板、板擦、讲台、粉笔盒、墙报、名人名言、桌椅以及扫除用具，他们都一一收入心灵的影集。班长赵金锁好教室的门，把钥匙交了学校，同学们一起走出玄关。赵金说我们在楼前合个影吧。一查少了两个，是帅哥和靓女。帅哥是全班成绩第一的刘帅，靓女当然就是班花任小美了。说起这两个人可有故事了。两人本是高一同桌，因形影不离而被老师认为有早恋倾向，硬生生把两人分开了，尽管两人一再表示只是好同学、好朋友。后来为了避嫌，两人绝少来往，小美再也不问刘帅题了，刘帅也不再听小美唱歌了。同学们也认为两人之间是纯洁的，老师们只是神经过敏。大家急忙去找，在校园西边的学子亭里，刘帅与任小美正相对而坐，默默无语，逆光中他们的剪影妙不可言。不知谁说了一句刘帅真帅，小美真美。连平时对漂亮女生不屑一顾的小豆子此时也不由欲振臂高呼青春万岁了。赵金止住大家，别打扰他们，他们是在告别。大家清楚地知道刘帅走重点无疑，而小美成绩不好……一只手眼镜诗人忽然来了激情，吟道："执手相看泪眼，竟无语凝噎。"远处的小美似有心灵感应一样，真的低下头拭了拭眼睛。杨维说："青春的烦恼不好管，我们还是走吧。"刘大亮说我得给他俩留个纪念。"啪"，他按下了相机快门，这张相后来被杨维题名曰"少男刘帅与少女小美之烦恼"。

"我们是闪电，定会照亮黑色七月。"高三三班的同学高唱着《毕业歌》，友爱地挽成一排，在低年级同学的注目中，沿着宽阔的甬路，走向母校的大门。霞光中杨维那一只手眼镜的镜片闪闪发光，滑稽而可爱。

# 哎哟，妈妈爸爸

高二十班是我校由公立变为国有民办之后的产物。全班四十多名同学，清一色的议价生（高学费入学）。我嘛，由于中考分数和录取分数只差一分而被任命为班长。这个班头可不好当，不久我就获得了一个雅号“副班主任”。要管的事太多，因为这个班集体真的是啥人都有。班主任吴老师因此成了全校班主任中和家长接触最频繁的一位。我班同学的家长，个儿顶个儿没说的，对我们这些议价高中生关怀备至，不信请看以下故事。

## 跟 踪 者

我的同桌李野因我而受到跟踪。

实际上我和李野同桌纯属偶然，因我的物理两次考试不及格，就利用关系请求班主任排座时给我排一个物理成绩优秀的同桌，以便随时请教难题和学习方法。要说李野，那可真叫棒，品学貌兼优（中考只差两分），又是热心肠，肯帮助人。别看我是班长，在此之前，上自习课还时常和同学唠唠嗑，搞点小动作什么的。现在，有时“瘾”上来了，别过身一看李野那张专注的脸就自惭形秽了，学习的劲头也足了，物理再考试，及格了，你说灵不灵？发表成绩那天，我高兴得不行，放学和李野一道走，看到满大街全是卖红玫瑰的，路边的一家花店更是芳香四溢，兴致一上来就拉了李野一指说："走，进去看看。"好家伙，除了各色鲜花，还有大盒的巧克力。一打听才知道，敢情今天是情人节。我历来兜里不缺钱，看见别人买，我也买了两盒巧克力，送给李野一盒，并强调说这与情人节无关。李野红着脸推辞，我说知道你爱吃这个，区区一盒巧克力难表我一番感谢之情。

第二天早晨上学，李野对我说："你说巧不，昨晚我妈也送我一盒一模一样的巧克力，吃得我今早一打嗝儿还有巧克力味呢。"其实我家和李野家离得并不远，两幢楼挨着。后来早晨上学偶然碰上他，再以后就基本一个点走了，边走边讨论问题，不知不觉便到了学校。一天早上我出门后未见李野，就不自觉地站在那儿等了一会儿，五分钟后李野才睡眼惺忪地走出楼门。我刚欲打招呼，就见四楼的阳台上有个中年妇女正朝下张望，看我回顾，她一闪就不见了，我也没在意。不久，我的第六感官起作用了，每当和李野同行，总感到背后有两道追索的目光，回头一瞧又什么也没有。李野发现了我的异常，说你不好好走路回头回脑干什么，我虽然说不上怎么回事，但我相信直觉。

期中考试我的物理竟达八十分，理所当然保持了自己的入学名次。李野也不示弱，考了个第二。周日我约李野去商店，用我的零用钱给李野买了支精美的六色圆珠笔，李野坚决不要，说我行贿成习惯，他可是廉生一个。我说官不打送礼的，你就收下吧。李野坚持原则，我又不想收回，无奈最后李野只得买了同样精美的笔记本算给我名列第一的贺礼，事情就这样扯平了。可第二天上学，李野竟苍白着脸来了，嘴里一个劲儿地叨咕：“怎么会这么巧？怎么回事呢？”上课竟也分了心。我好不容易等到下课，老师一走，我拍了下桌子对他说：“李野，你神经了咋的？”谁知他用颤抖的手打开书包拿出两样东西，我一看是我们昨天互赠的礼物，“我的笔记本怎么跑到你那儿去了？”李野又从书包中拿出一支六色圆珠笔说：“这才是你送我的那支！”“那，这是……”“圆珠笔是妈妈奖励我的，本子是妈妈让我送给考第一的同学的。”我傻了片刻，继而恍然大悟，嘴里却轻松地说：“这有什么，巧合而已。”望着懵懂的李野，一个计划在我脑中形成了。

端午节放假，我约李野去踏青，李野有些犹豫，自从圆珠笔笔记本事件后，李野一直蔫蔫的。我怂恿说：“老师不是布置一个有关夏天的作文吗？我们出去体验体验。”生拉硬扯我将李野拖到郊外。绿茸茸的小草似乎改变了李野的心境，他慢慢地愉快起来。就在这时，我期待的目标出现了。我拉李野闪在一株大树的后面，一个戴墨镜骑摩托车的女人出现在我们的视野里。我推推李野：“认识那个人吗？”李野扶扶眼镜，这一瞧不打紧，李野原本红润的脸立时又苍白了。我从李野的脸色变化中明白了一切，勇敢地迎向那个骑摩托车的女人：“阿姨，摘下您的墨镜吧，如果我没猜错的话，您一定是公安局刑侦科的。”我本来是想说一句调侃、讽刺挖苦的话，谁知下面的情节发展证明我实在是自作聪明。那位阿姨不但取下了墨镜，把夹克衫也脱了，露出了里面的警服。“没错，我就是公安局刑侦科的！”

我又一次傻在那儿。李野磨磨蹭蹭地走过来：“妈，你这是干什么呀？把我当嫌犯了？”李野妈妈仍稳稳地坐在摩托上：“好哇，李野，从互赠信物到把臂同游了？”“妈，这是哪跟哪呀？”我从呆愣中醒过腔来："阿姨，您作为一名公安人员随便跟踪两位中学生，不但违背了职业道德，而且还深深地伤害了您的儿子!""好哇，丫头，嘴巴子蛮厉害！我不管你们是早恋，还是纯洁的同学关系，总之，我要郑重地告诉你们一件事，那就是在高中阶段，我因过早地涉足感情，从而与我梦想的北大失之交臂。"说完，她一眼都不看我们，一掉车轮，摩托绝尘而去。

## 黑煞神支队

后来我从李野的口中得知，他妈妈毕业于某公安大学，是市公安局的刑侦科长，曾屡破奇案。自打李野进入高中后，她就开始对品貌兼优的儿子不放心，因为她把自己当年的梦想寄托在儿子身上了。自那天情人节她去花店为丈夫买礼物碰上我们后，就开始了她的秘密侦查。好家伙，不愧为侦查员出身，人家用的方法就是与众不同。我俩虽不是早恋，可我们班偏有那不争气的，从而引发出另一场父子大战。

事情还得从学校安装的监控器说起。为了便于管理，改革后的学校花了几十万安装了双向监控系统，镜头常对准的当然就是我们这些议价生了。由于时开时不开，你又不能总回头看，所以大家对这只神出鬼没的"独眼"渐渐放松了警惕。那天的物理课刚下来，班主任吴老师气冲冲地闯进教室："谁也别走，看你们干的好事，一节课传八张纸条，太不像话了，这哪里还像中学生，快赶社会青年了!"说完，他的眼睛盯准了一个人，盯了一分钟，又盯准了一个人，盯了两分钟。先是那个女同学低下了头，而另一个却和他对视起来。全体同学则大眼瞪小眼，不知如何是好。吴老师好不容易撕开了粘在一起的视线，对孙宇大喝一声："到我办公室来！"

体委孙宇和文委韦薇黏黏糊糊不止一天两天了，班里同学都睁只眼闭只眼，这年头谁管谁呀。偶尔上课传传纸条，碍于同学情面，也没法拒绝，谁知监控器把这些连续动作变成了特写镜头，一一落入学校领导及后来被叫到的班主任吴老师眼中。吴老师刚刚大学毕业两年，干工作风风火火，但有时缺乏耐心，有点简单粗暴。班级发生了这样的事，无疑如同打了他的脸，哪里还挂得住面子？要说这孙宇也是，体育特长生的文化课分数要求不高，三百多分就可升本，可他每次考试都满不了二百分，就是因为把时间都用在写情书追韦薇上了。据有关人士透露，孙宇被叫到办公室后和吴老师发生了激烈的争吵。当晚自习，吴老师接到了一个匿名电话，被告知下晚自习千万别出校门。那晚孙宇没有来，我就猜了个八九不离十，孙宇这小子啥事都干得出来，也许要和老师较量较量。李野当即要回去找他妈，说让他妈派几个警察来保护老师。吴老师说别小题大做了，孙宇他毕竟是学生。眼见下晚自习的铃声响了，吴老师要回家，我们几个班干部就是不让。正僵持着，见一个穿运动服的中年人走进了教室，后面跟着六个灰头土脸、垂头丧气的人，为首的一个是孙宇，其他五个不认识。穿运动服的中年人握住吴老师的手说："吴老师受惊了，我是孙宇的家长，他们几个号称'黑煞神支队'，仗着在业余体校练过两手，等在你下班的路上，要和你理论理论。这不，我听说后，全让我给收拾了。"一边的孙宇不服地说："一个武术教练，居然和几个高中生弄拳脚，胜之不武。""你给老子闭嘴，若在这儿摆平你，显得老子我太没修养，有能耐去对付坏人，看那两手三脚猫功夫吧，花拳绣腿的还想和老师练？"

"您等着瞧！"孙宇红着眼睛说。

您还别说，就是后来那次见义勇为的行动，使孙宇放下屠刀，立地成了佛。永安路是条通往郊外的路，行人少，很背，特别是晚九点以后。前些日子，有几个下夜班的女工被劫，搞得人心惶惶。孙宇早就瞄好了这个路段，他央求韦薇充当演员。韦薇倒也不怯，更重要的是她也存着小心眼儿，要一洗物理课传纸条的耻辱，况且她充分相信“黑煞神支队”的实力，要知道，他们是由业余体校的武术尖子组成的。那晚韦薇打扮停当，挎上坤包，袅袅婷婷地走几步，把几个突击队员全都震了。可是韦薇在永安路一带独行了三个夜晚，歹徒也没出现。莫非暴露了？不可能啊。坏人转移到别处作案了？又没听说市内发生什么案件。孙宇不气馁，第五天晚上，韦薇刚走到永安路的中段，两个骑摩托的家伙出现了。韦薇扭头往回跑，大腿终究没摩托快，接下来的情形就可想而知了，两辆摩托支在道旁，两名歹徒走近韦薇。韦薇不惊反笑，两个家伙倒愣了，一回头，六辆自行车已从树影中冲出……这次行动用孙宇的话说是快刀斩乱麻，小菜一碟，就是个玩儿。“黑煞神支队”居然帮着公安局抓获了一个犯罪团伙，孙宇一下子成了英雄。虽然校长非但没表扬他，反而批评他个人英雄主义的冒险行为，并告诉孙宇下不为例，但大家都觉得此事改变了一个人，他就是孙宇。他不但和吴老师道了歉，还给他爸写了份检讨书。最让全班震惊的是，他当众宣布放弃追求韦薇，他说韦薇是个勇敢的女孩，自己不能耽误她的大好前程，让这位文艺委员去圆她的明星梦吧。

那天孙教练到校找吴老师谈，说孙宇决定不考体育了，他现在对警察最感兴趣，要报考警校。吴老师自是高兴，但也告诫孙教练今后不可乱用激将法。孙教练哈哈大笑：“我那儿子，没事!”

# 梦里天堂

不知怎的，最近郑非总是做梦，梦见从没见过面的曾做过国民党军队医官的祖父，梦见受祖父连累的父亲走在寻找为脱离反动家庭而出走的姑姑的路上。随着一天天的寻找，父亲的神经渐渐崩溃，等找到姑姑，父亲已变得神经兮兮。年过三十的父亲只配娶“活人妻”了，这个“活人”竟是个囚犯，而他的患小儿麻痹症的儿子随母亲进入这个家庭。一家四口，郑非最同情这个同母异父的哥哥，由于常年不运动，他胖得看不出头脚，成了一个大圆球。可怜的忠厚的父亲，在每次哥哥生病时都要用他宽厚的背驮着这个大肉球一步步挪向医院……

郑非的家生活拮据，故常得到姑姑周济。郑非自忖对得起姑姑的人民币，他从来都是聪明的学生，这一点他继承了祖父的禀赋，只要他努力，他会胜过所有的人，他有充分的自信。但他从来没第一过，原因郑非自己清楚：心太杂太乱。郑非是班级里长得最高大，穿得最破旧的一个。由于他沉默寡言，被同学讥讽为没有当代特色。他只有一个好朋友王挚，他到过郑非的家，所以他理解郑非。每天放学同学都走光时，教室就成了郑非和王挚的天下，他俩尽情地说笑闹，郑非仿佛换了一个人。

一天，郑非在和王挚追打笑闹时打碎了班级的玻璃黑板，随着黑板的破碎，郑非的心也跌进了尘埃。一块黑板要好几百元……王挚看出了郑非的心思，说："别害怕，我有办法!"第二天早晨，老师打开门看到了这样的情形：满地黑板碎块，一截断砖躺在讲台前，教室大开着一扇窗。从迹象看似是闹校分子从窗户外掷砖头砸的，而保卫干事确认昨晚绝无校外人员进入。顺藤摸瓜，班主任找了郑非，郑非矢口否认，班主任只好上交政教处。政教处主任极有经验，谈话不足十分钟，郑非防线崩溃，交代了实情。而王挚仍在保安室做假证，为了朋友，他把假的说得比真的还真。老师们啼笑皆非：那边"真凶"都招了，你还在这忙活啥呀？王挚哭了：你们去郑非家看看就知道了。政教处让班主任签处理意见，班主任写道：鉴于该生一贯品学兼优，此为初犯，又非故意，应免于责罚。

郑非觉得此次学校对自己的宽大有许多怜悯的味道，换了其他人，不通报批评也要罚款，哪能只写份检查了事？郑非的心情既轻松又沉重，闷闷不乐。放学了，王挚见郑非还不走，就说："以后咱俩别在教室停留。走，我领你溜达溜达去。"那一晚，郑非第一次进游戏厅。王挚请客，郑非学会了打游戏机，他觉得那是一种享受，是智力的角逐，而且游戏厅的情调让他觉得新鲜，就是自己的衣服与周围的人有些不相称。

隔几日班级订书，郑非向母亲多要了五元钱。母亲打开一个手绢包，数着一张张毛票。郑非有些心慌，他看了母亲一眼，发现母亲眼皮有些浮肿，脸发亮。平时郑非很少细看母亲，他总觉得母亲本不属于这个家，她毕竟和一个罪犯有过极密切的关系。郑非知道这种念头是罪恶的，所以每当它出现的时候，他都尽力把它压下去，这是他很少细瞧母亲的原因。今晚在灯光下，他觉得人世的所有苦难都写在母亲脸上，他真想立刻制止母亲再往外数钱。郑非惊觉这是自己第二次说谎了，第一次欺骗的是老师，第二次欺骗的是母亲，郑非觉得自己简直罪大恶极。但郑非必须拿到这五元钱，他要拿这五元钱去回请王挚，王挚为自己付出过许多，是自己真正的朋友。放学后，郑非对王挚说："别学了，我带你轻松轻松去。"他沿着旧路走向那家游戏厅。在门口，跟在后面的王挚叫住了他："喂，我说你上瘾了是不是？上次我只是带你来散散心，这地方可不是你总来的!"王挚把"你"字说得很重，郑非觉得自己受到了极大的轻视，晚霞中他的脸红得可怕："我不是来赖你请我的，我有钱!"他真想拍出那五元钱，又觉得很寒酸。他们就这样相对而立，直到晚霞渐渐消隐。王挚叹口气说："去看看你母亲是如何挣钱的吧。"他转身走了。

近日郑非觉得母亲的精神很不好，他想起王挚的话，决定去广场帮母亲。远远看见母亲背着那个沉重的冰棒箱子缓缓走在人群里，有气无力地叫卖着。忽然她加快脚步往人群外跑，郑非以为她看到了自己，刚欲喊叫，见母亲痛苦地弯下腰去，几秒钟后她把冰棒箱子移到前面呆呆地站着，不再叫卖。郑非走过去，母亲见到他很诧异："周日你不在家，来这儿干什么?""妈你方才怎么了?"母亲的脸腾地红了："你不要管，快回家!""妈，我来帮你卖。"说着他去拿箱子，母亲死死地把住不放。郑非低头一看，见母亲的裤子湿了。"妈，你这是……"在高大的儿子面前，母亲瘦小而憔悴："非，妈妈肾炎犯了，小便来了，来不及跑到厕所，就……"郑非的眼前忽然冒出一串金星，他望定面前的脸，那是浮肿。"药呢，你吃药了吗?"母亲轻轻摇摇头："挺挺就过去了。"

"妈，我考虑过了，我不念书了，咱不能总卖冰棍，利太薄。咱娘儿俩摆个鲜菜摊……”晚饭后，郑非郑重地对母亲说。母亲抬起沉重的眼皮，眼里射出的光郑非从未见过，他不能与这目光坦然相对。“非，你若不出息，你姑姑的恩谁来报？你哥谁来养？妈就是死了，眼也闭不上啊！你的老师不是给你规定了，下次摸底考试一定要考前十名吗？”母亲停下，不再言语，她从不絮叨。

郑非在间隔了一段时间后又开始做梦，没有了父亲疯疯癫癫的流浪，梦里只有他自己，白大褂里笔挺的军装，向一幢有红十字标志的建筑走，那里不只住着他的母亲、父亲和哥哥……

郑非知道那不仅仅是梦，不仅仅是想象中的天堂……

# 我在快班等你

要说我们这地方偏僻吧，也不尽然，好歹也是个县级市，虽然四面环山，也不能叫沟子。可惜咱就读的是一所企业高中，多少有些被市立高中瞧不起。我们的校头可从没自卑过，非但如此，还和市立高中较劲，比升学率、抢夺生源已经好几年了。这不，开学初又独出心裁地要分快慢班，搞分层教学，理由是培养尖子生，照顾差生。实际上大家心里都明白，就是不想让几条孬鱼腥了一锅汤。虽然老师和我们都知道这是违背教育规律的，可现实是一张考卷定终身，所以学校只朝有希望的那部分人使劲就在情理之中了。宣布倒也没引起什么恐慌，百分之九十九的人踌躇满志，谁也不承认自己是条孬鱼，不就是进前一百名吗，没问题，老规矩，一张考卷定快慢。考前大家摩拳擦掌，考后便有几个小公鸡把高昂的头低下了。待到成绩一公布，整个高二炸了营，不平的，灰心的，不服气的，表现各异。最惨的要数阿丽，平时那么用功，这次却考了个一百零一名。站在办公室里，眼泪哗哗的，哭得旁边一位女老师也跟着掉泪，继而拍案大叫："这山高皇帝远的地方，难道就没人管了？分什么快慢班，纯属戕害学生的心灵！"喊归喊，她说了不算。

班主任怕出事，毕竟一个女同学，一旦想不开，连老师带校头全得“沾包”。阿丽留在了快班，一个星期还没到，她就自己乖乖地背着书包进了慢班，原因是她受不了来自四面八方的轻蔑的目光。好在一个月一滚动，慢班的同学“谁都会有机会”。话虽如此，但老师们一进慢班，还是感觉气氛不对，一个个像后娘的孩子，蔫头耷脑萎靡不振，霜打的茄子一般。实际上，学校倒也没放弃慢班，对他们还优待有加，比如每堂自习课，都安排一位老师组织纪律，解答同学的疑问。然而，看自习的老师大都感到自己是多余的，因为除了少数几个趴桌子睡觉的，基本无人说话，也很少有人提问。你该以为所有的同学都畏慢班如虎吧？差矣，就有那不信邪的。这不，第二次月考之后，高二又传出爆炸性新闻。

先前哭哭啼啼的阿丽一鼓作气，又回到了快班。这倒没什么奇怪，令人惊讶的是位居年级前五名的李钢却一下跌到了一百零二名。这令所有任课老师乃至校头们大惊失色，那可是一棵茁壮的苗子呀，学校就靠李钢们出菜呢。评卷一结束，调查工作便明里暗里地展开：早恋？上游戏厅？进网吧？家里出了事？班主任对李钢进行最后一次恩威并施的“审讯”。这次终于“撬”开了李钢的嘴，但这“口供”令老师们失望极了：“我追求与众不同，别人不愿来慢班，我爱来，再说慢班纪律好，老师讲得细……”你们说说，这叫什么理由呀。没办法，按成绩李钢“如愿以偿”地进了慢班。

不久，李钢的“狐狸尾巴”便露出来了，他竟走起了慢班班主任的“后门”，软磨硬泡，非要和黎妍一张桌不可。真相终于大白。原来李钢和黎妍是邻居，又是小学、初中同学，后来不但考进同一所高中，而且还是同桌，那友情很铁。自打黎妍进了慢班，李钢像丢了魂一样，他深感自己的失职——因为要夺第一而忽略了对黎妍学习方面的帮助。凭李钢的实力，这些情绪倒也不致使他跌到一百零二名，一句话，他是故意的，这一点黎妍最清楚。半个月后黎妍给李钢写了一首诗，名曰《鹅》：“你是一只天鹅/我是一只家鹅/虽然我们都是鹅/但我已经退化/在天空展翅/是我永远的梦想。”期末考试前，黎妍以辍学相威胁，李钢才重又坐回第四名的宝座。离开慢班时，他也给黎妍留了一首同题诗：“我是一只天鹅/你也是一只天鹅/我们同有矫健的翅/长空比翼/划破流云。”这几句诗写得相当有气势，也极富鼓励作用，而且后面还有一句最重要的：我在快班等你。接着是三个大大的惊叹号。

如果你是黎妍，你会如何？

# 后　记

记忆里祖母的时间被无数的活计填充着，在那些活计的间隙，她老人家匀了一口气，点上她的长烟袋，我知道我的机会来了。祖母把冒着袅袅细烟的玻璃烟嘴儿抵在右腮上，眼睛眯成一条缝，她的故事开始了。还有那些冬日长夜，祖母的活计并没有因为太阳落山而结束。理铺衬，打袼褙，扒麻，拧麻绳，纳鞋底……恩怨情仇、因果报应，讲述者的爱憎似乎都编织进这些永远也干不完的农家活计里，祖母娓娓的话语化成一个个具体的场景同步在一个孩童的大脑中播映。夜的纵深处伫立着一个个英雄，匍匐着一个个小丑，仰慕和鄙视在小小的心灵里慢慢形成，这便是我最初的文学启蒙。稍稍成长，我才知道，故事不仅在祖母的肚子里，还在文字里。无头无尾、纸页泛黄的《西游记》，父亲跑了好几个村子才借到的“鬼狐传”（《聊斋志异》）……那些古老的情节喂养了我的童年，托起一个美梦的雏形。

小学高年级和初中阶段，我疯狂地热爱诗歌，热爱阅读，找书如同在茫茫秋野上寻找春天的绿色一样艰难。我拥有的第一本长篇小说来自供销社，我读到的第一部名著是高尔基的《母亲》，那时我已经知道什么是富有表现力的文字，尽管我还是饥不择食地阅读所有我能弄到的各门各类的书。由于写诗的失败，我渐渐远离了诗歌，只读小说，古今中外，长短皆爱。我没有系统地研究过小说写作的理论，我对小说的认识来自多年的小说阅读。发现人世间的真与善，感动于无数生命质地的纯美，尝试用自己的方式表达。如果某一个人物能清晰地出现在读者的心中，我会收获欣慰。

在这里我感谢生活，感谢我读到的所有的大部头小文章的作者，是他们的书写滋养了我的生命，让我的人生时时收获别样的幸福。我感谢我的老父亲，他老人家以他八十载的人生经历，以他颇具文学意味的精彩讲述传承了埋藏记忆深处的家乡大地的传奇。还有我身边那个写诗的人，在我自卑时给我鼓励，在我懈怠时给我鞭策，在我写出一篇稍稍像样的东西时给予超量的肯定，我才能鼓起勇气，重新拾笔。最后我感谢牺牲时间读我文字的人。

张君艳

2018 年 3 月 20 日于兰西

**图书在版编目(CIP)数据**

荒原狼 / 张君艳著. — 北京 ：中国文史出版社，2018.9

(跨度小说文库)

ISBN 978 - 7 - 5205 - 0352 - 5

Ⅰ. ①荒… Ⅱ. ①张… Ⅲ. ①中篇小说 - 小说集 - 中国 - 当代②短篇小说 - 小说集 - 中国 - 当代 Ⅳ. ①I247.7

中国版本图书馆 CIP 数据核字(2018)第 135589 号

责任编辑：牟国煜

出版发行：**中国文史出版社**
社　　址：北京市西城区太平桥大街 23 号　邮编：100811
电　　话：010 - 66173572　66168268　66192736（发行部）
传　　真：010 - 66192703
印　　装：廊坊市海涛印刷有限公司
经　　销：全国新华书店
开　　本：720 × 1020　1/16
印　　张：14.5　　　　字数：162 千字
版　　次：2018 年 9 月第 1 版
印　　次：2018 年 9 月第 1 次印刷
定　　价：48.00 元